中国专业作家作品典藏文库

中国专业作家作品典藏文库
石钟山卷

告别

石钟山 著

中国文史出版社

图书在版编目(CIP)数据

告别 / 石钟山著. -- 北京 : 中国文史出版社，2023.2

(中国专业作家作品典藏文库. 石钟山卷)

ISBN 978-7-5205-3760-5

Ⅰ. ①告… Ⅱ. ①石… Ⅲ. ①中篇小说-小说集-中国-当代②短篇小说-小说集-中国-当代 Ⅳ. ①I247.7

中国版本图书馆 CIP 数据核字(2022)第 179942 号

责任编辑：蔡晓欧

出版发行：中国文史出版社
社　　址：北京市海淀区西八里庄路 69 号院　邮编：100142
电　　话：010-81136606　81136602　81136603（发行部）
传　　真：010-81136655
印　　装：北京新华印刷有限公司
经　　销：全国新华书店
开　　本：720×1020　1/16
印　　张：18　　　　字数：226 千字
版　　次：2023 年 2 月第 1 版
印　　次：2023 年 2 月第 1 次印刷
定　　价：63.00 元

目　录

告　别

一

他已经在这家医院的癌三科住院一个多月了。

住院前他一直发烧，断断续续的有半年之久了。他先看过中医，吃过各种名医开出的汤药，还是不管用。也看过西医，各种消炎药也吃过，身体发烧的症状还是时好时坏。

他是本省画院的画家，在全国都有些名气。从事画家的职业，钱虽然称不上多，但他不是个缺钱的人。这么多年来，各种补品一直在吃。“年过五十的人了，保养要放在第一位。”这话他是听别人说的。

没发烧前，他的身体一直很好，每周去健身房三次，雷打不动，他已经坚持有几年了，因此，他的身材一直保持得很好。人们都说画家从事的是体力劳动，在画布前一站就是几个小时，没有体力是保证不了正常工作的。

发烧半年后，他一下子消瘦下来，止也止不住。身边的好多人就劝他，去大医院做次系统检查吧。果然就出了大事，直肠癌转移，家人瞒着他联系了这家医院的癌三科。其实瞒不瞒都无所谓了，一住院他就知道自己得了什么病，只是还不知道自己到了什么程度。

最近几年，身边经常有人因癌症病故，前两年画院的副院长，也是因癌病故的，还不到六十岁的人，说不行就不行了。但他从没想过这病会落到自己身上。他身体强壮，没有不良习惯，不喝酒，偶尔抽点烟，一直坚持锻炼，经常去参加国内外的交流活动。他是钟爱运动的人，还经常出门写生。这些年来，国内的名山大川他都走遍了。爬山时，有许多小伙子的身体都不如他。他曾为自己的身体自豪。

一住进医院便倒下了。各种检查都做了，起初，他没把病情想得那么坏，以为得病了，然后像听到的别人治疗的那样，先是手术，然后放疗、化疗。他为了配合医生的治疗，入住前一天，还专门给自己理了一个光头。虽然他已经五十出头了，头发一直乌黑浓密，看着被理成光头后镜子中的自己，不知是嘲笑还是无奈，他还冲自己笑了一下。

检查完之后，便没有了治疗方案。虽然每天会挂两次盐水，盐水里掺入了各种药，但他知道，这些药都不是治疗癌症的。他问医生，医生闪烁其词地说：保守治疗。他问爱人，爱人叫子影。子影比他小几岁，还不到五十，一直注重保养，人还显得年轻，走路时身子还有些婀娜的样子。子影不看他眼睛，背着身冲他说：你的病医生说没大事，保守治疗就行。他是个敏感的人，便不再问了，知道自己已经没有治疗的价值了。

终于在一个年轻护士的嘴里，他得到了实情。这个护士平时也热爱美术，经常看画展，可以说是他的“粉丝”。住院的时候，看了他床头的名字就认出了他，便一直叫他谭老师。姓谭的画家全国也不多，在本省出名的，能做到专业画家的人只有他一个。那个年轻的护士为他输液时，眼泪忍不住掉在了他的胳膊上。她忙为他擦去，然后若无其事地说：谭老师，对不起。他说：我知道，我是一个没有治疗价值的病人了。他这话是试探着说的。没想到，没有城府的小护士一下子控制不住自己，又流下泪来，一边抽泣一边说：命运真不公平，老天爷都妒忌你。他想起了“天妒英才”那句话，瞬间湿了眼睛，紧了喉头道：小英，我送你本书吧。他的床头摆了几本他的画册，这个画册刚出版，美术出版社的人来看他，带来了几本样书。这本书收录的都是近几年他的精品画。他拿过书，签上字道：小英，留个纪念。小护士接过书，湿着声音连连道谢。他知道，自己已经来日无多了。

虽然才住了一个月的医院，他瘦得更厉害了，去洗手间时，他看着镜子中的自己，几乎认不出来，一张脸又黄又瘦，病号服穿在身上宽宽大大。他量体重时，惊讶地发现，自己还不到一百一十斤，以前他可是一百六十斤重的。对于一下子少了五十斤体重的人来说，人已经变成了另外的样子。

二

疼痛是在一天夜里开始发作的，先是一条腿，然后扩展到了全身。像一群蚂蟥钻到了骨头里，它们咬他，吃他，他几乎不能仰躺在床上了……医生起初给他打了止痛针，几天过后，大剂量的止痛剂已经不管用了，最后给他注射的是吗啡。他从护士的药盒上看到了这字样，他百度了一下，吗啡是阿片类毒品的一种，在鸦片中的含量为4%～21%……他的疼痛只有靠毒品来帮忙了。吗啡注射到体内后，世界一下子就安静了，疼痛感被一阵强大的错觉感抛到了半空中，疼痛远离了他，意识似乎也悬浮在半空，祥和又宁静，他甚至一时不知自己在哪。

小柳护士把一盆花摆在他床头，俯下身冲他微笑。他看到一张年轻俊俏的脸，脸上的绒毛比往昔放大了若干倍，被他看得清清楚楚。小柳护士的嘴在动，声音却在半空中传来：谭老师，我给你送盆花，是夜来香，花正开着，你闻闻香不香……他果然闻到了花香，同样放大若干倍的花粉气味，钻到他的鼻孔里，被大脑分辨识别。他微微点了点头，脸上露出似是而非的笑容。小柳又说：今天我值夜班，要是疼了，你叫我，我再给你打一针吗啡。“吗啡”，他轻轻地说出这两个字。小柳护士怜悯地望着他，似乎眼圈又红了一下，她很快把口罩戴上，在口罩后含混着说：谭老师，吗啡是最后的手段了。

他看着小柳从病房里走出去，白大褂在她身上显得那么肥大，像飘起来的仙女。他这么想了，屋子里又静下来，花香在弥漫，浓浓的、稠稠的，像下了一场厚厚的露水。日光灯亮在头顶，他真切地听到了“嗡嗡”的电流声，像注满水的管道，汩汩流淌、川流不息的样子。他抬起手臂，手臂轻飘飘的，再也不像生病后那般沉重，他寻到开关，灯熄了，电流声也戛然而止。房间内并不黑暗，走廊里的灯光又坚决地涌进来，好在电流声没那么刺耳了。他半倚在床上，不喜不悲，身子似乎飘浮起来。

他回到了年轻时代。那会儿他在美术学院上大三。美术学生总和常人有不同的地方。他那会儿头发很长，耷拉在眼前，头发遮住视线，他只能不停地甩头发，一甩一停之间，就甩出了气质。一双旅游鞋，还有一条细腿裤子，肥大的外套，配在一起不伦不类，但穿在他的身上却有了另外一种气质。

他背着画夹去一个叫白岩寺的地方写生。秋天的白岩寺层林尽染，岩石是青的，树叶是红的，远处的寺庙传来阵阵诵经的声音，邈远着传来，仿佛入了仙境。天上，有一只雄鹰时高时低地在这片天空下徘徊。仿佛命中注定，他认识了罗非。罗非和一帮同学也来到了白岩寺郊游。她们叽叽喳喳地从寺庙里走出来，罗非在这群女生中个子最高，她穿一件灰白色风衣，里面一件淡粉色毛衣，在秋阳中格外显眼。她们顺阶而下，很快来到他的身边。他的画夹上已经打好了草稿：岩石、枫叶林，还有那只在头顶上的鹰。她们先是停下来，在他身后叽叽喳喳地小声耳语了一阵，他没有回头，仍在画他的画。后来她们散了，慢着脚步顺石阶而下，有人喊：罗非，快走哇。他仍没回头，但感觉有人立在他身后，直起身时，他回了一下头，看见了那位穿风衣的女孩。女孩正盯着他的画，眼神里充满了好奇。他咳一声，伸手从包里拿出一瓶水喝了一口。她突然说：这山上明明是青色的石头，为什么叫白岩寺？

远处又有同伴在呼唤她，她似乎没听见，似乎在等他回答她的问题。他放下水瓶道：你们是女子学院的？在他们省内，有一所女子学院，他之前听说过。他们一个师兄在女子学院谈了个女朋友，带回美院过。他见过那个女孩，个子很高，有一双又直又长的腿，在紧身裤里是那么结实饱满。从此，他记住了女子学院和那双饱满的长腿，那是双女孩的腿。一想到那双腿就有一种欲望。

见他这么问，那女孩说：你怎么知道我们是女子学院的？

他向石阶下又望了一眼，那几个先走的女生正站在不远处的石阶上回望着他们。他笑一笑道：这还看不出，你们女子学院的人和别人不一样。有什么不一样？女孩紧追不舍。他笑一笑，就像她刚才的问题，为什么叫白岩寺一样，他不再作答了，又在画夹上勾画起来。

远处的女孩喊：罗非，你还走不走？不走喂狼了。说完传来她们一片嬉笑声。

他知道这个女孩叫罗非了。女孩从他身后向台阶下走去，他扫过头望了眼女孩的背影，她竟然也有一双大长腿，一条黑色紧身裤子，同样饱满结实的腿……他心动了一下，在她后面问：哪个系的？罗非在台阶上停了一下没回头：艺术系。说完迈开大长腿向台阶下走去，很快和等着她的那帮女生会合了。她们七言八语地议论着什么，有两个女生还不停地回头向他望过来，然后又嬉笑打闹着远去。

确切地说是罗非的那双腿走进了他的心里。他不知道为什么，对女生的长腿会心动。他观察过他们系里女生的腿，有的粗壮，也有的七歪八扭，有两个女生的腿够长，却像麻秆一样，他提不起兴趣。有许多次入睡前，他都想到了师兄女朋友的那双长腿，又联想到罗非的腿，它们异曲同工的都是那么饱满，在紧身裤下那么结实。他不知道师兄的女朋友是不是艺术系的，总之，她们都拥有好看的腿，女人的腿。他有些忘不掉那样的腿了，睁眼闭眼，都是那双诱人的腿。

在一个周末的傍晚，他来到了女子学院。女子学院坐落在郊区，一条河的旁边，河岸有树，一排排一列列的，像一群哨兵。他看到了这些笔直的树，又想到了罗非那双长腿，心里笑笑，向女子学院大门走去。女子学院和他们美术学院不一样，他们可以自由出入。他一个男生，出现在女子学院门口自然引起看门大爷的注意，眼镜滑到脸上，大爷审视地打量着他。他在这目光面前不由得停住脚。大爷严厉地：你找谁？这有些意外，他顿了下，想起罗非的名字道：罗非，我找罗非。他有些讨好地告诉大爷。

大爷伸出手：证件。

他又一怔，忙从怀里掏出美术学院的学生证，解释着：我也是大学生。

大爷审视地看着他的学生证，把滑到脸上的眼镜推回到眼睛上。半晌，大爷放下他的学生证，又问：找她干什么？他几乎放弃了找罗非的念头。可一想到她的腿，又坚定下来，从怀里掏出盒烟，递一支给大爷道：我们是亲戚，我来看看她。

大爷接过烟，又看他一眼，推过一个登记本让他登记。他登记完，又掏出火帮看门大爷点上。大爷吸口烟，透过烟雾冲他说：罗非在二楼的练功房里，这会儿，她们一定在练功。他收回学生证，千恩万谢地走了。

他果然在综合楼二楼西侧的一个练功房里看到了罗非，不仅是罗非，还有一群女生。她们似乎在排练什么舞蹈，磕磕绊绊地演绎着动作。此时的罗非穿一身紫色的练功服，贴在身上紧得不能再紧。他第一次见到罗非拥有这么好看的身材，那双长腿更长了些，其他女生的身材也不错，但没有罗非这么出众。她似乎是领舞，站在最前面，挺胸抬头，不停地把腿踢起来。他被那双腿迷住了，口干舌燥地趴在练功厅门上，门正中有一块透明的玻璃。

是罗非发现了他，脸上掠过一阵不可思议的神情。她停下动作，收回那双腿，转过身冲身后一群女伴说：大家歇一下。然后就向门口走来。他下意识地把身子贴在墙上，到门口了，她立在他面前，她身体的温热传达给他。他看见她脸上的一层细汗。她认出了他，调皮地：你怎么找到这了？

他不知说什么，咧开嘴，嘿嘿地冲她笑。

她突然严肃起来，唐突地问：你干吗来了？他僵住，一时不知如何回答。

有两个女生的脑袋从门口探出来。他确信，她们就是在白岩寺见过的女生。

他抽回目光又看她一眼，这次他看见了她鼻翼两侧有几粒小小的雀斑，这几粒雀斑放在她的脸上更加生动。见他不答，那女孩突然笑了，脸上的几粒雀斑跳跃着。她说：是来找我的吗？他缩紧身子，恨不能钻到墙里，支吾着说：我来，来看看。

她松了口气，又有些失望的样子：那你看吧。说完欲走，他突然叫她：罗非。她又停住，惊讶地盯着他：你怎么知道我的名字？他忙把手伸到口袋里，掏出一张纸，纸上写着他的一串呼机号，还有他的名字谭松。

他把那张纸条递给她，便头也不回、逃也似的消失在她的视线里。

三

他知道自己来日无多了。

在医院里的日子将是他对这个世界最后的告别。

子影已经不年轻了，她每天都要出现在医院里几次，她从不为他订医院里的饭，而是在家里做好了送到医院。他坦然地接受了。在他没病倒前，他从不让她插手自己的生活，包括自己穿什么衣服，洗衣服，就连内裤、袜子之类的小东西，都是由苏荣完成的。苏荣是他唯一的女学生。说起来，苏荣还是他师妹。他们都在美术学院毕业。当然他是大师兄，长师妹苏荣二十几岁。那时，他的名气不仅在省里，在全国画家圈里也数得上了。苏荣是慕名找到他的。女孩子学美术并不少见，但真正能成为大师的却并不多见。

苏荣成为他学生时，子影是知道的。那会儿他已经成立了自己的画坊，来求他画作的人已经排成了队，他需要一个帮手。也就在这时，苏荣走进了他的生活，成了他的学生。

苏荣成为他学生后，子影到他画坊来过一次，那是大约十年前的事了。苏荣刚从美术学院毕业，人虽然年轻，但瘦小枯干的。她虽然长得不难看，但绝对没有女人味。苏荣叫子影为师娘，态度真诚谦卑。苏荣似乎还红了脸。子影来时，他正站在一幅画前做最后的修饰。他还是放下笔，把苏荣介绍给子影。子影在画坊里站了一会儿，说了些客套的话，这话当然是冲苏荣说的，然后就走了。子影说路过，正巧来看看。但他知道，她一定是专门来的，他不说破。

那之后没多久，他偷偷买了套房子，把画坊迁走了。那会儿他的画卖得很火，买套房子做画坊并不算大事。但他对子影却说是租来的，业务多了，需要一个更好的环境。子影没说什么。他是当红画家，有源源不断的收入，换个好点的工作环境是应该的。

他为这个画坊取名为“宝荣斋”，与著名的老字号“荣宝斋”只是字序颠倒了，并没有想沾老字号光的意思，他是为苏荣起的。那会儿，苏荣已经成了他的学生，也成了他最信赖的异性。他不知道怎么定义他们之间的关系，是师徒，还是挚友，抑或亲人，他不知道，也说不清。许多事情是没法想清楚再做的，那样就什么也做不成了。他觉得男女关系有时像绘画，画之前只是一种冲动，画着画着才清晰起来。然后才成为一部作品。和子影结婚后，他一直循规蹈矩，许多同行有许多各种关系的异性，在各种饭局上他见过，他内心一点波澜也没有。当同行和带来的女性亲昵之时，他只是在心里笑笑，一阵风似的掠过。他不知道在别人眼里他和苏荣的关系是什么样子的。

有许多次聚会，他把苏荣带在了身边。苏荣对这些前辈表现了足够的尊重，但真正尊重的人只有他一个，不仅为他端茶倒水，还偷偷地把他爱吃的菜转到他的面前。这些他都看在眼里。

回到画坊后，苏荣也会经常议论那些在画界中响当当的大师们，但更多的是颇有微词，一直拿他们和他比较，总之，那些人都不如自己的师傅。他渐渐意识到，苏荣已经爱上了自己。在他心里这份爱沉甸甸的。他不知怎么处理这份爱，只能往前走。

天亮之后，他浑身又开始疼痛了。他打护士站的铃，呼叫护士。很快护士们就来了，托盘里放着需要打的药。药打进身体，很快便不疼了。他只想睡觉，飘飘的感觉，身体似乎变得越来越轻，最后飘浮在床上，他又平静地睡去了。

他睁开眼睛时，窗帘已经被拉开了，阳光喧闹地照进来。他看见坐在床头椅子上的子影，她认真地看着他，眼睛有些红肿，似刚哭过，他不得而知。见他醒来，她打开床头柜上放着的乐扣饭盒，里面有粥，有包子，还有小菜。她说：这是在庆丰包子店买的，你平时最爱吃。她低着头，忙碌着。他看见她头顶有了一绺白发，心里感叹一声，她也是快五十的人了，不能算老，但也不再年轻。

她见他开始吃饭，便小声地说：画院的张主任说，省里的领导要来看你。

他说：不让他们来，太累。

她沉默一会儿，拿出手机，发了个短信，又说：我爸妈来看看你吧，他们都说好几次了。

他入院之后，几乎拒绝了所有人的探视，他不想让外人看到他现在这个样子。

爸、妈指的是子影的父母。

他喝了几口粥，嘴里一点味也没有，他不想吃了。吃饭是为了延续生命，他还有必要延续吗？这么想着，便一点食欲也没有了。

她忧心地望着他，小心地：要不跟医生说说，让他们给你调调口味？你一天比一天吃得少了。

他没说话，眼睛望向窗外，他望见了一缕一缕的阳光。

四

他和罗非也站在白岩寺的阳光中。他和罗非这个长腿姑娘的交往中，他们多次来到白岩寺。白岩寺是省里著名的景点，每天游人都很多，他是为了写生，创作毕业作品，她是为了陪他。在风和日丽的日子里，他们在白岩寺的阳光中留下了欢笑和初恋。

对于初恋，是美好而又绚丽的。

那次在她们学院，他留下了呼机号。也许过了十天，也许是半个月，他突然接到一条信息，一位姓罗的小姐呼叫他，还留下一串电话号码。时间正是傍晚时分。那次他把一串呼机号塞在她的手里，他没敢想她会联系他。一连一个星期过去，他在回忆罗非的样貌，她脸上那几粒俏皮的雀斑，鬓角的湿汗，她望着他时的眼神。他甚至想过，把这一切都埋葬在自己的记忆中。

他拿起宿舍走廊上的电话，迫不及待地打过去，很快就有人接电话。她说：是小谭吗？这是她的称谓，后来，她一直这么称呼他，虽然，他比她还要大上两岁。

他欣喜地说：罗非是你呀。

她在电话那端笑，走廊里传来同伴们嬉笑打闹的声音。

他记住了这部放在走廊中的公用电话，只要一有时间，他就打这部电话，然后就听到一个女生喊：罗非，罗非，电话。半晌，他先是听到一阵脚步声，他想起了那双又直又结实的大长腿。

后来，他们约会，第一次在白岩寺，以后差不多也在那里。他是为了写生，为自己的毕业作品做准备，名字他都想好了，就叫“阳光下的白岩寺”。

只要周末，她都会陪在他身边，坐在一块岩石上，两条腿长长地伸在前面。他画一会儿也会坐过来，望着她的腿，终于忍不住说：我能摸一摸它们吗？她起初笑，然后红了脸，见她没有答应但也没拒绝，他伸出手放在她一只腿上。那是结实得超出想象的腿，虽结实但又有弹性。他们的恋爱是从腿开始的。

有一天，突然下起了阵雨，头一分钟还阳光灿烂，一片云彩飘到他们头顶，雨就下来了。他快速地收拾好画板，拉着她的手跑到不远处。周边的环境他熟悉，他差不多来这里快一个学期了，不远处有一块凸出的岩石，岩石很大，可以遮蔽两个人。他拉着她跑到岩石下，雨下得又急又大。她怕冷似的抱起了肩，脸还有些白。他先脱去外衣披在她身上。她张大鼻孔嗅着，说：你衣服上的味道好像不一样呢。她说这话时红着脸。突然，他涌起了拥抱她的勇气，先是伸出一只手搭在她肩上，她没有反抗，哧哧地笑着，他伸出另一只手把她抱在胸前，她贴在他的胸前。她的身子是那么软，他歪过头，嗅到她从领口里散发出来的女人特有的味道，他有些迷醉，他又歪了下头，去寻她的嘴，她把头伏在他肩上，让他够不到，她又发出哧哧的笑声。他腾出一只手，另一只手搂着她的腰，终于把她的脸转到自己的眼前，他迎过去，她没躲也没迎合。他闻到了她的呼吸，竟然是香的，像兰花那种香气，幽幽的。他战栗了一下，气喘着说：你是香的。她伏在他的肩上，仍哧哧地笑。

后来有许多次，他画累了，她让他教她画画，他在画夹上放了一张白纸，她却怎么也画不好。他站在她身后，握住她的手，在白纸上画，画了几棵树，又画了两块岩石。她惊呼道：真神奇！

她迷恋他绘画的才能，他迷恋她青春蓬勃的身体。

大四那年，他把自己的画交给了一个做画廊的朋友，没想到几天后，他的画竟然卖掉了。他兴冲冲地打了辆车来学校找她，她特意请了假出来，他带她去狠狠地吃了一顿。吃完后，他们又逛了会儿街，她突然想起要为自己买件文胸。他第一次来到女性专柜前，他有些不好意思。她挑了件红色的文胸，小声地问他：好看吗？他看了眼她手里的文胸，又往柜台里看了看说：我觉得粉色的更适合你。他是从色彩学角度说的，罗非很白，配上粉色文胸更加俏丽。她听了他的话，换成了粉色的。在收款台前，他抢着为她付款。

他送她回学校，走到校门口他又说：要不，我们再走走。

她低下头，咬着嘴唇，转身从校门口离开。他带着她来到了校外的小树林里。树林紧临一条河水，有树有水的地方果然不一样。他们一走到树林里就觉得清凉起来。树林里没有路，并不适合散步，况且天已经晚了，早已黑了。他们倚在一棵树上，他抵住了她。她感觉到了他身体的异样，闭上了眼睛。他先伸出手去……那天晚上，她成了他的女人。她咬破了他的肩头，事后她问他：疼吗？手指轻抚着他的肩头。他爱抚地伸手在她脸上轻轻拍了拍。他在心里发誓，他要好好对待这位姑娘，他要对她负责。

他比她高一届。他毕业时，她还在学校读书呢，他为了陪她，又考取了应届的研究生。

她告诉他，她毕业要回老家县城了。她知道，她们学跳舞的女孩子找工作不好找，也许她会分到某个中学当舞蹈老师。

他说：我要让你留下。

他一边读研究生，一边为她的工作奔波。他虽然是生在这个城市，但论找关系，他才发现他并不认识什么有用的人。一些同学毕业了，有的分在了省城，可他们都是些小人物，刚刚毕业，自己还不稳定，同学们帮不上他什么。

他研一读完后，终于迎来了她毕业的日子。她果然分配到了县城的一所中学。她所在的县，离省城还有七八个小时火车的距离。最后一次约会，她的话很少，一脸忧伤。他说：我毕业后就去找你。她淡淡地笑笑，再望他时，眼睛里已经有了泪水。他第一次见她这样，心疼了一下，又疼了一下。他死死地攥着她的手说：我会对你负责，我继续找关系，要是不成，我就去找你。

她立住，浅笑一下道：胡说，你是才子，你要去好单位才有出息。

在哪都能画画。他梗着脖子有些悲壮地说。

她抱住他，把头又抵在他的肩头，在他耳边喃喃地说：我想再给你留个纪念，说着，她又咬住了他的肩膀，有些疼，但他没动。他凑近她的脸，深深地吻她，他又闻到了兰花的香味……

他们分开了，他继续完成研究生学业，她回到了老家县城。周末时，他去看她，周六下午的车，十点多才到达她居住的县城。他住一晚，第二天傍晚他又乘车回来。周而复始的异地恋持续了整整一年。一年之后他毕业了，留在美院当上了助教。

他没有兑现他当年的承诺。因为留校当老师对他诱惑太大了。

他又去看她，她为他高兴。他答应她继续找关系，把她调到省城。她不说什么，只是笑笑。她请他吃饭，为他庆祝，一点也看不出她有什么不高兴，一晚上都很开心的样子。她还为他唱了首歌，那首歌到现在他也没有忘，叫《亲亲我的宝贝》：亲亲我的宝贝，我要越过海洋，寻找那已失踪的彩虹，抓住瞬间失踪的流星，我要飞到无尽的夜空，摘颗星星做你的玩具……那会儿，他还没有意识到，她是在向他诀别。

五

先是美院领导来看他，带来几束鲜花，插在医院桌子上的花瓶里。自从他住院，来看他的人无一例外都会带几束鲜花。子影便备了几个花瓶，摆在桌子上，来了一茬新的，旧的便扔到垃圾桶里，病房的鲜花永远鲜艳着。

他不喜欢鲜花，从来都是。但他现在却接受着鲜花。也许在别人眼里这是希望的象征，但对他呢，他会经常想起白岩寺的风景。春天的白岩寺一切都裸露着，寺庙里的晨钟暮鼓悠扬地无遮无拦地传来，树上的芽刚刚打苞，在枝头上摇曳着。他喜欢秋天的白岩寺，那是成熟的季节，满山遍野红黄一片，他是画家，喜欢这样的色彩。从写生开始，那会儿他还是名学生，到现在他是功成名就的画家，他的画作仍然没离开过白岩寺。他那幅《晚秋白岩寺》获得了国际大赛的一等奖，也算是他这么多年努力的回报了。全国、省市一级的奖状，他拿得不计其数。他的名气一点点地大了起来。他也不知什么时候大的，反正各种求他画的人越来越多，官也越来越大。

省委秘书长光临过他的画坊，来了说些官场的话，更多的是对他仰慕的话。临走时，婉约地把这次来的意思说了，他说省委书记要求他画一幅画，要送给北京的首长。他没说话，盯着眼前这位肥头大耳的秘书长。秘书长有点尴尬地：谭大画家，我只表达书记的意思，画不画由你。秘书长走了，他关上画坊的门，心里想：我和省委书记有关系吗？我凭什么给他画，他又不是我朋友。

这件事后来被传出去了，许多人说他不近情理，太不给省委书记面子了。一幅画怎么了？也就是个把月的工夫。他听了，笑一笑，也不作答。一幅画一个月，也就是说，省委书记心血来潮，一拍脑门，他一个月的生命就没有了。他是对自己艺术生命的珍爱。

画院挂靠在省文联。文联的主席是他们画院的直接领导。主席姓白，腿细腰粗，经常在文联机关看到白主席比例失调的身影。有一次，白主席为调职称的事把他叫到自己办公室，还亲自为他倒了杯茶水。白主席坐在自己桌后说：谭老师，今年评职称，正高的名额有限，你们美院的刘画家还有两年退休了，要不，把这个名额就给刘老师，你是大家，发扬个风格。

他没抬头，说了句：行。

他站起身，望着白主席苍白的脸：主席还有事吗？

白主席尬笑着站起来，在门口企图拉过他的手，他躲开了，转身走了。

他研究生毕业后，分到画院时，因为自己一幅作品在全国美展上获了一等奖，他破格获得了副高职称，从那以后，他再也没有晋升过。

周边的人，或直接或委婉地和他说：送两幅画给白主席吧，评职称，他说了算。

他摇头，不语。

那次之后，子影背着他从家里拿了两幅画送给了白主席。那阵子白主席见了他果然很热情，谭老师长谭老师短的。后来他发现少了两幅画，在家翻找，子影这才告诉他，那两幅画送给白主席了。他第一次、也是唯一一次和子影大吵起来。他逼子影把那两幅画要回来，子影不去，也是第一次回了娘家。最后还是他自己上门，把那两幅画要了回来。

人们都说谭画家不近人情，他和朋友说：他们不配要我的画。

后来人们知道，白主席明里暗里在卖这些画家的画，几年前，自己在郊区买了幢小楼，搬出了文联家属院。

有人欣赏他的风骨。他的画在市场上很值钱，求画的人，有的是为了把玩，有的是为了收藏，当然也有人是为了附庸风雅。

他并不是有人买他就会卖，有人来了几次，提着现金，他硬是不卖给人家。了解他的人都知道他有个毛病：凡是来求画的人，他都不厌其烦地和人聊画，聊到心坎里了，画很容易出手，还不和人讲价，甚至主动降价；那些聊不来的人，就干脆不卖。

他在自己一本画著的序言里写道：画家的一幅画，是画家的心血，更是画家的儿女，不要轻易地和人做交易，要为她们找个“好人家”……

他把画当成子女一样看待，许多看了他画著的人便咋舌。

他研究生毕业那会儿认识的子影。子影在省美术出版社当编辑。她也读过美院，她比他低两届，他并不认识她。

他的第一本画著出版时就是研究生毕业，责任编辑就是子影。在上学时她就知道他，他是美术界一颗冉冉升起的新星。在他们的爱情关系上，应该说是子影主动的。那会儿他是麻木的，罗非不再见他了，他听说罗非已经结婚了，他正沉浸在失恋的忧伤之中。他不理解，罗非为什么不再见他了，更不明白，她为什么这么快就结了婚。

子影也有一双长腿，只不过她不是跳舞的，没有罗非那么饱满。

子影和他约会，最初以书的名义，后来书都出版了，她就直接约他。他有时去，有时不去，子影就到画院来找他。那会儿，画院的画家每人有一间办公室，当作画室。画院的人都知道他和子影在谈恋爱，只有他一个人没那种感觉。

这样的状态持续了三年后，他和子影结婚了。谈不上爱，更谈不上激情，失去罗非，他的爱情也死了。

从结婚到现在，他们一直没有孩子。起初他们觉得都还年轻，他一天到晚泡在画院的画室里。

后来想要了，突然发现自己不再年轻了。他就对子影说：多画几幅画吧，有了孩子怪牵扯精力的。子影见他这么说，虽有些不情愿，想想自己也三十几了，也就作罢了。

他的名气越来越大，除了一些画自己舍不得卖，还有一些被各大美术馆收藏的画外，他都卖了。唯一奢侈的是买了一套大房子给自己做画室，他们还住在城区三居室的房子里。子影也是清心寡欲之人，也不把置房子置地当回事。

一九九八年全国发洪水，他举办了拍卖画作捐款的活动。那次他拿出十几幅画，义卖了几百万，都捐给了红十字会。汶川大地震，他又举行了义卖活动，这次拍出了上千万的资金，也一次性捐给了红十字会。

媒体人来采访他，要给他搞宣传，他把门关上，把那些媒体挡在画坊门外。

人们都知道他有钱，却从不见他奢侈过，人们就觉得他没活明白。无儿无女，又不舍得花钱，图什么呢！

六

他躺在病床上，在吗啡的作用下，整个人就像飘在半空中，但他脑子是清醒的。他知道自己来日无多了，其他人比他自己更了解他的病情，走马灯似的出入他的病房，坐在他的床前嘘寒问暖，比他健康时热络多了。在平时，熟悉他的人们都知道他清高，凡人不理。所以他身边没有朋友，他也不想和任何人套近乎。

此时，一拨拨的人，来了又走，走了又来，无非是想让他留下一幅画，作为馈赠。他的画在市场上很值钱，他死后也许比现在更值钱。

他们不做他的工作，而是去做子影的工作，以领导、同事、朋友的名义，对子影进行慰问，并晓之以情、动之以理地说起了和他的友谊和友情，希望子影在他弥留之前说服他，把他的画拿出来。他病房里的鲜花和各式营养品堆积如山。他健康时没享受过的待遇，现在一股脑儿地都涌到了他的面前。

画院领导开出了支票，留作他治病的费用。领导把支票放到子影手里时，他没说什么，等领导一走，他才说：那张支票咱们不要用，需要多少钱咱自己花。等我走了，把它还回去。他不想欠任何人的人情，他也不需要这些情。

他知道自己到了该立遗嘱的时候了。可除了留下的一百多幅画，他还给这个世界留下了什么？他这么问自己。

苏荣早就说过：老师，你留给我的够多了，我什么也不要。

她这话已经说过无数遍了。

苏荣是他的学生，从美院毕业就来到他身边。她一门心思想学手艺。他身边需要这么个助手，他外出写生绘画时，为他端茶倒水。他每次写生时，苏荣站在他身后，把他的每笔线条都记在了心里。他这时就会想起罗非。似乎又穿越到了年轻时代，那个长腿的跳舞女孩，黑裤白衣地站在他的身边，许多灵感和激情就是在那一瞬间点燃的。那会儿他是那么有激情，两人分开后，他每周都要坐火车往返一次去看罗非。

苏荣在他功成名就时来到他的身边。他教她绘画，更多时候，他在画，她也在一旁画，学着他的样子。他画累了，会走到她身边，指点几句，达不到自己意愿时，伸出手握着她的手在画布上游走。这时，他又想到了若干年前，他握着罗非手的样子。

他招了个女学生，年轻的女学生。许多人都说，他为自己找了个小情人。依他的性格，他不会理睬的。听到，或者看到别人那暧昧的眼神，只是在心里笑笑。

这话传到子影耳朵里，就是另一番情景了。子影到画坊里来过，不止一次，有时一天会来几次。他理解，她是对他和苏荣的关系不放心。每次来，苏荣都会放下画笔，忙着招待子影，一口一个师娘地叫。后来，子影就很少来了，她再来是因为有事，许多人托她买画。卖画的事他从来不过问，把这一切都交给苏荣，价格是他定的。每幅画付出多少心血，他自己知道，价格自然不等。苏荣也依据他的心思和别人讨价还价。每成交一笔都会给苏荣提成。每次把钱递给苏荣时，苏荣都不肯接，涨红着脸，结结巴巴地说：老师，我怎么能要你的钱？他塞给她，不容置疑的样子。苏荣就说：老师，太多了。后来，他不再当面给她钱了，而是让她开了张银行卡，每次他都把钱打到卡上。

苏荣的老家在外地，先是在外面租房子。后来，他让苏荣搬到画坊。画坊是复式房子，楼下是画室，楼上还有两个房间、一个客厅。房间一直闲着，有时他绘画晚了，会留在画坊里过夜，更多的时候，他都会回家。

他让苏荣搬到了画坊后，他没在这留宿过一次。每天来画坊，画坊都被苏荣收拾得干干净净，水烧好了，茶也沏上了。还有苏荣在外面买来的点心。

有一次，他站在画布前，突然眼前一黑，昏倒在画坊里。是苏荣叫了救护车把他送到了医院，人没事，却被查出血管内多了一块斑块在身体内游走，但抓不到，取不出，只能让那个斑块在体内游走。那个斑块成了他体内的定时炸弹。他开始吃“他丁”类药物，也吃“阿司匹林”，防止斑块再次爆发。

苏荣的存在就显得举足轻重起来。

从那以后，每逢节假日，子影都会把苏荣叫到家里，千篇一律地叮嘱她要照顾好他。如果那次，她不在他的身旁，后果真的不可想象。

也是从那时开始，苏荣真心地开始关注他的身体了。每画一会儿，他都要停下来，喝会儿茶，聊会儿天。她怕他无聊，就给他讲笑话，讲她在学校期间发生的事，也讲她们年轻人轻松好玩的事。他也跟着笑，像个孩子似的。

有一次，他问到了她的男朋友，她豪不犹豫地说：老师，我不想找。

他问她：你多大了？

她说：才二十五。

他说：不小了，该找男朋友了。

她笑一笑，蹦跳着忙去了。

他在心里就感叹，年轻真好。

从那以后，他开始关心起她的婚事来了，他让子影帮她介绍男朋友。子影对她也很上心，接二连三地带男孩子来家里，有搞美术的，也有公务员，甚至还有军人，每次都把她叫到家里，她也硬着头皮见了，但总是没个结果，其中有两个小伙子对她很中意，她却不表态。

他批评她。

有一次，她认真地问他：老师，我不找男朋友，会影响咱们之间的关系吗？

他说：怎么会？

她说：那我就知道了。

说完还顽皮地冲他眨眨眼。

在他眼里，苏荣不漂亮，但很可爱。她很聪明也很细心，对他总是关怀备至。有几次，她为他买衣服，还有袜子、鞋，一堆东西放到他面前。

他不解地望着她。

她说：老师，你该改改穿着风格了，保证你年轻十岁。

他抗拒地望着她。

她强行把他推到房间内，让他去换衣服。他试探着把她为他买的衣服穿起来，在镜子里，他看到耳目一新的自己。在这之前，所有的衣服都是子影为他置办的，中规中距，有质感，但缺乏新意。

果然，他耳目一新地站在她面前，她拍手为他叫好。

她歪着头，调皮地问他：师娘不会不高兴吧？

他顿了一下答：怎么会？

他虽然这么说，心里还是有些犹豫。当晚，他穿着苏荣为他买的衣服回到了家。子影正在泡脚，看见他先是没注意，后来又抬起头，望向他说：你怎么穿了个这？

他笑笑道：苏荣为我买的，她说这样穿显年轻。

她先是挑了许多关于衣服的毛病，后来才说：不论怎样，是比以前年轻。

第二天，她把一个红包放在他手上，让他送给苏荣。

他把红包交到苏荣手上时，苏荣被烫着似的推拒道：老师，我怎么能要师母的钱？你给我的钱够多了。她坚持不要，他只好作罢。从那以后，苏荣经常为他买衣服，包括新潮的内裤。他从里到外年轻起来了。

苏荣这种年轻女孩，不图钱，但她又图什么呢？

在他内心，把苏荣当成学生、孩子、亲人，而苏荣呢？

七

他倒下了，所有人都知道他来日无多了。

苏荣几乎天天时时出现在他的面前。看样子她比任何人都要忧伤，一个月时间她瘦了一圈，眼睛一直红肿着，似乎一直背着他在哭泣。这么多年了，她一直跟着他，把他当成了唯一的亲人和靠山。他倒下了，她将会如何？

吗啡的作用让他一直有飘浮的感觉。趁没人的时候，他对苏荣说：把最后那三幅画完成了吧，你留下做个纪念。这些年，她在他这学到了许多，不仅绘画。早两年前，他们几乎就是在合作绘画了。他画出大致轮廓，把细节交给她处理。他检查她的画作时，不住地点头。她完全继承了他的风格。

她听到他的话，哭了，一叠声地说：我不要，我什么都不要，我只希望老师你能好起来。说到这，又泪如雨下。当着他的面不可遏制的样子。

他有些悲凉，也有些惋惜，是替面前的苏荣。最近这两年，他一直鼓励她走出去，自己创办一个画坊，凭她的能力，完全可以支撑起来，可她每次都真诚地说：老师，我还要学两年，不急。

一拖再拖，就到了今天的模样。他没有孩子，把她当成了孩子。她是他的希望。

他又说：你要画自己的画，你有这个能力了。

她不语，奔到病房的洗手间，哗哗啦啦地冲水。他知道，她在洗脸，让水流冲淡她的泪水。

他又想起了罗非。她在干什么？知道他要离开的消息了吗？

罗非不再见他了，在这之前，罗非跟他说：你不要再做这无意义的事情了，我父母不同意，他们要给我找男朋友了。

他甚至说：我要坚持，等我毕业就来找你。

她苦笑一下：你是个才子，来到小县城做什么？

他望着她的脸，又一次看到了那几粒生动的雀斑道：只要和你在一起。

她背过身，捂着脸，嘤嘤地哭了起来。

那是他们见的最后一面。

他再去找她，开好了宾馆，打她的电话，她的电话处于关机状态。这部电话还是他送给她的。他在画廊卖了三幅画，换了两部手机。他留下了一部。

他每次来都住在相同的这家宾馆。以前，他每次来，她早早地就在大堂里等着他了。以前，他送她回家，但从没去过她家，就站在楼门前和她分手。在灯影中，他看着她迈动那双小腿向楼上走去。

他又一次来到楼门前，楼门依旧，门廊上的孤灯还亮着，却不见了罗非。他一直在那里站到很晚，依然没有等来那个熟悉的身影。

第二天，他又来到那个楼门前，他开始喊她的名字。有几家人推开窗子往下看，就在这时，一个中年男人向他走过来，鞋子穿在脚上，跟没提起来，趿着鞋走到他面前。看了他几秒道：你是小谭？他心想，这也许就是罗非的父亲了。他点了下头叫了声：叔叔。

那个中年男人按着他的肩膀往前推去，一直走了好远，在拐角处停了下来。中年男人说：罗非不会再见你了。他几乎哀求地：叔叔，这是为什么？

男人点燃一支烟，吐口烟雾道：罗非是县城的人，听说你是省城的。你们是两股道上的车。我们不耽误你，你也别耽误我们家罗非。

男人说完，狠狠地把烟头扔在一旁，又趿着鞋踩过去，留下一股烟味，走过拐角消失在他的视线里。

后来，他听说罗非嫁给了县长的儿子。他听一位师弟说的，这个师弟和她在一个县城。师弟说：他们的婚礼可热闹了，在两家酒店办的婚礼。一家酒店都装不下。

他想象着罗非穿婚纱的样子，一定很美。

他在痛苦中结束了一段恋情，可他却忘不掉罗非。他也经常能听到罗非的消息，说罗非去了教委当干部了，又听到她父亲到开发区当了办公室主任。后来他想，他能给罗非带来这些吗？显然不能，他只能默默地祝福着罗非。

他和子影结婚几年后，突然听师弟说：罗非离婚了。离婚的原因是她的丈夫养了小三。在这期间，丈夫的父亲调到了市里，儿子也跟到市里做生意，经常不回家。罗非发现时，那个小三已经生了孩子。罗非的梦也许是那一刻才破碎的吧。

后来师弟又告诉他：罗非辞了工作来省城了，办了一个舞蹈培训班。

从那一刻开始，他就有意无意地在寻找罗非。他送给她的电话，早就换了号码。他得到消息的第二年春天，终于在一家商场的楼上找到了罗非。商场的顶层，是各式各样的培训班。有声乐，有乐器，在最里头，有一家舞蹈培训班。此时不是上课时间，罗非正坐在门口的一个台子前认真地查看什么。他确认是罗非无疑后，走过去，她头也不抬地问：要报名吗？

他把手伸到她面前的台子上敲了一下。她抬起头，两秒钟后终于认出了他，惊叫一声：怎么是你！

罗非已经不再年轻了，但她的身材依旧挺拔。她从台子后走出来，他看到她那双腿依旧有力饱满。他口干舌燥地说：终于又见到你了。他温和地笑着。

她也笑了笑：你还好吧？

他点点头。

她说：听说，你已经是著名画家了。

他又摇摇头，苦笑一下。

从那以后，他约罗非吃过几次饭，他从她那得知，儿子正在读初中。离婚时，丈夫分给她一部分钱。现在日子过得比上不足比下有余。

他问：当年你不理我，就是因为县长的儿子？

她的脸变得有些灰白，半晌才说：我爸想当官。

他又想起那个趿着鞋的中年男人了。

他说：你爸还好吧？

她低下头，叹口气：他得了脑溢血，躺在床上，我妈照顾他。

接下来，他们的聊天就风轻云淡了，也只能风轻云淡了。

她又说：白岩寺有变化吗？这么多年没有去过了。

不久之后，他开车带她去了趟白岩寺。她没有看风景，径直进了白岩寺，她烧了炷香，跪在佛像前，久久没有起身。之后，他随着她走出来，径直来到停车场，她说：谢谢你能陪我来。

事过境迁，一切都过去了，时光留不住过往。他在心里说。

从那以后，他也平淡了下来。

八

他躺在病房的床上，看着苏荣为他削水果、倒饮料的身影，就像看着自己的孩子在床前尽孝。可苏荣虽然小他二十几岁，但她却不是自己的孩子，只是自己的学生。

他还记得她大学刚毕业时的样子，瘦小又单薄的身影，几年过去了，她开始变得圆润、干练，有女人味了。两年前，他办了一次画展，在省里的美术馆。在省里办画展，这是最高的礼遇了。他让她找出自己的十几张画，在他的画中间，开辟了一个专区，把她的十几张画摆放在中间位置，他有意让她走出来，让人们认识和认可。她的画成了人们议论的中心。他自信这个学生继承了他的风格，严谨细腻，又不失明亮大气。当媒体采访他时，他把她拉到自己的身旁，也让她谈谈自己对画作的追求。但她只说：我是谭老师的学生，我努力做好谭老师助手工作。说完便消失在镜头前。

那次画展结束，回到画坊，她对他说：老师，我不想出风头，也不想出名。我只想一直做你的助手，为你服务。

他说：胡说，你早晚有一天要走出去，独当一面。

她不说话了，背对着他，在他未完工的画上做最后的修补。

他开始为她的婚事操心。她刚来他这里时，偶尔还出去见见她那些同学，最近这两年她很少出门了，甚至她身上的衣服也就那么几件，似乎从未添置过新的。

他和子影商量，要为她介绍个男朋友。

子影的芥蒂早已消失了。苏荣刚来时，她是不放心的，心里充满了妒忌，在他包里放过录音笔，也在他画坊里安装过隐蔽摄像头，这一切他都不知道。苏荣当然也不知情。大约一年后，是子影亲口告诉了他。他有些惊讶，又有些气愤地望着子影。子影就笑笑，像个孩子似的说：谭老师，（她从恋爱到现在一直这么称呼他）你是成功的男人，又有魅力，你身边突然多了个女孩子，虽然其貌不扬，但我知道，苏荣那孩子比我有才，又比我年轻。

他没再说什么，深深地看了眼子影，站在窗前点了支烟。他很少抽烟，只有在一幅新画构思前，会抽上一两支，在淡淡的烟雾中找寻自己的灵感。

他和子影自从结婚到现在，他们之间的关系更像是朋友，她一直称呼他为老师，子影也是学美术的，此时已经成为美术出版社的副总编了。他们的话题从来没离开过美术。她虽然不搞创作，但她对美术的认识从没停滞过。她参加各式各样的美术研讨会，也给许多出名、没出名的画家写过评论文章，她的身份更像是一个评论家。她的名气和地位是在评论界。当人们得知他们是夫妻时，都觉得是难得的一对搭档。但她从来没评论过他的作品。经常地，他把一张画作的草图交给她看时，让她发表见解，她摇着头道：谭老师，你这是折煞我，我哪懂得什么画呢？我写的那些评论就是一个欣赏画的人对于审美的解读。他笑笑，看着她，她红了脸，像一个涉世未深的美术爱好者。

子影是崇拜他的，但也不像凡夫俗女那样，只知道让他挣钱。他的钱她从来不过问。他们住着文联分的经济适用房，唯一奢侈的就是他那间画坊，足有三百多平方米。她一直认为，那是他的工作场所，理应奢侈些，创作是需要好的环境的。她认为，绘画中的油画创作是贵族的创作，油画最适合描绘宫廷。

他有几张银行卡，锁在书柜的抽屉中，她从来不问有多少钱之类的。她有工资有稿费，这已经足够了。

省里有许多名气和作品远差于他的画家，早就住上了别墅，开起了豪华车。他从来没换过房子，还住在文联分给他的三室一厅的房子里。他说：这样才舒适，有烟火气。她笑笑，点点头。这是他们的默契和心照不宣。两人的三观如此吻合，才让他们如此的相敬相亲。他们的样子更像是朋友，轻轻淡淡，又心心相印。

子影为苏荣张罗朋友，有出版社编辑，也有报社记者、白领、画家。苏荣被迫无奈去见过两三回，有的约见，她走到半路，变换了路线，还把手机关了，谁也找不到她。直到很晚了，她才像没事人似的回到了画坊。

他不再逼她了，但会问：你想找什么样的？

她从来不说，只是一笑。她在他面前做的最多的表情就是笑。

最后他问得多了，她终于说：我想找一个像子影老师和你一样关系的人做夫妻，能找到吗？

他气咻咻地：不试你怎么知道？

她又一笑，调皮地：是我不想离开老师，行了吧？

她虽说的是类似于玩笑的话，但他知道，她说的是真心话。

他是个男人，经历过女人的男人，当然理解苏荣的心思，虽然她是个女孩，但女孩也是女人呢。她爱着他，但她又不能把话说破，既然得不到，就只能用相守来证明自己的爱情。

他为此苦恼。从那以后，他参加活动就带上她，希望她能认识更多优秀的男人，从此走出这种误区。

她以他的助手身份出入各种场合，她的确认识了形形色色的男人。时间长了，人们就开始议论，说她是他的小三，在别人的言谈举止中，他读懂了这点。当然，她是女人，对这些男人眼神中的细节更是心知肚明，甚至陶醉于这样的被感受中。

有一次，他应酬完回到家中，子影在电脑前忙着什么。他站在她身后点起了一支烟。她把电脑关上，回过头看着他：又出去了？他“嗯”了一声。

她说：苏荣和你一块去的吧？

他点了点头。在这之前他和她说过：得让苏荣走出去，认识更多的人，要让她接触人，才有机会让她恋爱。她支持他的做法。

她笑吟吟地说：你知道别人说你和苏荣是什么吗？

他把烟在烟灰缸里掐灭道：我知道，我又不是傻子。

她站起来，走到窗前，伸个腰说：这话都传到我的耳朵里了。

他喝口茶，就此结束了这种对话，这就是他们生活中的契合。不为一点无用的事情发酵副作用。

后来他又和苏荣谈起这个话题，关于她认识的那些男人，在饭桌上，她也大方地加了别人的微信，也有许多人在微信里和她联系。虽然苏荣不漂亮，但经过这么多年的历练，她的气质和气场也不是一般同龄人可比拟的。她现在的身份是青年画家，她是美术家协会最年轻的女会员。搞美术的人身上就有一种和一般人不一样的气质，浪漫、豪放，不拘一格，这些放在年轻女孩身上，就会让一个一个丑小鸭变成白天鹅。况且，她又不是丑小鸭。

他提起这个话题时，她放下画笔，把搭在身后椅背上的披巾披在肩上，走到他的身前说：老师，在我眼里所有的人都不如你优秀。

他停下画笔，盯着她。他正要说话。

她又说：老师，你就安心让我做你的学生吧，以前是，现在是，未来还是。

他端起茶杯喝了口茶。想抽烟，走到桌旁拿过一支烟。

她说：人为什么要结婚呢，一个人不是挺好的吗？每个人都有每个人的生活方式，老师，你不用在这方面为我操心了。

从那以后，他再也没提过这个话茬。

如今，他躺在床上。麻药让他如梦如幻。但他的情感世界是清醒的，从来没有如此的敏感。

他望着她。她似乎又瘦了些。她把水果送过来，他没接，望着她，她看到他眼里的血丝。

她盯着他的眼睛，轻轻地说：老师，你要是走了，我的天就塌了。

他握住她的手，虽然是那么苍白无力，但他们却是以男人和女人的方式第一次这么相互抓着彼此的手。

他恋恋又无力地放下，心里叹了一声，眼泪流了出来。她忙抽出一张纸巾为他拭泪，小声说：老师，你懂我。

然后，她奔到洗手间。

他听到水龙头打开，水哗哗流动的声音。他知道，她又在为他哭泣。

九

他脑子里又闪过最后一次见罗非的情景。这么多年过去了，他不知道罗非原来对他这么重要，难道就因为她是他的初恋吗？

那是两年前的事了，他在手机新闻里看到兴安商场大楼着火了。他心里一顿，兴安商场楼上还有罗非的培训班，他曾去那里看过，他见到了罗非。罗非的态度把他拒在千里之外。

当时，他有些难过，但很快就平静了。这些年来，他对罗非的回忆太多太多了，时时会想起她。想起在白岩寺的春光中，也想起他在读研究生的那两年，他奔波在火车上的情形……回忆会消耗一个人的记忆，到后来，罗非的音容笑貌已经在他记忆里模糊了，只剩下一抹色彩。也许这抹色彩，仍保留着她在他心底里的温度。

他赶到兴安商场大楼时，火已经烧尽了，消防车的身影已经远离，楼上和楼下留下一片水渍。一些商户站在楼下，伤心欲绝，大难不死地仰望着楼上，他们的脸上只剩下了麻木。他发现罗非时，她正蹲在地上，捂着脸。他走过去：人没事吧？她放下捂脸的双手，他看见她的眼睛红肿着。她见是他，站起身来，摇了摇头。

那就好。他舒了口气。

她又开始无奈地流泪，哀叹着说：刚装修过，还贷了款，也不知能不能得到赔偿。

抓紧找个地方吧，这一时半会儿好不了。他这么说。

她望他一眼，眼里是无助和绝望，也许也有伤痛。

你住在哪呢？他又问。

她无力地抬起手，指着一片居民区：在那里，三单元。我租的房子。

回去吧，看也没用。他道。

她又流下泪：学生没地方上课了，学费还得退给人家。

他把手里一瓶矿泉水递给她，他带来的，却没喝。她犹豫下还是接过来，攥在手里，沙沙地响。

他看她一眼，半晌，又看了一眼说：你在这有什么用呢？

她转过身来，慢慢地向她手指过的小区里走去。她的腰身已不再挺拔了。她的背影有些凄苦，头发也有些凌乱。

他摇摇头，移开目光，恍似又回到了若干年前，她从学生楼里跑出来，迈开饱满的长腿，外衣扣还没来得及系上，衣服张扬着，头发也在风中飘舞。他喜欢看她青春的样子，他们的青春。她的手有些冰冷，他拉过她手的瞬间，又被她快速地甩开，红着脸气喘地嗔道：楼上宿舍有人看呢。他们走进小树林里时，再也不会有人看到他们了，他疯狂地扑过去，把她紧紧地抱在怀里，把她的后背抵在一棵树上，久久，她把他推开，气喘着说：快憋死我了……这就是残留在他大脑里关于青春、关于她和他爱情的片段。

他向路旁走去，走进车里。他向银行方向开去。

一个小时后，他出现在她的房门前。她打开门惊讶地看着他：你怎么来了？他把手里的一个黑色塑料袋递过去，沉甸甸的，有些重量。这是一处老小区，没有电梯。他从一楼爬到楼顶，他喘着气：你收好，不够告诉我，我再给你取。

她接过袋子，却掉在地上，几捆钞票露出来。

她惊讶地望着他，他忙把钱袋子又往里面提了提，他看到了简陋的房间。这是一室一厅的房间，面积不大，摆设陈旧，沙发似乎缺了条腿，用一摞书垫起来。她忙用身子挡住他的视线。

他忙从屋里退出一步，立在门外，看她一眼说：我走了，有事联系我。

他向楼梯下走去。

她突然喊了一声，他立住，回头去看她。她向前一步，小声地说：这钱我不能要。

他犹豫一下道：算借给你的。以后挣到了，再还给我。

他不再听她说什么了，快速地向楼下走去。走到他车旁，拉开车门上去。他突然失声痛哭起来。不知为罗非还是为自己，抑或他们共同经历过的爱情。他伤心难过地哭着，许久之后才平复下来。

从那以后，他对罗非的回忆奇迹般地消失了。许是现实占满了他的脑海吧。他的眼前经常闪过，一摞书垫起的沙发腿的场景。

不久后，她给他发来了信息，告诉他，培训班又开张了，找了一处写字楼，在一层改造成舞蹈培训班。

他回了信息，表示祝贺，并再次告诉她，让她有困难来找他。

后来，她又来过两次信息，告诉他培训班开始盈利了，等攒下钱就还给他。

……

从那以后，她就很少有信息了。

他的心情平息了下来，偶尔会想起她，却只剩下了一个闪念。

他住进医院后，突然又接到她的信息，告诉他，自己攒了五万块钱了，看什么时候方便先送过来，剩下的再慢慢还。

他这次认真地给她回了信息，告诉她，他的钱是送给她的，怕她不要才说借给她的。让她保重自己，有钱了租一处好一点的房子，并祝她好运。他没告诉她自己住院了。他现在很怕见到她。

她没再回信息。

此时，他又一次想起罗非，藏在他心底近三十年的遗憾。他拿过手机，找到他和她这两年来相互发送的信息，数了数一共十三条。他把那些信息又看了一遍，打开删除键，点了一下。瞬间，手机屏幕一片空白，像此时他的心情。

十

他在病床上躺了一个半月之后，突然能下床了，不仅下了床，还自己走到洗手间，洗了脸刷了牙。这一个多月来，他终于在镜子中看到了自己的样子。头发蓬乱着，眼窝深陷，他几乎认不出自己的样貌了。

他从洗手间走出来，子影买早点还没回来。他推开病房的窗子，点上了一支烟，久违的香烟味道。他吸的不仅是烟草味道，更是久违的烟火气。他大口地吐出烟雾，让香烟的味道在身体里弥漫。他平时吸烟不多，只是偶尔，今天早晨，他突然想抽烟。

子影回来了，提着油条、包子、稀饭。看到他的样子吃了一惊，忙问：你怎么起来了？他回过身闻到了食物的味道，久违的味道，让他的食欲大开。他吃了一根油条，还吃了个鸡蛋，把一碗粥喝得干干净净。

子影看着他的样子，目光流露出几分惊讶：你是不是好了？

他笑一笑，用纸巾把嘴擦了，走到洗手间又刷了次牙。他再出来时，子影也吃完了，已经把桌面收拾干净了。

他坐在床上，把枕头靠在后背上。子影帮他倒了杯水，放在床头柜上，他伸手可及之处。然后坐在椅子上，仍是那么吃惊地望着他。他勉强地笑一笑：我可能是回光返照吧。子影的眼圈又一次红了。自从他查出绝症住院以来，子影从不当他面哭。但他知道她哭过了。他又笑笑：我不是说过了吗，人总要死的，或早或晚的事。你能送我，我很欣慰。

子影已经流下泪来，拿纸巾擦脸，止也止不住的样子。

他轻叹了一声，不知为自己还是为子影。他半躺下来，头仍靠在床头上。该交代的已经交代完了，还有什么要交代的呢？他想起了孤儿院里的小黑子。这是他们对那个男孩的叫法，孤儿院给孩子起了个名字——院生。当然，这肯定不是孩子的真实姓名，他的真实姓名已经不重要了。因为院生长得有点黑，他们私下里这么称呼着院生。小黑子三四岁的样子，很结实，总是爱打量陌生人。小黑子就是这么不同寻常地打量着他们，才引起他们的注意的。

大约在一年前，子影突然说：我们领养个孩子吧。他没有吃惊，看着她，想了会说：想领就领吧。他们年轻那会儿，没想过要孩子，他们都有自己的事要干，对孩子还没什么兴趣。一晃他们却老了，他还是干他的工作，在画坊里绘画，过了五十岁，他觉得自己的画艺长了一大截，不仅是绘画，他画的是生命、人生和哲学。其实一幅简单的画，每个人都能画出自己不同的感觉来。灵感和经验已经不重要了，他现在画的是思想。许多人都评论说，他的画和以前的不一样了，有内涵了。

子影现在是美术出版社的副总编。她到了五十岁，突然失去了动力和热情。她做了一辈子美术编辑，热情早已消耗殆尽，剩下的只有责任。

他们去了孤儿院，却没下定最后的决心，他们不停地谈论关于小黑子的话题。他们翻出手机里给小黑子拍的照片，指指点点地议论，说得更多的是子影。有时在办公室，他独自一人时，也会打开手机，找出小黑子的照片来看。

后来他们又去了一次，小黑子似乎已经熟悉了他们，主动上前打招呼。第二次，他们蹲下身，让小黑子站在他们中间，他们三人合了影。

谈论小黑子又成了他们新一轮的话题。确切地说，他是为了子影才去的孤儿院，养个孩子的愿望，对他来说并没有那么强烈。

再后来，他突然病倒了，住进了医院，小黑子的话题也戛然而止。

在他离去的最后一个早晨，他又提了出来。他帮她下定决心道：我走了，你会孤单，要个孩子陪陪你，也是个营生。

她点点头，红肿着眼睛看着他。

他还想说点什么，想了想，似乎该说的话已经说完了。他已经把身上的银行卡交给了她。对，就剩下那一百多张画了。这是他的作品，也是他的心血。他说：还有几张画没画完，送给苏荣吧。剩下的画，你收好，怎么处置都行。

她又要哭出来。他望向她，想象着子影带小黑子生活的场景，他嘴角呈微笑状，眼睛慢慢闭上，身子向下滑了一下。

子影起初以为他累了，要睡会儿，她起身想给他把被子盖上，却发现他的手从胸前掉落下来，已没有了呼吸。

她忙跑到病房门口，冲护士站方向大喊：护士！医生……

十一

他只觉得自己的身子飘起来，越飘越高，悬浮在半空。他看见了自己躺在病床上，那么瘦，那么小。他看见自己睡着了，然后还看见子影和苏荣也站在床边，后来，罗非走了进来，手里提着一个大大的黑色塑料袋。她也呆立在他的床头。这三个和他有关系的女人，就那么站着。

他越飞越高，一切都只成了一片模糊的影子。他明白，自己和这个世界告别了。他心里轻轻说了句：再见了！

再叫一声：妈

一

时间进入九十年代初，老马家发生了一件大事。

事件的核心人物是马树，马家唯一的儿子。马树即将高中毕业，参加高考的日期指日可待。马家为了马树填写报考志愿召开了一次隆重的家庭会议。

会议由母亲苏桂云召集并主持，父亲马兴旺，大姐马莲，二姐马花，马树的大姨，一位风风火火的中年女人苏桂霞也列席参加了。一家人神色凝重又满怀激动地围坐在平日里吃饭的饭桌前。事件的主角马树态度暧昧，事不关己地坐在一旁的沙发上。电视开着，电视里正播放一部名叫《铁臂阿童木》的动画片。

母亲苏桂云在姐姐苏桂霞目光的鼓励下，站起身来，头扭向马树道：马树，你把电视关了，今天全家人召集起来，要讨论你的大事。

马树先冲母亲扮了个鬼脸，一脸无辜地关了电视，冲着每位亲人嬉笑。亲人们此时的目光都落在了马树身上，成分是复杂的。母亲苏桂云是娇宠疼爱的；父亲马兴旺是一副顺其自然的表情；两个姐姐马莲、马花的目光中多了些复杂的成分，既有对弟弟马树的疼爱，当然这一切都来自亲情，同时还有忌妒的成分，因为马树是家里唯一的男孩，从小到大受父母的宠爱要比她们多了一些，从小到大一直这样，她们也习惯了、默认了，但还是忌妒；苏桂霞是一副不怕事大的神情，她的意念里就是妹妹的利益，只要妹妹好她就好。她毕竟和马家隔着一层，但她和自己的亲妹妹没什么隔不隔的，一奶姐妹，她站在妹妹的角度，为马家操着一颗善良又急迫的心。

母亲苏桂云开宗明义地拍了拍桌子道：小树，妈的意思还是让你报考军校，军校一毕业你就是军官了，不像你爸，当了几年兵，回来还是个兵。

马兴旺是当过军人的，那是七十年代的事。马兴旺当的是工程兵，施工作业，哪里有军事设施，就去哪里施工。马兴旺当满三年兵时，正准备顺风顺水地入党，只要入了党再努力一下就有机会提干了。不料在施工打山洞时，现场塌方，马兴旺受了伤，一条腿被砸断了。后来虽然腿被接好了，但不再适应部队工作了，就复员了，入党提干的希望成为泡影。虽然后来还是入了党，但那是复员回到工厂几年后的事了。

苏桂云认识马兴旺那会儿，马兴旺正在部队上。马兴旺当兵满两年时探亲回家，媒人介绍苏桂云认识了马兴旺。那会儿的马兴旺刚刚二十出头，一身军装，嘴上的绒毛刚刚冒芽，鲜活得很。苏桂云打小就有军人情结，自己当不上兵就希望嫁给一个军人。认识鲜活的现役军人马兴旺之后，苏桂云立马就让自己跳进了爱河，连挣扎都没有。后来他们通信联络，互诉梦想。正当苏桂云做着日后要嫁给一个军官的美梦时，"咔嚓"一下，马兴旺拖着一条负过伤的腿回来了。苏桂云的梦醒了。她蒙着被子在自家床上哭了三天，又睡了三天，最后还是爬起来，拍一拍脑袋在心里说：怪我苏桂云没那个命呀！

不久，她壮志未酬地和马兴旺结了婚。那会儿，苏桂云把一切希望都寄托在下一代身上了，可一连生了两个孩子，都是闺女，她有些泄气，后来才生出了马树。马树这名字也是苏桂云起的，希望马树就像一棵树一样茁壮成长，并有志气长成一棵参天大树。

果然，马树一路茁壮成长，学习成绩从小学到中学一直名列前茅。马上高考了，苏桂云一定要让马树实现自己的梦想。此时，马树可以直接考军校了，毕业后不仅是大学生，而且立马就是军官。这对苏桂云来说，简直就是一条梦想的捷径。早在之前，她就和姐姐苏桂霞沟通过了，得到苏桂霞的赞同，苏桂霞把大腿拍得啪啪响道：妹子，太对了，你和姐想到一块去了。把小树送到队伍上去，这才有大出息，以后当军官，当高干，那是什么感觉？风光啊，你们老马家也算后继有人了。

苏桂霞也一口气生了两个闺女，一心想要儿子的念头没能实现，两个姐妹一棵苗，她早就把马树当成自己的梦想和未来了。两个中年女人的梦想达成一致，她们要为之奋斗实现了。

此时的马树一副胸有成竹的样子，冲亲人们笑着，目光背后却闪烁着我行我素的贼光。他歪着头叫了声妈又叫了声爸，当然也叫了声大姨，用目光在两个姐姐脸上扫了扫。两个姐姐都二十出头，正是如花似玉的年纪。马树看到姐姐们之后，他就想到了同学周牧鸽。在他眼里，两个姐姐都不如周牧鸽漂亮。周牧鸽不仅漂亮，家境也好，父亲是市环卫局的局长，母亲虽只是一般干部，但那也是干部。周牧鸽在马树眼里清新脱俗，那不是一般的女孩。他和周牧鸽坐邻桌，因为马树学习好，周牧鸽一直比较崇拜马树。即将毕业前夕，周牧鸽递给了马树一张纸条，从那开始，情窦初开的两个人就开始眉来眼去，不知不觉间，两人好上了。当然高考在即，一切都还在地下实习阶段。

马树和周牧鸽两人也勾画过高考的理想。他们一致认为，要考就考本省的大学。那会儿周牧鸽考外地，尤其北京这类大学没有把握。马树被初恋冲昏了头脑，虽然自己学习好，有冲出本省走向全国的实力，但为了爱情，他要和周牧鸽考一所学校。

在家庭会议之前，两个年轻人已经沟通好了。此时在马树心里，周牧鸽远比母亲的梦想要重要得多。

马树的眼神躲闪了几次之后，一副乖孩子的神情说：妈，考什么样的大学听你的，听全家的。

还没等苏桂云和马兴旺表态，苏桂霞一拍大腿道：哎，这就对了，还是我们的小树听话。

苏桂云笑了。

马兴旺如释重负地说：那就这么地了，快做饭去吧，别让孩子饿了。

苏桂云掸了掸坐皱的衣服兴高采烈地去厨房做饭了。

高考前两周，马树把高考志愿表拿到家里，这是母亲要求这么做的。一家人几颗脑袋凑在灯下，看着马树工工整整地在第一志愿栏里填写上了“石家庄陆军学院”的字样。

填写家长一栏意见时，苏桂云已经接过了笔，但下意识看到了马兴旺，她忙把笔塞到马兴旺手里道：你是一家之主，孩子的大事你来签。

马兴旺接过笔，看眼马树，又看眼苏桂云及全家人的脸。苏桂云就鼓励道：签吧，你是一家之主。

马兴旺把儿子的高考志愿书拿过来，在家属意见一栏里郑重地填写了“同意”两个字，又一笔一画地写上了自己的名字。最后把笔和志愿表都递到苏桂云手里，仿佛苏桂云是领导，他眼巴巴地望着苏桂云。

苏桂云审阅人无误之后，说了句：妥了。

马兴旺嘘口长气，搓了搓手，满脸成就地笑了。

对于工人阶级的马兴旺来说，又写同意又签名这种经历还不多。只有每月领工资时，在工资条上签上自己的名字，但没有“同意”两个字。在马树的高考志愿表上，他体验了一家之主的威严和神圣。

在一家人的注视下，马树很随意地把那张高考志愿表放到书包里。苏桂云不放心，接过书包又用手按了按，这才放心地嘘口气。

高考如期地开始了，那几天高考，苏桂云专门在单位请了假，陪着马树走进高考点。马树在里面考试，母亲就踮着脚在外面等，一副望眼欲穿的神情。

那几天，苏桂云把马树高考当成了头等大事，跑前忙后，一会儿煮绿豆汤，一会儿炖排骨。马树终于考完最后一科。苏桂云见到儿子，一把抱在怀里，迫不及待地说：儿子，考得咋样？

马树笑一笑，只轻描淡写地答：还行。

母亲立住脚，虚虚地问：咋叫还行，考军校有谱没有？

马树又轻轻淡淡地说：估计差不多吧。

母亲听了这话，呼吸就急促起来。

马树拉过母亲：妈，过几天就出分数了，到时你就知道了。

等待分数公布的那些日子里，苏桂云比马树还着急。她三天两头从单位请假出来往学校跑。学校操场旁有一个硕大的公示栏，每年高考成绩都在那里公布。

苏桂云心急如焚地往学校里跑，没等来高考成绩，却发现马树有些反常。自从高考结束后，马树很少着家，早出晚归的，问他干什么去了，马树也支支吾吾地找各种借口。马树长这么大，一直生活在母亲的目光之中。突然间，马树脱离了自己的视线，她就觉得儿子要出大事了。当儿子面又不好说，她只能采取盯梢的方式。她每天照常出门，但并没有走远，而是潜伏在家门口周围观察马树的动向。

只要马树出门，她就像一个情报人员一样立马跟踪而至。这一跟踪不要紧，立马发现了苗头。苏桂云发现，自己的儿子和一个漂亮女生搅在了一起。这一天，两人有说有笑地又一次约会，还一起去了一家游泳馆。看着两人分别进了男女更衣室，苏桂云的心就彻底乱了。为了查明究竟，母亲也买了张游泳票。别人走进游泳馆都穿着泳衣，唯有她穿着正常的衣服，手里还提着每日上班的包，引起众人怪异的目光。她躲在角落里，看着泳池内花花绿绿的景象。正是暑期，来游泳的大都是放假的大、中学生，孩子们无忧无虑地在嬉水玩闹。在众多孩子中，苏桂云很快看到了马树。马树正在浅水区教那个漂亮女孩子游泳。两人也一边说笑，一边撩水打闹。她亲眼看见那个女孩子揽了儿子的脖子，还用嘴亲了儿子的脸。苏桂云的眼前立马黑了，她都不知道是如何冲到儿子面前的。她站在泳池边上，用手指着那个女孩，吃惊、气愤已经让她说不出话来了。

马树站在水中发现母亲，也是一惊，他放开周牧鸽吃惊地：妈，你怎么来了？

苏桂云终于缓过一口气道：马树，你给我上来。

马树不明真相，湿淋淋地从泳池里爬上来。母亲立马拽过马树的一只胳膊把儿子拖到男更衣室门口道：你快去穿衣服，妈在外面等你。

马树的地下恋情败露了，这对全家来说是件大事。全家人又聚在一起，同仇敌忾地声讨着马树。

在一家人的观念里，马树刚参加完高考，这时候恋爱为时太早。受到阻碍批评都在预料之中，他明白争辩是没有意义的。他只能选择沉默。他靠在沙发上，他的身前身后是父亲母亲、两个姐姐，还有大姨，他们指手画脚轮番上阵。母亲拉住马树的手，恨铁不成钢：小树呀，你刚参加完高考，马上就要上军校了，未来你就是军官了，这么早谈对象，会害了你的。

马树看着母亲，干脆闭上了眼睛。

大姨苏桂霞对马树的态度很不满意，从随身的包里拿出一个卷了边的日记本，还有一支笔，凑到马树耳边道：树，你说，那个女孩是哪的？多大了？家庭是什么背景？

大姨是一家单位的会计，凡事都爱弄个一清二楚。

马树看了眼大姨，仍不想说话。母亲苏桂云抓住马树的手用了些力气，又摇晃两下：说话呀，你大姨问你呢。

两个姐姐也虎视眈眈地望着他。父亲背着手在一旁沉重地踱步，不停地打嗝。父亲不知什么时候养成了一种怪毛病，一有点急事就爱打嗝。

马树意识到躲是躲不过去了，但他也不想全招，只说：她是我同学，叫周牧鸽。

大姨很快在小本子上记下了。

母亲急迫地：还有呢，她爹她妈是干啥的？

马树不耐烦地：我知道的都告诉你们了，就这些了，还要问什么？

面对马树一副死猪不怕开水烫的架势，一家人束手无策，他们像热锅上的蚂蚁围着马树团团乱转。在一家人的印象中，马树学习好，阳光、健康、向上，本应该一心一意地学习，成为家庭和社会的栋梁，到那时别说交个女朋友，就是找个千金小姐也不在话下。没料到在全家人心目中健康向上的马树在这当口儿却谈起了不着调的恋爱。一家人失望气愤。

大姨毕竟是单位的会计，也算识文断字。交际的朋友广泛一些，她很快打听到那个叫周牧鸽的女孩背景，她一五一十地和马树的父母说了。周牧鸽的父亲是市环卫局局长，母亲是另外一家机关的普通干部，家里还有一个哥哥，已经结婚了。

周牧鸽的家庭背景无疑让普通人家的马家人大吃一惊。他们没想到儿子马树一谈就谈了个有背景的千金小姐，况且人又长得漂亮。

大姨率先表达了自己的观点：妹子、妹夫，马树要是把这恋爱谈成了，大学毕业一定能找份好工作，以后的日子就不愁了。

苏桂云显然对姐姐的理论不感兴趣，她用目光横着姐姐道：咱家马树日后是要当军官的，说不定还能当个将军，他啥样姑娘找不到？以后他去省城找，说不定还能找到北京人家的姑娘呢。

苏桂霞被妹妹苏桂云的远见卓识震撼了，她看眼妹妹，又望眼妹夫马兴旺。

马兴旺背着手又在一边踱步一边打嗝，他这一习惯是在部队养成的，部队的首长开会或思考一些大事时就经常踱步。在马兴旺眼里，这种踱步很有思想，也很内涵。他一直把部队的优良传统带回了地方。一遇到事他不先表态，听着各种声音在他脑子里汇齐，然后再做出自己的分析判断。这会儿马兴旺停止了踱步，把手从身后拿到身体前面来，他每逢讲话都要辅以手势。老马挥了下手道：这事就告一段落吧，咱家马树马上就要上军校了，那个什么鸽还不知上什么学校呢，他们长不了。你们说是不是这个理？

马兴旺每次表态时都很民主的样子，先是肯定或说一件事，最后再把自己的决定或者犹豫抛给苏桂云，再由苏桂云拍板，这是在家里没有外人的情况下。在有外人时，苏桂云先发表意见，头头是道地说完了，再把球踢到马兴旺脚下，让他临门一脚把球踢进球门。苏桂云知道人前人后要树立马兴旺一家之主的威严。虽然家里大事小情都由自己张罗，也基本由自己定夺，但在拍板时，她还要象征性地把权力交给马兴旺。仿佛机关的一份红头文件都是由领导定的，马兴旺就是在红头文件上盖章的那个人。

很快，马树的高考成绩公布了，马树考了个高分，别说考军校，就是上北京的名牌大学也八九不离十。

那些日子，母亲苏桂云逢人就说：我们家小树要上军校了。军校知道不？毕业就是军官，在部队工作。

邻居和单位的一些同事说的都是花好月圆祝福的话语，同时还有一双双羡慕的目光投在苏桂云一家人的身上。左邻右舍都知道马家出了一个人物——马树。

马家被这种喜庆的氛围笼罩着没多久，一纸录取通知书打破了一家人的幻想和美梦。寄来的通知书不是陆军学院，也不是北京著名的大学，而是省大学。

苏桂云和马兴旺拿着录取通知书研究了半晌。苏桂云怀疑自己看错了，揉了揉眼睛，看到的仍然是省大学，不仅白纸黑字，还有大红的印章。从天上到地下，一家人的失落便可想而知。

回到家的马树看到桌上放着的那份录取通知书，他一点也不悲伤，甚至还吹响了口哨。他的喜悦之情溢于言表。

失望灰心的母亲一把拉着马树来到了卧室。母亲红着眼睛，有气无力地说：马树，你给我说明白，咱明明志愿填的是军校，军校干吗不录取你？你的分数超过军校录取线几十分，是不是有人走后门把你顶下来了？你说实话，妈去教委找他们算账去。

马树把录取通知书装在口袋里，扶着母亲的肩膀笑嘻嘻地：妈，省里的大学不是也挺好的吗？当初我报的就是省大学。

原来填写志愿时，一家人研究的第一志愿被马树改了，改成了省大学。这是他和周牧鸽研究的结果。周牧鸽的学习成绩不如马树，考省外大学没有把握，两人为了能上同一所大学，马树把自己的志愿偷偷改了。现在终于如愿以偿，他年少的心底有一种天降大任于斯人的自豪感。母亲的希望、一家人的梦想都被他抛到了脑后。

马树读军校未遂，在马家引起了一场轩然大波。母亲苏桂云一惊一气在床上躺了两天，马兴旺不停地踱步打嗝。不论如何生病着急也改变不了结果了，日子就又依旧了。不依旧又能怎样，总不能让马树再考一次吧。

全家人只有马树一人开心坦然，为了他即将实现的阴谋。他开始偷偷地和周牧鸽见面，谋划着即将开始的大学生活。

从床上爬起来的母亲，见到左邻右舍的人又说：我们家小树考上省大学了，其实省大学也没什么不好，考军校听说要吃苦的。同事邻居们照例又是一片祝福。母亲苏桂云仍一脸骄傲和幸福。

终于到了去大学报到的日子。在这之前，全家人为马树上大学费了不少心思。两个姐姐为马树采购了生活必需品。苏桂云那几天也在单位请了假，变着法地为马树做好吃的。儿子长这么大，还是第一次出远门，而且这一次一去就是四年。虽说省城并不远，但毕竟不在母亲的眼皮子底下了，担忧操心是免不了的。

母亲每次吃饭都坐在儿子对面，把做好的菜像山一样地码放在马树的碗里，眼泪汪汪地盯着马树说：树哇，你多吃点，过几天你就吃不到妈给你做的菜了。

母亲一边说一边抹眼泪。

两个姐姐马莲、马花对母亲的偏心眼已经习以为常了，她们也学着母亲一股脑地把好吃的都夹到弟弟面前。

马树没能考取军校，马兴旺虽心有不甘，但儿子毕竟考上大学了，也值得庆幸。他给自己倒了杯酒，“刺溜”一声喝了一口，见妻子抹开了眼泪，他重重地把酒杯放下了道：好男儿志在四方，当年我要是不受伤，我肯定在部队……

马兴旺一说起当年，先是两个姐姐放下碗筷走了，接着就是母亲。老马一说起当年就一副壮志未酬的神情。他说的次数多了，全家人耳朵都不受用了，只能选择逃避。马树没有躲，毕竟他马上就是大学生了，况且又要离开家门了，他不想驳父亲的面子，坐在那看着父亲喝酒。父亲“刺溜”一声又喝了一口酒，喷着酒气冲马树道：树哇，人这一辈子就是个命，你说说为啥改了志愿不去军校？

马树低下头，很快又抬起来道：爸，你别问了，不为啥，我喜欢艺术，军校没这个专业。

马树报考的是省大学主持人专业。

那会儿，马树还不能确切理解主持人这个职业，但他喜欢诗，也喜欢朗诵，在中学的文学社他就是主持人。不仅朗诵舒婷、北岛的诗，也朗诵自己的诗。在中学的文学社，他已经是个才子了。

老马不再说啥了，他把酒杯里的酒一口干掉，抹了一下嘴道：不说了，以后的路靠你自己走，父母不能替你走。

马树冲老马笑笑，为了父亲对自己的理解。

转眼就到了马树去大学报到的日子。

母亲不放心儿子一个人去大学报到。她要带着马莲一起送马树去大学。火车票已经让马莲买好了。她亲自拖着箱子，背着马树的旅行包，一副披挂上阵的样子。刚开始，马树一直在听母亲的安排，一直到了车站候车室，他看到了人群中的周牧鸽，事前两人约好了，要坐同一趟车去大学报到。他催母亲和姐姐快些回去。母亲这时掏出了火车票道：树哇，我要和你姐一起陪你去大学。

马树一听就急了，如果母亲和姐姐去，完全打乱了他事前的计划，说不定她们还会发现周牧鸽，他的阴谋就暴露了。无论如何他也不能让母亲和姐姐陪自己去。想到这，他一屁股坐在箱子上道：妈，你们要去就自己去吧，我不去了。

这会候车大厅里又开始广播旅客开始检票的消息。马树瞟了眼人群中的周牧鸽，她一副担心的神情。

马树冲母亲和姐姐道：妈，我都多大了，这么多人送我不怕让人笑话？

马树扭过头不再理母亲。

母亲眼见着检票人流都走完了，马树还没有检票的意思，无奈地拉起马树道：树哇，妈听你的，不去了，你自己去吧。

马树听了这话立马起身，拉起箱子背上包快速地向检票口走去。

马树走进检票口，母亲还在冲马树说：树哇，到了学校别忘了给妈打个电话。

马树冲母亲和姐姐挥了一下手，转眼就不见了。

苏桂云的眼泪就下来了，儿子走了，像一只腾空而起的风筝。母亲的心里空了。

从那一刻开始，母亲的心被马树带走了。

二

大姨苏桂霞带来了一条惊人的消息。

那天下班以后，苏桂云正在厨房做饭，马兴旺在客厅的沙发上看报纸。马花正处在热恋之中，下班约会去了，还没回家。那会儿马莲正新婚不久，下了班回到了自己的小家之中。就在这时，苏桂霞一阵风似的冲了进来，她站在客厅中央，拍手打掌地：不好了，马树要出大事了。

苏桂霞这一声，着实吓着了苏桂云。她正在烟熏火燎地炒菜，此时“当”的一声扔下勺子，奔将出来，尖着声音喊：马树咋地了，我家马树出啥事了？

马兴旺也放下报纸，老花镜滑到鼻尖上，张口结舌地望着苏桂霞。苏桂霞拍了大腿：你们知道吗？周牧鸽那小妖精你们还记得吧，她现在和咱家马树在一个学校。

马兴旺听了，又拾起报纸，默默地看起了新闻。在他的感受里，马树和周牧鸽在一个学校没什么大不了的。马树已经是大学生了，同学们来自五湖四海，这有什么大惊小怪的。况且，家里的大事小情都被苏桂云一个人担了，她决定的事，他操心也没用，他只负责盖章。

苏桂云和苏桂霞却不这么认为，姐俩拉扯着走进厨房，此时锅里的菜已经烧焦了，苏桂云干脆关了火，在排风扇“嗡嗡”的伴奏下，两人高一声低一声地议论开了。

苏桂霞道：咱们被骗了，马树和那个小妖精这是设好了套。

苏桂云：我说嘛，好好的军校不考，非得考省大学，原来这里面有鬼，我就不信了，看我拆不散他们。

苏桂霞：妹子，你想对了，咱家马树那么优秀，这刚上大学，腿就被那小妖精缠上了，他以后还怎么走自己的路。我告诉你小云，这事处理不好会影响马树一生。

苏桂霞作为姐姐，她一直称苏桂云为小云。从小到大，苏桂云都听苏桂霞的。因为她是姐姐，她像领导似的引领指挥着妹妹这样或那样。

苏桂云经过短暂迷惘之后，目光变得坚定起来，她把腰杆挺了挺，把手在围裙上用力擦了擦道：放心吧姐，我不会让马树越走越远的。这孩子就是鬼迷心窍了。

苏桂云当即决定，要去省城一趟，到了省大学，她要把马树和周牧鸽的情丝斩断。

马兴旺对苏桂云的做法虽保持异议，但拗不过苏桂云的去意已决，只能由着她去了。

苏桂云到达了省城，并在省大学附近住了下来。她虽然迫切地想见到马树，但她还是忍住了。她要出其不意给马树和周牧鸽以狠狠的打击。

那天傍晚，苏桂云潜进了大学校园，儿子马树的教室和宿舍她已经打听清楚了，就是学生食堂她也摸到了。她一直在暗中观察着马树。下课吃饭，又回宿舍，这一切都很正常。时间再晚一点，有学生三三两两地出来，有的去图书馆，有的去教室。马树也出来了，腋下夹了本书，他没去教室也没去图书馆，而是径直去了操场。操场上人很多，有跑步的，有在灯下看书的，也有三两个人在散步聊天的。苏桂云紧跟在马树身后，她利用地形地物做掩护，跟军统人员似的跟踪监视着马树。

果然，她在操场上看到了那个周牧鸽。周牧鸽站在那里似乎已经等了马树许久了。两人见了面都眉开眼笑，无比亲昵的样子。周牧鸽还准备了几张报纸，铺在一个比较舒服的地方，拉着马树坐了下来。苏桂云躲闪着凑过去。马树在朗诵一首诗，高高低低的，很投入的样子。周牧鸽欣赏地听着，还不停地鼓掌。苏桂云实在看不下去了，她心里骂了一声：小妖精。一蹦一蹿就站到了两人面前。

马树突然看到了母亲，一怔一惊之后，仍然不相信，又揉了揉眼睛，确信眼前站立的就是母亲苏桂云，他叫了一声：妈，你怎么……

他的话还没说完，苏桂云一把拉起马树就走，走了几步，马树挣开母亲叫了声：妈，你这是干什么？来学校咋不提前告诉我一声？

苏桂云别提有多生气了，她叉着腰，腾出一只手来颤抖着指着马树的鼻子道：小树，你、你学坏了，太让妈失望了！

马树看了眼不远处的周牧鸽，周牧鸽也不知发生了什么，呆呆地望着。

苏桂云又转头冲周牧鸽：你凭啥勾引我儿子，小小年纪不学好，专门谈恋爱，放着好道你不走，你爸当个局长就了不起了……

苏桂云一气之下，乱了方寸，把自己这些天的积怨一股脑都说了出来。

操场上一些学生不知发生了什么，纷纷围了过来看热闹。

马树面子上过不去了，抱住母亲挥舞的手臂道：妈，有啥话咱们去我宿舍说。

苏桂云挣扎两下没能挣脱开，只好随儿子走去。两人没去马树的宿舍，而是直接去了苏桂云住的小旅馆。

那一晚，苏桂云劈头盖脸把儿子马树好一顿数落，中心主题只有一个，不允许马树这么小年纪谈恋爱，即便谈也不能找周牧鸽这样的，这样下去，儿子就会被带坏了。在母亲的观念里，漂亮的女孩子都是危险的。

马树明白在这点上无论如何说服不了母亲，从小到大马树都要听母亲的，从穿衣吃饭到学习，大方针都是母亲拿。虽然现在自己是大学生了，但母亲的威严和威仪仍无处不在。即使有自己的主意，马树也只能做出一副唯命是从的样子，口头上一件件答应了母亲。

那天晚上马树就留在旅馆里陪母亲，母亲又一次和儿子躺到了一起。她搂着儿子，从马树小时候说起，又说到马家的希望和重任都寄托在马树身上了。一直到马树打起了呼噜，母亲才停止絮叨。

天亮之后，马树要去上课了，帮母亲退了房，又送她到公共汽车站，一直看着母亲乘车而去，马树才往学校走。

苏桂云坐了一站又下车了，她不能就这么简单地走。表面上马树答应了她的要求，他要是阳奉阴违呢？她既然来了就要斩草除根。

她又一次返回学校，直接找到了马树的班主任。在这之前她已经打听清楚马树的班主任姓甚名谁了。

她站在班主任葛老师面前。这位葛老师三十多岁，戴着眼镜，一眼望过去就是个老师。苏桂云心里就生出了许多好感。她不想绕弯子，开宗明义地介绍了自己，然后她眨着眼睛道：葛老师，你们学校有规定学生不准谈恋爱吧？

葛老师笑了笑简单地答：我们不提倡学生早恋，但毕竟大学了，对恋爱这事也不能简单粗暴地对待。

苏桂云听了这话眼睛立马瞪大了，她又叫了句：葛老师，这么说，你们大学可以谈恋爱了？

葛老师不知如何回答，抓抓头，笑着，不说是也不说不是。

苏桂云就说：我们家马树今年还不到十九，刚大学一年级，应该把心思用在学习上吧？

葛老师认真起来，点头道：那当然。马上又问：大姨，你家马树谈恋爱了？

苏桂云不说是也不说不是，她瞅着葛老师认真地说：我们把孩子交到你们老师手上了，你们可要对学生负责，多让他们学点好的，不好的可得让他们少学。

葛老师又郑重地点了点头。

苏桂云：我觉得吧，马树这么小，正是学习的大好年华，你作为老师一定要多引导哇。

苏桂云把自己想表达的都说了，一步三回头地从老师办公室出来，葛老师相跟着把苏桂云送到了学校大门口。葛老师反复保证：一定多关心关注马树的学习和生活，并让苏桂云放心。苏桂云这才忐忑着离开学校，返回了老家。

她回到家里把在学校的经历说给了丈夫马兴旺，马兴旺没有表态，背着手在客厅里踱步。踱了一会儿，又踱了一会儿，因当年腿受过伤，踱步的姿势不够协调，高高低低的样子。

苏桂云忍不住了，道：别走了，驴拉磨似的，转得我头晕。你倒是说话呀！

马兴旺停住脚，仍背着手道：我觉得吧，也没什么大不了的，孩子小，谈个恋爱也不一定会有结果，要不就先让小树实习着。

苏桂云一听就火了，拍了下腿道：啥实习不实习的，万一实习不好，走了歪路呢？

马兴旺咂了下嘴便不再说话了，既然苏桂云定了调，他就不想操心了。

苏桂云想好了，一不做二不休，她要找周牧鸽的家长谈一谈。在苏桂霞的帮助下，她很快查到了周牧鸽家里的地址。终于有一天，苏桂云开始行动了。每逢有重大活动时，苏桂云都要把自己打扮一下。新婚时，她有一件呢子大衣，还有条红丝巾，当年她穿着这身衣服照了许多相，别人都说好看。后来，她舍不得穿了，把呢子大衣压了箱底，但每次有重大事情发生，她都会把这套体面好看的衣服找出来，再配上红丝巾，然后披挂上阵，她心里什么事就都有谱了。在《新闻联播》开始时，苏桂云敲响了周局长的家门。她选择这个时间也是动了番心思，时间早了，人家正在吃饭，晚了有可能出去遛弯。当领导的都关心大事，《新闻联播》是最好的时间。

她走进周家时，周家夫妇一脸错愕地望着她。她只好先自报家门，对方仍是不解。她干脆又一次开门见山地说：你家周牧鸽和我儿子谈恋爱的事难道你们不知道？

周局长立马把电视声音关小了，夫妻俩对视一眼，不明就里地看着苏桂云。

苏桂云喝了口周夫人给倒的水道：咱们都是当家长的，都希望自己孩子有个出息。我不赞成孩子这么小就谈恋爱，要让他们趁年轻把心思用在学习上。

周夫人就说：这事我们没听说过呀！牧鸽这孩子真是的，我们一定找她谈谈，太不像话了。这么小年龄就谈恋爱，唉，真是操心死了。

周局长放下电视遥控器，很局长地说：嗯，谢谢你苏同志，这事我们找孩子了解一下，如果确有其事，我们一定批评她，让她端正人生态度。

苏桂云听了这话，心放下了一半。她放下杯子：既然话说到这份儿上了，那我就多说两句。几天前我去学校了，找我们家马树谈了谈，也和他们班主任汇报了。我们工作也做了，但谈恋爱是两个人的事，我想来想去，还是和你们通报一声。

周局长和周夫人点头称是，脸红一阵白一阵的，他们一致同意苏桂云的看法，并答应一定要找自己的女儿周牧鸽谈谈，让她结束早恋，重新做一个好学生。

苏桂云从周家出来，心情是愉快的、轻松的。她嘴里还哼唱上了小曲，正是当年自己上高中时在文艺宣传队学唱的《绣金匾》：正月里闹元宵，金匾绣开了，金匾绣咱们毛主席主意高……

苏桂云暗自佩服自己，以快刀斩乱麻的气派夭折了儿子马树不靠谱的恋情。她要拯救儿子于水火，让他幡然悔悟，重新做人。她相信，儿子会沿着自己设计的一条康庄大道茁壮成长的。

三

母亲苏桂云不仅操心儿子，一大家子人她都要操心。大女儿马莲结婚一年有余了，此时已经怀孕了，腰身已开始显山露水了。马莲的婚姻自然也是苏桂云做的主。马莲高中毕业没能考上大学，很快就参加了工作，就在苏桂云的工厂里。女婿是厂工会的，叫刘天来。刘天来比马莲大几岁，上过中专，刚来工厂那会儿也在车间里做事。小伙子人很朴实，脏活累活总是冲在前面。刘天来人缘很好，整天笑呵呵的，再愁再苦的事，在他那里都不是个事。天性乐观的刘天来业余时间还偷偷地写诗，默默地投寄给省里的杂志或本市报纸的副刊，陆续地就有他的诗印在杂志和报纸上。渐渐地刘天来就有了名气。厂里领导很重视人才，没多久便把刘天来调到了工会工作。在厂机关工作就是干部待遇了。以前一个车间工作的工友就祝贺他，都夸他有出息，将来是当厂长书记的材料。别人夸刘天来时，他听了仿佛夸的是别人，仍那么厚道地笑着，一脸灿烂。

马莲刚到工厂工作不久，就和刘天来好上了。确切地说是刘天来追求的马莲。那会儿马莲刚满二十岁，刚离开校园不久，浑身上下纯净得很，完全没有社会上那些污渍。一条长辫子搭在腰际，马莲从小到大头发就好，乌黑浓密，她又爱惜她那一头长发。上小学时自己不会打理，母亲就三天两头为她剪头发，每剪一次头发马莲都要大哭一次。她最爱惜她的头发，就像一般小女孩穿一件新衣服那么珍贵仔细。

苏桂云每次为马莲剪头发，也不心甘情愿。那会儿马花和马树都还小，她没有那么多精力去照顾马莲。每次把马莲的头剪成男孩子的发型，马莲都要躲在没人的地方哭上几次。没事的时候就拿个小镜子照来照去，看着自己男孩子般的发型伤心不已。上初中那一年，马莲郑重地向母亲宣布：我能照顾好自己的头发了，再也不剪了。从那以后，长大的马莲总是把头发梳理得溜光水滑，头发比脸还干净。也就是从那时开始，母亲再也没为她剪过头发。

马莲的头发就留了起来，一直长到腰际，每次洗完头，头发都会披散下来，铺在前胸和后背之上，像流淌下来的瀑布，壮观又美丽。马莲上中学时，也是著名的。就因为她那一头秀发，她经常会梳两根辫子，又粗又黑的辫子在腰际甩来荡去，招惹得一群小男生心荡神摇。上初三时，马莲就开始收到男生的求爱信了，她从来不把这些小男生的信当回事，有的看两眼，有的连看都不看，撕了又随手扔了，天女散花般在她身后翩跹着。可惜，马莲在高考时差了五分没能考上大学。父母为这事专门召开了一次家庭会议，征求马莲的意见看是不是再复习一年。马莲似乎早就成竹在胸了，她干脆利落地说：让妹妹弟弟读书吧，我要工作。那会儿，马花正读高一，马树已经小学毕业，马上升入初中了。

母亲苏桂云看了眼马花马树，心想：自己这两个孩子将来都错不了，既然老大马莲不想再读书，那就不读也罢，读完书也不一定能找个好工作。她用眼神和丈夫马兴旺交流了一下，便替马莲拍板了。

马莲就工作了。马莲刚从校门出来，清新脱俗。不久就开始有工厂的小伙子追求马莲。一家有女百家求，这一切都很正常。心高气傲的马莲凡人不睬，就像在学校里对待那些男生一样，我行我素，甩着两条长辫子，把一串无忧无虑的笑声留在身后。

直到刘天来出现。那天刘天来以工会干部的名义抽调了几个青年男女帮忙布置会场。七一马上就到了，厂子里要召开党员表彰大会。刘天来负责布置会场，人手不够他就抽了几个人来帮忙。布置完会场已过了下班时间，那几个青年着急去赴约会，匆匆走了。马莲没什么事，就晚走了一会儿。她和刘天来肩并肩从工厂大门里走出来。走到工厂大门口，马莲正要说道别的话，刘天来却说：马莲，要不我请你吃顿饭吧。刘天来厚道又阳光地笑着，让人看了不忍心拒绝。马莲望着那笑，在心里挣扎了几秒就答应了。

饭吃过了，天已经黑了。刘天来提出要送马莲一程，马莲也没拒绝。两人向前走着，路灯热闹地亮着，人影绰绰。刘天来突然立住脚，认真地望着马莲说：马莲，我给你读首诗吧。

马莲没点头也没摇头，就那么静静地看着认真的刘天来。

刘天来清清嗓子，又用舌头滋润下嘴唇，他就开始读了。他读的不是自己的诗，而是徐志摩的那首《偶然》：我是天空里的一片云，偶尔投在你的波心，你不必惊讶，更无须欢喜，在转瞬间灭了踪影。你我相逢在黑夜的海上，你有你的，我有我的，方向……

刘天来认真地读着，一绺头发搭在眼角，他认真地把这首诗读完。马莲忍不住伸出手把他搭在眼前的头发扒拉到脑后，才舒心地笑了。刘天来急切地问：咋样？这诗。马莲抿嘴一笑道：挺好。

就在那天晚上，刘天来和马莲两个就好上了。

纸包不住火，当两人恋情暴露的时候，得到了父母以及工友们一致的赞成。母亲苏桂云说：刘天来这孩子行，喜庆，有才，会写诗，不错。

见母亲拍了板，父亲马兴旺就补充道：刘天来和你一个单位，你了解，你觉得好就这么办吧。

得到了家长的支持，又有许多工友们的艳羡，马莲的恋爱顺风顺水。经过一年多的恋爱，又几个月的筹备，马莲和刘天来结婚了。

又是一年多以后，马莲怀孕了。在弟弟马树上大学之后，她的肚子开始显山露水了。

马莲的日子一切如常，通俗又美好地往前过着。

马花的爱情生活却起了浪花。这浪花一拨接一拨，永远不消停的样子。

马花是大专毕业，读的虽不是名牌大学，但也是大学。虽然九十年代大学生已经不吃香了，也不包毕业分配了，但毕竟多读了几年书，眼界比姐姐马莲开阔一些，人就变得有些娇情。娇情的人都不安分。马花虽没有马莲那头乌发，她一年四季留着短发，但也不影响她的青春美丽。

青春又美丽的马花，她的不安分体现在她不停地换工作上。大学毕业的马花心高气傲，她不会安于工厂里的工作，她求职的单位都是各种公司。公司有大有小，各种名目的都有。她从这个公司干几个月，又跳到下一个公司，走马灯似的。她追求的不仅是工资待遇，而且还有人性。初涉社会的马花，动不动就把人性人权挂在嘴上，经常加班又没加班费的公司她不去，领导没水平、暴发户的公司她不去……挑来拣去，最后在一家广告公司立住了脚。这家公司是做平面广告的，承接各式广告，花花绿绿地印在质地优良的纸上，然后又被花花绿绿地塞到报箱里或贴在电线杆子上。马花觉得这份工作很新奇又有挑战性，不安分的她暂时稳定了下来。她穿着打扮很职业，挎着包，包里装着印有业务经理的名片，出入各大机关厂矿公司去招揽生意。马花把自己打扮得很职业，走在街上，恍若走在纽约第五大道的那种感觉，高傲时尚得很。马花学的是金融管理。他们这些学金融的，都有纽约梦。在他们眼里，只有纽约才是金融的梦想之地。此时的马花没机会去美国，把家乡的大街当成了纽约的第五大道，感觉也是很好的。

二十出头的马花正是招蜂引蝶的年纪，骚动的青春迎来了恋爱的季节。

马花找男朋友和她换工作一样的频繁，今天谈了一个老师，明天又见了一个医生，过一阵子又谈了一个公务员……起初马花这种生活状态并没有惊动家里人，因为她的工作，整日里早出晚归的，家里人也习惯了。

有一次苏桂云和姐姐苏桂霞在商场里为马树挑选电热毯。天冷了，苏桂云放心不下马树，要为马树选一款电热毯寄过去。她约了姐姐，两人去了一趟商场，时间是某天的下午。姐俩选好了电热毯，付了账正准备走出商场，她们突然看到了马花。马花正在一个戴眼镜男子的陪伴下有说有笑地走进来。苏桂云一怔，拉了一下姐姐的衣角，两人下意识地躲在一旁。一直看着两人坐了滚梯去了二楼，老姐妹对视一眼，尾随而去。看两人那热乎劲，恋人的身份无疑。既然无独有偶碰上了，她们自然不肯放过观察的机会，两人尾随马花上了楼，躲在隐蔽处暗中观察了那个眼镜男。远远近近、前前后后的都算看了个遍，怕马花发现，两人再次下楼，一直到走出商场，才长嘘一口气。姐俩有了如下对话。

苏桂霞：妹子，这小伙子长相还不错，和咱家马花挺配的。

苏桂云：看来是个知识分子。

苏桂霞：不知是干啥工作的，你从侧面跟马花打听打听。

苏桂云：马花这丫头有主意，不比马莲，马莲啥话都和我说，不隔心，马花可不这样。

苏桂霞：孩子大了，都长心眼了，家家都这样，你还是问问，咱们给参谋参谋。

苏桂云心事重重地点了点头。

还没瞅准机会去问马花，有一天，苏桂云陪马兴旺晚饭后去遛弯，走了一程马兴旺要去路边一家小店买烟。马兴旺去了商店，苏桂云在外边等，眼睛没处放就四下乱看。不巧，这一看又看到了马花。马花坐在一辆车的副驾驶上，正赶上路口一个红灯。车停下来，开车的男人把一只手搭在马花的肩上，两人亲昵地交流着什么。

苏桂云的心猛然跳了起来。她揉了揉眼睛去看马花时，绿灯亮了，车快速地驶离了。苏桂云还是看清了那个男人的长相，她确信不是前一阵子在商场看到的那个眼镜男。苏桂云一时晃怔在那里，马兴旺从商店里出来，她都没有察觉。

苏桂云已经没有散步的心情了，转身就往家走，她要和马花谈一谈，她不能眼睁睁地看着马花这样。

马兴旺望着苏桂云快速离去的背影，不知发生了什么事，也高高低低地快速追上去。

四

苏桂云一直想找机会和马花谈一次，以过来人的心态告诉女儿如何端正生活态度。可马花早出晚归，她一直没找到机会。

这时，马树放假回家了。一个学期没见马树，苏桂云又把生活重点一下子都放到了儿子马树身上。嘘寒问暖，好吃好喝，仿佛儿子不是从学校回来，而是从灾区回到了家。

几日之后，日子渐渐平息了下来，马树也开始不着家了，每次离家都以见同学老师为借口，也早出晚归的，忙碌得很。

马树最爱吃母亲给他做的牛肉馅包子。苏桂云为了让儿子晚上能吃上牛肉包子，特意请了假早走了一会儿。她选了一家清真肉店，精挑细选了适合做馅的牛肉。她提着肉走出清真店，肉店斜对面就是一家刚开业不久的网吧。九十年代，网吧和足疗店一样如雨后春笋般在这个城市里冒了出来，许多学生和年轻人都爱往网吧里钻。看到网吧，苏桂云就想到了马树，她看网吧时就多留了神。不料想，她这一看竟看到了一个熟悉的身影——没错，站在网吧门口的正是周牧鸽。周牧鸽穿了件呢子大衣，婷婷地立在网吧门口，她左顾右盼，似乎在等什么人。苏桂云定定地站在清真店门前，不知为什么，一见到周牧鸽她就有种不祥的预感。果然，没过几分钟，马树骑了辆自行车匆匆地赶过来，锁好了自行车笑着冲周牧鸽走过去。周牧鸽挎着马树的胳膊，两人说笑着向网吧走去。

苏桂云提肉的塑料袋就掉在了地上。

马树还没放下周牧鸽。儿子又一次骗了她。为了爱情，儿子前后两次骗了她。第一次为周牧鸽改了高考志愿，这是第二次。

苏桂云恍惚着不知怎么走回家的，没心思地蒸了几屉包子。包子蒸好了，整齐地码放在盘子里，袅袅地冒着热气。苏桂云望着包子依旧恍惚地走神，仿佛儿子马树已经被周牧鸽抢去了，她心里空了。

按理说，儿子上大学了，谈个女朋友也不是什么大不了的事，况且，儿子谈的又是本市环保局局长的女儿，论家庭、论长相，周牧鸽也算是优中选优了，可苏桂云心里就是过不去这个坎。当初就是因为周牧鸽，儿子放弃了考军校，学了一个播音主持专业。大学的事她不懂，她只知道收音机、电视里，那些男女主持人坐在那里喋喋不休地念稿子。在苏桂云眼里，这种职业无法和军人相比。苏桂云这一代人对军人情有独钟。正因为如此，苏桂云才失落，自己含辛茹苦地把马树拉扯长大成人，就因为个丫头让马树改弦更张，一次又一次欺骗他们。她想不通。

很晚了，马树才回来。包子已经凉了，苏桂云要再热热包子，马树却说自己吃过了。苏桂云就更加失落了。以前马树吃她蒸出的包子总是没够，就是因为有了周牧鸽才变成这样。马树似乎也看出了母亲的失落和不高兴，抓过一个包子咬了一口，没滋没味地说：妈，那我睡了。

说完走进自己的房间里，还“砰”一声带上了门。

那扇门把马树和苏桂云隔开了。

苏桂云站在儿子关上的门前，心里别提有多失落了。

晚上，她躺在床上睡不着，长吁短叹着。丈夫马兴旺自然知道她醋从哪酸，盐从哪咸，便安慰着说：马树都是大学生了，他要谈恋爱就随他去吧。今天不谈，明天也得谈，早晚的事。

苏桂云披衣坐了起来，倚在床头上，抚着胸口道：不是马树不能谈恋爱，是不能和那个周牧鸽谈，换了别人谁都行。

马兴旺诧异地望着苏桂云，琢磨着妻子的话。

苏桂云：咱家小树为了她连军校都不上了，多大个事呀！要是以后咱家树真娶了她，咱还有啥说话的份儿。

马兴旺又开始打嗝了，他也不断地为自己舒气，抚着前胸。

苏桂云一直认为，只要儿子和周牧鸽在一起就不会有好结果。苏桂云在那个夜深人静的夜晚，脑子飞快地预谋着，思量来合计去，一个主意终于诞生了。

第二天一早，苏桂云像往常一样，离家出门了。她出门时马树还没起床，房门仍然关着。她把粥和包子热在锅里，她又一次换上了呢子大衣，围上围巾走到镜子前拢了拢头发，又望了眼儿子的房间，才走出来。

走出门的苏桂云并没有直接去单位上班，而是走进了周牧鸽的家。她敲了半天门，门终于开了，开门的正是周牧鸽。显然这丫头还没睡醒，穿着睡衣，一脸惺忪。开门见是苏桂云，脸上掠过吃惊的表情。她结结巴巴地：阿姨，你、你怎么来了？

苏桂云挤进周家的门，坐在沙发上。

周牧鸽无措地站在她眼前，眼巴巴地望着苏桂云。

苏桂云要的就是这种效果，周牧鸽的父母她也谈过了，但结果是没用的。既然周家不教育自己的闺女，那就由她来教育，她专门挑了白天上班的时间，家里只有周牧鸽一人时她才来，打她个措手不及。

苏桂云往沙发上靠了靠，望着周牧鸽道：姑娘，我不用自我介绍了吧？你应该知道我是谁。

周牧鸽就低低叫了一声：阿姨，我给你沏杯茶吧。

她转身要走，苏桂云叫住了她：用不着，我说几句话就走。

周牧鸽立住了，小心地望着苏桂云。

苏桂云就说：看来你和我们家马树的关系还没断。你可能知道，马树为了你放弃了考军校，这事过去了，不提了。

苏桂云打量了一圈周家的陈设，又道：姑娘，你爸是局长，你妈也是干部，你也考上大学了，这条件好哇。我们家一家都是工人，条件和你家没法比，你看上我们家马树什么了？

周牧鸽：马树人聪明，学习好，幽默，讨人喜欢。

苏桂云望着周牧鸽笑了：还有比马树聪明、学习好的呢，我就不信省大学那么多学生，就没有比马树更优秀的吗？

周牧鸽低下头，扭着手指，她不知如何回答苏桂云的话。

苏桂云又说：反正我觉得你和我们家马树不合适，我们可不高攀你们家。就是有一天马树同意，我们家谁也不会同意。

苏桂云说到这站起来望着周牧鸽。周牧鸽也抬眼望着苏桂云，很倔强的样子。

苏桂云也把目光坚定起来，一老一少就那么对望着。

苏桂云从鼻子里哼了一下，提起包走到门口，又回过头来：以后你不要和马树再见面了，我说不行就不行。

周牧鸽梗起了脖子，她虽没反驳苏桂云，但她的眼神说明了一切。

苏桂云走了。

太阳升到正午时分时，周牧鸽和马树在溜冰场里又见面了。这是他们昨天就约好的。当马树笑嘻嘻地提着两双租来的冰鞋走近周牧鸽时，周牧鸽的脖子仍然梗着，像一只斗架的鸡一样。

马树不解地：怎么了？

周牧鸽：你妈找过我了！

马树一惊，望着周牧鸽。

周牧鸽夺过马树手里的冰鞋坐在椅子上一边换鞋一边说：我非得和你在一起，怎么了，都什么年代了，你妈凭什么干预我们？

马树坐在周牧鸽身边，笑了，安慰着周牧鸽道：没事，我妈就那样。她是为我没考军校生气呢，以后就会好的，我妈会听我的。

依据马树对母亲的理解，母亲会妥协的，因为他是妈的儿子，她爱他，她就会听他的。年轻的马树还没有意识到，他正在用情感绑架母亲，为日后的生活留下了隐患。

他牵着周牧鸽的手，两人像两只鸟一样滑进溜冰场里。一曲邓丽君的歌在溜冰场里扩散，他们此时觉得自己是世界上最幸福的人。

马树是个懂事的孩子，打小就出生在普通人家，从小到大，看着父母天不亮就起床上班，带着饭盒，里面装的都是一家头天吃过的剩饭，辛辛苦苦一天，直到天黑才回到家里。日出而作，日落而息。辛苦操劳自不必说，为的就是盼望三个孩子有出息。大姐二姐也就这样了，能找个好人家嫁了，目前这是她们最大的目标了。马树是全家三个孩子中唯一的男孩，从小到大被父母宠爱就不用说了，全家人的希望也寄托在他的身上，他知道肩上的重量。

爱情是一味化学制剂，来了就改变不了了。他喜欢周牧鸽，也许周牧鸽自小到大生活在良好的家庭环境中，从来没有忧愁过，干什么事都是我行我素，态度坚定，眼神也是一往无前的那种，包括对待爱情。

年轻的马树在爱情面前只能束手就擒。为了能和周牧鸽在一起上大学，他甚至违背父母的意愿偷偷地改了高考志愿。当然和他喜欢播音主持专业也是分不开的。他相信随着自己的长大一切都会好起来的。

懂事的马树不想让母亲伤心难过，他一面努力刻苦地学习，一面把和周牧鸽的恋情转入地下。暑去春来，马树慢慢长大了，成熟了。

五

一晃马树已经大三了。

在这三年时间里，苏桂云并不省心。她以为扼杀了马树的爱情，她和马树的关系，暂时得以风平浪静。

马莲的孩子出生了，已经两岁多了。马莲的孩子叫刘乐乐，是个男孩。孩子很聪明，两岁多的孩子不仅会满世界跑，还能流利地和人交流了。

一个周末，马莲带孩子回家。做晚饭时，马莲去厨房为全家做饭，苏桂云带着刘乐乐在客厅里玩。马莲一去厨房，乐乐便扳过苏桂云的脑袋咬着耳朵说：姥姥，我爸妈吵架了，他们说要离婚。

苏桂云一把抱过乐乐，她相信孩子的话。自从马莲生完孩子后，马莲经常和刘天来吵架，有时为孩子，有时又什么也不为，总之，他们的关系很有危机，很不让人省心。

作为母亲，她私下里问过马莲。马莲也一脸迷惘和困惑，看着怀里的小乐乐叹口气道：妈，刘天来变了，他不是以前的那个刘天来了。母亲不明白，生个孩子，男人怎么就变了呢？

刘天来的变化体现在他辞了公职，单位的工会他不再干了，和人合伙开了一家公司。公司具体搞的是什么，没人能说清楚，马莲问过刘天来，刘天来只是说这公司和石油有关，就是为生产石油生产配件。马莲抱着孩子去过刘天来的公司，不见工厂也不见工人，只见和刘天来一样的几个人在租下的一个办公室里烟熏火燎地开会，他们个个意气风发，天下唯我独尊的样子。

马莲没读过什么书，也没见过什么大世面。当初刘天来辞职时，两人就发生过矛盾。刘天来在工厂工会工作，好坏也算是干部待遇。虽说工厂这两年不景气，但比上不足比下有余，日子也还过得下去。乐乐已经出生了，按常理说，两人齐心协力地过日子，也会说得过去。刘天来却在这时突然辞职了。马莲为这事吵过闹过，没有用，刘天来根本不听马莲的。马莲回到家里，把刘天来辞职的事对父母说过。苏桂云和马兴旺虽然赞成马莲的意见，但是女婿的决定他们也不好过多干预。既然已经辞职，他们只能劝慰马莲全力支持丈夫的决定。

马莲经常把孩子放到父母这里。

马莲每次接孩子送孩子都会有一肚子怨气。她不是生母亲的气，她是在生刘天来的气。每次她抱着乐乐都眼泪汪汪地说：我这一天忙得脚不沾地，他爸可好，从孩子生下来抱过他几次？这和没有爸有什么区别？

苏桂云听了马莲的抱怨，在心里就叹口气，嘴上却数落女儿道：天来不是忙吗，男人就该干大事，天天抱孩子能抱出事业来？

马莲就一脸不快地：他要有事业我也认了，但公司都成立这么久了，他什么时候给家里拿回来过一分钱？家里积蓄都让他挥霍光了。

苏桂云再次从马莲手里接过孩子，一边哄着大哭的乐乐，一边冲马莲道：男人干点事哪有那么容易的，你再忍忍，坚持坚持。

马莲不知自己要坚持到猴年马月，她抹了一把委屈的泪，抱起孩子回家做饭去了。苏桂云望着女儿消瘦的肩头，心疼了一下，又疼了一下。她真心希望女儿的日子能好起来，少些辛苦操劳，多些安逸稳定。

从那以后，马莲三天两头地和刘天来吵架。日子过得有滋无味，苏桂云一颗心就忽上忽下地那么悬着。有时做梦，都梦见马莲又和刘天来吵架了。

苏桂云最担心的就是孩子们过不好，她最怕的是过不好离婚。怕啥来啥，苏桂云听了乐乐的话，心顿时揪紧了，从茶几上拿过一袋饼干放到乐乐手里，起身去了厨房。

马莲正没滋没味地替母亲做着饭，见母亲进来马莲没有吭声。

苏桂云站在马莲身后轻轻地：刘天来要和你离婚？

马莲切菜的手不动了，立在那许久，她的肩耸动起来，她回过头已经是一脸泪了，她叫了一声：妈，是我提的，这日子没法过了。都两年多了，不仅一分钱没拿回家里，前两天背着我把家里仅有的几千块钱从存折上取出来，说是为公司应急。

苏桂云挥起手打在马莲的脸上，马莲顿时愣住了，她惊怔地望着母亲，啜泣着：妈，你打我？

苏桂云一字一顿地：你该打，你干吗说离婚，在咱们家没这个规矩。

马莲摸着自己的脸，泪水再次汹涌着出来，她又叫了一声：妈，家里有这个男人和没这个男人都一样，我能把乐乐带大。

苏桂云叹了口气，望着马莲：过日子不许把离婚挂在嘴边，刘天来千错万错他也是你男人，是乐乐的爸爸。暂时不好，不代表以后就不行。

母亲的威严再次压倒了马莲的胡思乱想，她没再说什么，又转身忙碌做饭了。苏桂云望着女儿，转过身狠狠抹了下眼睛。

马莲懂母亲，从小到大母亲就是这么教育的他们，别人有千错万错，不是指责的理由，要挑自己的毛病和缺点。母亲没什么文化，却懂得世间的老理，她相信，人这一辈接一辈地都是按着老理过来的，信老理，按老理过生活准没错。

苏桂云吃完饭后，千叮咛万嘱托地送走了马莲和乐乐。她站在傍晚的十字路口上，心绪难平。她望着眼前熙来攘往的男女，她在等马花。马花已经许久没有准点在家里吃过饭了。一个女孩子，日子过得忙碌得很。每次吃饭，她都会把马花的饭菜留出来，放到锅里热着。马花有时会深更半夜地回来，她起床要去给马花热饭，马花就说：妈，我吃过了，你睡去吧。

她望着忙于洗漱的马花，脸上写满了担忧。马花擦了脸，一边往脸上拍着夜霜一边说：妈，你快睡去吧，我没事，挺好的。

一句话就把苏桂云打发了。

马莲结婚另过日子，马树现在在上大学，只有寒暑假才能回来住一段时间，家里只剩下马花一个孩子。可有这个闺女跟没有也没什么两样，每天回来都很晚，苏桂云问过无数次，马花的回答千篇一律，不是广告公司加班，就是应酬客户。苏桂云不理解，一个丫头片子怎么就那么忙？

马花回来晚了，有时早晨会晚起，在自己的房间里关上门，拉上厚厚的窗帘一直昏睡到将近中午。在这期间，母亲不安地推开女儿的门，站在女儿床前，端详着女儿熟睡的脸庞。有时她担心女儿上班迟到，去推熟睡中的女儿。马花不耐烦地：妈，再让我睡会儿。翻个身又沉沉地睡去了。

苏桂云无奈地在女儿面前站了一会儿就出去了。直到近中午，女儿才起床，走到洗手间哗哗啦啦地洗澡，丢三落四地收拾出门前的东西，每天的样子仿佛去赶火车飞机。

平时苏桂云捞不着和马花说几句话的机会，只有此时她才能见缝插针地和女儿说上几句。

苏桂云跟在女儿屁股后头：马花，你们公司业务还好吗？

马花往脸上擦着粉底道：还行。

苏桂云虚虚地望着镜子中的马花又说：你们工作真有这么忙，天天不是加班，就是搞关系？

马花心不在焉地：嗯，忙，广告公司就这样。

苏桂云又小声地：小花，你也老大不小了，再过两个月你就满二十五了。

马花知道母亲后半句话要说什么了，忙往脸上抹了润肤霜，提起包道：妈，不用你操心，我心里有数。

马花慌慌张张地开门出去。母亲刚走到沙发前想坐下，马花又在外面急促地敲门，她忙过去打开门。马花冲母亲道：妈，我呼机忘带了，快帮我拿来，在我房间的床头柜上。

马花拿了呼机一溜烟地跑了。

苏桂云站在窗前，一直望着马花风风火火地消失在她的视线之外。

在苏桂云的心里，马花工作忙点没啥，她不操心这个，最让她操心的就是马花的婚姻大事。每一次马花恋爱，只有开头，没有结果。为这个，苏桂云放心不下，怕马花年纪小不定性，看不准人，怕她被骗了。苏桂云一想到这些，心就提到了喉咙口，一会儿上一会儿下的。

起初，她还对马花说：小花，差不多就行了，找男朋友只要老实本分，对你好就行，咱可别挑花了眼。

马花就不耐烦地道：妈，我知道了。

苏桂云又说：有合适的，差不离的就带回家里，让你爸和我帮你参谋参谋。

马花就说：要是有，我一定带回来，你们放心吧。

马花说完，把包甩在肩上，又匆匆地走了。在母亲的世界里，她不知马花在忙些什么，只能把心又提起来。

有一阵子，苏桂云发现马花身边多了一个男人。这男人看样子比马花要大上十几岁，似乎事业小有成就，穿西服扎领带，开一辆黑色的桑塔纳牌轿车。经常在马花公司门口等她。马花一出来，轻车熟路地上车，然后车一溜烟就走了。

苏桂云想跟踪，可双脚跑不过车轮子，只能看着女儿被那个男人一溜烟地带走了。

苏桂云望着没了影的女儿，心里就又七上八下的了。回到家里，她把看到的对丈夫马兴旺说了。马兴旺戴着老花镜正在研究一张报纸。马兴旺也退休了，不上班了，就把精力放在读报纸、看电视上了，一张本市晚报在他手里不折腾几个来回是不会放手的。

听完苏桂云的叙说，马兴旺从镜框上透过眼神道：马花又不傻，她不会被人骗的，你就别操心了。

苏桂云夺过马兴旺手里的报纸摔在茶几上：我不是担心马花被人骗，是怕她这么东一出西一出地没个定型的时候。

马兴旺听了老伴的话叹了口气道：那你说怎么办？

苏桂云一时也没有想好怎么办，她无滋无味地打开电视。

马兴旺又拿过报纸研究起来。

六

苏桂云认为马花没谱是有根据的，二十大几的马花到目前还没找到一个固定的男朋友，这让苏桂云放心不下。

自从发现了那个开桑塔纳轿车的男人后，母亲亢奋了起来。这个男人看上去有些年纪了，但也没大到不能接受的程度。在苏桂云的眼里，男人大一些成熟稳重。为此，她侧面迂回地向马花打听过，马花自然什么也没说，只说是个普通朋友。

苏桂云那一段时间几乎天天守在马花公司门口，她发现了几次那个男人开着桑塔纳轿车在下班时分来接马花。那个男人每次接走马花，她都很晚才回家。

有一天晚上，苏桂云坐到了马花的床上，马花一进门打开灯，看见母亲正瞪着眼睛看自己，她吓了一跳叫道：妈，这么晚了你怎么还不睡？

苏桂云不说话，审视地望着马花。

马花手足无措的样子。苏桂云看着马花觉得时机已经成熟了，便说：说吧。

马花还想装聋作哑。

苏桂云就单刀直入地：那个开车的男人。

马花知道母亲跟踪了自己，无奈道：就是一般朋友，吃个饭聊聊天而已。

苏桂云：一般朋友能每天去接你？

马花低下头无言以对。

苏桂云：这个男人虽说看上去年龄大了些，但大有大的好，马花你也老大不小了，要么定下来！

马花仍不说话，手捏着衣角一副难言的样子。

苏桂云一副马花不说实话决不收兵的架势。

马花说：妈，你到底要问什么？

苏桂云说：告诉我这个男人的单位，他是干啥的，不然妈不放心。

马花只好实话实说了。

原来男人叫李守道，自己开了家印刷厂，马花通过业务关系认识了他，两人就开始交往了。

苏桂云打听出这些消息，心里就有了底。第二天，她找了一趟大姐苏桂霞。苏桂霞是出了名的包打听，在这一带没有她打听不到的人和事。苏桂霞认真地把李守道的印刷厂名字和李守道的名字写在一个小本上，拍着胸脯道：妹子，你回家等着，不出三天，我就把这个李守道查个底掉。

没到三天，也就是第二天，苏桂霞风风火火地敲开了苏桂云家的门。一进门一屁股坐在沙发上，端起茶几上的杯子就喝水，然后气喘着盯着苏桂云看。

苏桂云见苏桂霞的架势预感到了什么，虚虚地问：怎么了，李守道是不是个骗子呀？

苏桂霞抹了下嘴：我打听了，这个李守道虽不是个骗子，但也和骗子差不多。

苏桂云心里就一惊，实实地望定了苏桂霞。

苏桂霞一拍大腿道：这个李守道有老婆，还有个三岁的孩子，他骗了咱家的马花。

苏桂云：姐，你说的是真的？

苏桂霞：那家印刷厂，我有个姐妹在那当出纳，她不会骗我。以前那个李守道的老婆就在印刷厂当会计，后来去了深圳，听说在深圳又开了一家工厂。

苏桂云和苏桂霞两人一沟通，觉得事态严重了。她们分析判断之后得出一个结论：马花被骗了，那个李守道趁老婆不在勾引了马花。

苏桂云当即决定，让马花回家，当着大姨的面揭穿李守道的把戏。

苏桂云拿起电话，拨通了寻呼台，冲寻呼台的小姐说：帮我呼十遍57429，就说家里有急事，让她速回。

苏桂云放下电话，心绪难平的样子，一边抚慰着心口，一边气喘着说：气死我了，这个马花咋就不能干一件让人省心的事呀。

正当姐妹俩长吁短叹的当口，家里的电话响了。苏桂云拿起电话，见是马花打来的，没好气地说：死丫头，马上给我滚回来，我不在电话里跟你说，就是你单位火上房你也得给我回来。

不等马花分辩什么，苏桂云挂断了电话。

苏桂霞就安慰妹妹道：马花肯定蒙在鼓里，她也是受害者，你不要和孩子生气。

苏桂云开始在客厅空地上踱步，瞬间血压升高了，她头重脚轻地走着，不时地扒着窗户往楼下看。

没多久，马花回来了，一进门见大姨也在，便问：妈、大姨，出啥事了？

苏桂云就虎了脸盯着马花道：那个李守道有老婆有孩子，你被骗了。

苏桂云、苏桂霞原以为她们抛出这一爆炸性新闻之后，马花会大惊失色，或者痛哭流涕，没料到马花一脸镇定地：妈、大姨，你们就为这事让我回来的呀。我正在外面谈一个客户呢。

苏桂云和苏桂霞见马花这个态度，顿时瞪大了眼睛。

苏桂云：咋？你被骗了还想假装不知道？

马花一跺脚道：我认识李守道第一天他就和我说过，他有孩子，老婆去了深圳，两人正在协商离婚，怎么了？

苏桂云和苏桂霞老姐俩对视一眼，这回轮到她们哑口无言了。她们大眼瞪小眼地对望着。

苏桂霞就说：小花，人家还没离婚，你就跟他在一起，咱可不能当人家的小三。

苏桂云用手指着马花：你这个丫头，真要气死我了。咱们可不能干拆散人家家庭的事。就是打断你的腿，我们全家也不同意你再和那个李守道来往了。

马花望着母亲和大姨，百思不得其解地说：我没当第三者，他老婆去了深圳，就是为了要离婚。离婚的男人怎么了，我马花就不能嫁给一个离婚的男人？

苏桂云站起来又坐下，坐下又起来：妈不是瞧不上离婚的人，是不许你在人家没离婚前和人家狗扯羊皮。

马花冲母亲又冲大姨喊：没有我，李守道也会离婚，我不和你们解释了，我还要见客户。

马花说完拎起包，打开门出去，把苏桂云的叫喊声丢在了身后。

马兴旺回家后，苏桂云又把这一情况告诉了丈夫。马兴旺看着苏桂云，什么也没说，拉开放药的抽屉拿出一粒治血压的药默默地放在了苏桂云面前，小声地：先把药吃了。

从那以后，每到马花下班时间，苏桂云都要光明正大地出现在马花公司门前。见到马花不由马花解释和争辩，拉起马花的手就往家里走。有几次苏桂云看见李守道的车就停在对面马路上，她头都不回，拉起马花一副视死如归的神情。

如果遇到马花加班谈事，苏桂云就在谈事的门外守候，只要马花一走出来，苏桂云便寸步不离地跟上。

马花无奈地叫了一声：妈，你这是何苦呢？

苏桂云就说：妈不苦，只要你走正道，妈心里甜着呢。

面对母亲的死缠烂打，马花只有无奈。

正当苏桂云和马花死缠烂打正焦灼之时，上了四年大学的马树毕业了。马树毕业，面临着毕业找工作的大事。

马树毕业找工作一直是家里的头等大事。早在半年前，在苏桂云的主持下，家里就召开过一次隆重的家庭会议。列席参加的有马兴旺、马花、马莲，还有大姨苏桂霞。

马树读的是播音主持专业。在他上大学前，也许对主持人专业了解的只是一星半点，是在周牧鸽的鼓励下，他才报考的这个专业。经过四年的辛苦努力，他已经爱上了主持人这个职业。他要把主持人当成自己未来的事业。

马树的观点遭到了苏桂云、马兴旺、苏桂霞老一辈人的反对。在他们眼里，电视台主持人，那都是不务正业，不能把这件事干一辈子。要找工作，就要找一份稳定能干一辈子的职业。在他们的观念里，进机关当一名国家公务员，不仅端上了铁饭碗，还有机会当处长，当局长，甚至干得出色了，当省长也是有可能的。作为一个男人，这才有大出息。

马树自然不同意这种观点，他发誓要当中国最好的主持人，他列举了中央电视台那些著名主持人的事例，在学习主持人专业学生的眼里，这些著名的主持人就是他们心目中的偶像。他们要做一个称职、著名的主持人。

马莲态度暧昧，她学着母亲不停地叹气。马花一直站在马树的立场上，她支持弟弟选择主持人这个职业。

马花说：朝九晚五地在机关上班有什么意思？从上班第一天，就看到了退休的样子。马树我支持你。

马树见马花站到了自己这一边，感激地叫了一声：姐。

那次家庭会议，是马树放寒假中的某一天，寒假之后还有一个学期马树才毕业，那次家庭会议只能算个通风会。

马树开学一走，一家人便开始行动起来了。苏桂霞当了多年的会计，人脉关系还算广泛，七弯八绕地和市里的一个副局长联系上了。在中间人的撮合下，马兴旺和苏桂云请这个副局长吃了几次饭，苏桂云逼着马兴旺还去了这个副局长家几次，每次都带着烟酒。这位副局长也算是熟人了。

九十年代，虽然大学毕业生不再包毕业分配了，但也还没到人满为患的程度。只要孩子的学校有些名头，学习成绩尚可，联系个单位也并不是件太困难的事。几次走动之后，副局长就拍着胸脯打了包票，只要孩子一毕业，立马可以到局里来上班。

局长一拍胸脯，马兴旺和苏桂云就松了口气。孩子的未来有了着落，他们自然就踏实了。孩子不仅是他们的念想，也是他们的未来。

马树终于毕业了。

马树乘火车回来。那天苏桂云和马兴旺专程去火车站接马树。马兴旺还专门借了一辆三轮车，他要一同把马树的行李以及四年大学生活的日用品一股脑拉回去。

他们在出站口看到了马树，马树只背了一个旅行包，和他每次放假回来一样的装扮。苏桂云和马兴旺以为自己看花了眼，绕着马树转了三圈。

马树不解地说：妈、爸，你们找什么呢？

苏桂云就说：东西呢，你上大学那些东西都不要了？

马树就笑了：我已经把我的东西放到电视台去了。

马树最后一个学期一直在电视台实习，他们是知道的。

马树见父母仍百思不得其解，又说：爸、妈，我毕业分配到电视台工作了。

苏桂云听了马树这么说，差点当场晕倒在出站口。

七

留在省电视台工作，是马树自己的决定。四年的大学生活，不仅让马树爱上了自己所学的播音主持专业，同时他也熟悉和喜欢上了省城的氛围。大城市的开放、便捷和文化氛围，很快会同化一个年轻人。年轻人有许多花花绿绿的彩色的梦想，也只有在大城市里，才可能有机会实现这样的梦想。于是马树自作主张选择留在了省电视台。

最后一个学期，他整个实习期就是在省电视台度过的。学校学的是理论，电视台才是实战的战场。他在一个栏目实习，从后台到前台，甚至后期制作剪辑，他都身先士卒。因为喜欢，他不觉得辛苦，有一股奋不顾身的劲头，加上他的聪明和良好的人际关系，在实习期里，他就成了一名出镜的记者。当他举着话筒，面对摄影机时，他亢奋着，他的目光透过摄影机越过山山水水，似乎看到了梦想的天空。实习还没结束，制片人就和他谈了留在台里工作的想法，马树当然一百个同意。学播音主持专业的同学，没有一个不愿意留在电视台的，电视台是他们最好的选择，也是通往成功的必经之地。

当然，他这么干脆利索地下决心留在省城，和周牧鸽也有一定关系。周牧鸽已经联系好了在省城一家银行上班。

周牧鸽学的是金融管理，在她的专业中，周牧鸽就是个美女。比起播音主持专业的那些女生们，她的形象一点也不输给她们。周牧鸽每次到马树楼下等马树下楼时，都会吸引一批男生的目光。有的透过窗子，有的干脆打开窗子，他们把艳羡的目光投到周牧鸽身上，嘴里啧啧赞叹的同时，他们开始忌妒马树艳福不浅。

周牧鸽的确可以称为美女，适中的个头，匀称的身材，还有一头又浓又密的乌发，经常在校园的风中四处飘散。

周牧鸽有时也到马树宿舍来玩，只要周牧鸽一来，就是马树宿舍最热闹的时候，许多相邻的男生都会挤过来。他们要么凑在一起打牌，要么聚在一起喝酒，说些壮怀激烈的话。这一切都源于周牧鸽的到来。

四年的大学生活美好又水波不兴地过去了，周牧鸽毕业前夕，她的父母为她在省城联系了一家银行。学金融管理的，更应该在大的金融机构工作。周局长偕夫人在周牧鸽毕业前夕来了一趟省城。在上学期间，周牧鸽的父母也无数次来过学校，不是周局长出差，就是周牧鸽的母亲林翠芬专门来看周牧鸽，像这么正式地来看周牧鸽还是第一次。他们这次为周牧鸽的工作而来。周局长在省里有许多人脉，同学、领导、业务关系等。他很快疏通好了关系，在一家国有银行为周牧鸽找到了一份工作。

办好周牧鸽的工作后，闲暇时分，周局长和林翠芬在周牧鸽的一再坚持下，他们接见了一次马树。

周局长和林翠芬对马树一家是有看法的。早在刚上大学时，苏桂云为儿子的恋爱问题还兴师动众地找过他们。那会儿他们觉得女儿恋爱就是瞎胡闹，这阵过去了，也就过去了。在他们的理想里，凭他们家的条件，一定要找一个门当户对的女婿。

那次苏桂云找过周家后，苏桂云一走，林翠芬气得把削了一半的苹果扔到水果盘里。林翠芬就说：嘁，不知好歹，她以为自己是谁呀？

周局长端起茶杯抿口茶说：嗯。

林翠芬又说：论人口，论地位，他们老马家算什么呀！

周局长又说：嗯。

熟悉周局长的人都知道，他这个“嗯”很有讲究。他表现不满意时，鼻子总会冒出这个“嗯”。这个“嗯”是周局长发火的前奏，只要“嗯”过三次以后，周局长肯定要拍桌子发火。下级汇报工作时，只要周局长“嗯”过两次之后，就吓得不敢再汇报了，只能睁大眼睛去望周局长。周局长这时铁青着脸，抬起眼皮冲手下：嗯？接着桌子就被拍响了。

周局长“嗯”过之后，这次他没拍桌子，而是挥了下手道：你和小鸽说，优秀的男孩多得是，就是有一天马家求咱们，也不让小鸽和那个马树好。

他们原以为女儿和马树好是一时心血来潮，没料到四年过去了，女儿仍没断了和马树往来。在这四年中，他们也没少为女儿操心，每次提到马树，周牧鸽就和他们吵，最后父母不再提马树了，睁只眼闭只眼静观事态发展。

毕业前夕，周牧鸽再一次旧话重提，把马树由后台引到了前台，周局长和林翠芬面面相觑。林翠芬已经退休了，周局长也是最后一站了，再过半年也该退休了。他们的雄心和壮志已大不如以前了。既然女儿死心塌地地喜欢马树，他们只能妥协。为了女儿他们接见了马树。

大学即将毕业的马树，已经不是四年前那个青涩的马树了，他长高了，也胖了，乐观向上的眼神里透露着坚定。

他们约见马树时，主谈人自然还是林翠芬。

林翠芬认真地又把马树审视了一遍。林翠芬就单刀直入地说：我们家小鸽毕业后就留在省城工作了。

没等马树回答，周牧鸽道：省电视台已经同意接收马树了。

周局长说：嗯。

林翠芬又说：我们全家都支持周牧鸽留在省城，等老周一退休，我们也会到省城生活。

马树没说话，他知道，凭他们家的条件，自己的父母无论如何也不能到省城生活。他当时就在心里发誓，以后一定要有大出息，让父母都享福。

周牧鸽自然知道马树的底细，用目光望着他。马树只好暂时低下头。

林翠芬说：我们家呢就这么一个女儿，这情况小马你应该了解，在家里小鸽就是我们的掌上明珠，她受不得半点委屈。

周牧鸽就叫了一声：妈……

周局长抬起眼皮看了眼女儿，鼻子里又"嗯"了一声。

马树说：如果我娶了牧鸽，我会尽我的能力照顾她。

林翠芬噘噘嘴又说：小鸽的终身大事我们尊重她的选择，反正日子是她自己过，是好是坏都是她选择的。

林翠芬说到这恨铁不成钢地瞪了眼女儿。

周局长这次没有"嗯"，而是长长地叹了口气，一副不甘心又无奈的表情。

林翠芬见马树和周牧鸽脸色有些难看，又把话拉回来说：听小鸽说，马树你很优秀，不仅学习好，还是学生会主席，这很不容易，年轻人就该这么闯。

周局长"嗯"了一声。

林翠芬望了眼周局长又说：小鸽她爸年轻那会儿也是很优秀的，他靠一个人奋斗，到今天当上了局长。

周局长轻拍了一下宾馆沙发的扶手，林翠芬不说了，抬眼望着周局长。

周局长就英雄气短地说：再有半年我就退休了，好汉不提当年勇。等退休了，我们就搬到省城来，陪着女儿过退休的日子。

那次被周牧鸽父母接见，马树心里就很压抑。父母和姐姐都是普通人，为他的成长没办法帮上他，只有一家人的爱浓浓地包裹着他。他立志要有出息，不仅为自己，也是为了全家。他自己下定决心留在电视台工作，就是他奋斗的第一个台阶。他在心里山呼海啸地一遍遍冲自己说：马树，你一定要有出息。他又一次给自己做了一回主。

在他目前的人生大事中，他又一次违背了母亲，违背了父母的意愿，他忐忑着回到了家里。

马树回到家里的那个晚上，在母亲的主持下全家又召开了一次家庭会议。大姨苏桂霞自然列席参加。列席参加的还有大姐马莲的儿子乐乐。乐乐已经三岁了，他在人群中跑来窜去，这么多人聚在一起，让三岁的乐乐新鲜又亢奋。

大姨苏桂霞拍了拍巴掌，巴掌响过之后她才说：小树哇，你是老马家唯一的男孩，全家人都把希望寄托在你身上了。我和你妈你爸为你跑工作，费了老劲了，求爷爷告奶奶，终于给你联系了一家机关上班，这是国家机关，就是公务员，现在你是科员，以后就有机会当科长、处长、局长，你要有出息，我们全家人跟着你沾光。你说说，你咋就放弃了呢？啊，你这孩子是不是不懂事呀？

马树站了起来，此时的马树已经是个成熟的男人了，他看了眼父母，又看了眼一脸不解的大姨，又望了眼两个姐姐。坐在眼前的每个人都是爱他的，他在众人的目光中说：你们都爱我，都希望我好。公务员是一种工作，但却不是我喜欢的工作。当一名电视台主持人才是我的梦想，只有喜欢才有可能干好工作。我有决心在主持人这个工作上成功，只要成功照样可以照顾这个家。我是家里唯一的男孩，我知道怎么肩负起家庭的担子。

马树这么一说，母亲就湿了眼睛，掀起衣襟，别过身去抹泪。

大姐马莲抱过小乐忙表态道：小树，爸妈还年轻，又没七老八十，这个家不用你照顾，有我和马花呢。你就放心在省城工作吧。

马花也说：弟，年轻人就该去大城市里闯，有机会你去北京、去联合国，姐也照样支持你。

母亲苏桂云潮湿着眼睛，看看这个望望那个，眼前的两个女儿一个儿子都长大成人了，这让她自豪。无论儿女长多大，只要她活一天就会惦记这个惦记那个，一刻也不会省心。她有自己为孩子们的设计，可孩子们毕竟有自己的路要走。她理解孩子，更了解一个当妈的心。她抹了泪水道：不说了，啥也不说了，小树选择在省城工作，只要他自己愿意，我们就不拖他后腿。

说到这又例行公事地去征求丈夫马兴旺的意见道：孩子他爸，你说呢？

马兴旺刚开始一直低着头，见苏桂云这么问自己，忙抬起头道：既然这样，那就这样吧。

苏桂云道：你爸同意了，还不谢谢你爸。

马树叫了一声爸，又一把搂过母亲，温热地叫了一声：妈。他的泪打湿了母亲的肩头。

八

亲人的顺从和理解，让初涉电视台的马树没有了后顾之忧，在主持人的岗位上开始显山露水。台里的栏目进行改革，马树成功竞聘成为一档综艺栏目的主持人。2000年初，各地电视台都纷纷设立了综艺栏目。这种集教育和娱乐于一体的栏目，很受观众的欢迎。马树的主持风格风趣幽默又不失机智，这在当时的电视台还并不多见。马树在主持时不仅很好地串联起了一档节目的内容，还妙语连珠，不时地设置一些包袱，这成了栏目的一大特色。马树很快便成为省电视台著名的主持人，他也成为省里的名人。

马树每周一次的综艺节目，不仅成为全省观众期待的时间，也成为苏桂云一家重大的节日。

每逢周末晚上，马兴旺早早阅读完本市晚报，新沏了茶，在沙发上最舒服的位置坐下。苏桂云也早早地收拾好了厨房，把水果洗好摆放到茶几上。

马莲带着小乐准时地来到了家里。

马花的恋爱仍然谈着，年近三十的马花似乎熬过了恋爱的沸腾期，此时已变得水波不兴。她结束了一段又一段恋情，回归到了清心寡欲的时代。每周这个时候，她也会留在家里，陪着家人，围坐在电视机前，就等马树出场了。

电视自然早就打开了，音量调到洪亮级别，冗长无趣的广告他们也看得津津有味，仿佛这些广告也在为马树预热。

过了一阵又过了一阵，综艺节目终于开始了，马树和女主持人站在舞台中央。这是全家最兴奋的时刻，父亲马兴旺嫌眼镜不够清晰，摘下眼镜在衣服上蹭了又蹭，苏桂云拿着纸巾也在不停地擦眼镜，只有心明眼亮才配得上马树的精彩。

伴着欢笑，伴着亢奋，一家人终于看完了由马树主持的综艺栏目。一家人是兴奋的，他们自豪这个家能有马树这么优秀的人才。以前马树没当主持人时，他们看电视是有一搭无一搭的。自从马树在省台当了主持人，看电视便成了全家的最爱和念想。

马树成了名人，苏桂云和马兴旺走在小区里经常会遇到邻居热情的招呼。老两口经常被邻居围住，他们七嘴八舌地打听着马树的长短。仿佛，他们因为和马树家是邻居，也成了他们的一份自豪。面对邻居的赞誉和艳羡，苏桂云和马兴旺是自豪的，他们谦谦地冲这些老邻居笑着，不经意间介绍着马树的点滴。

邻居们是马树最好的传播者，也是最坚强的拥趸者。

到后来，苏桂云和马兴旺走在街上，也有人在他们身后指指点点。他们神秘地说：看，那就是马树的爸妈。

苏桂云和马兴旺听到了这样的议论，老下去的身子一点点挺了起来，他们不是为自己而是为了儿子马树挺的。

苏桂云和马兴旺就感叹：小树出息了。他们真心为儿子感到欣慰、自豪。

看到父母这样，马花经常拿话挤对父母：不是当初逼我弟考军校那会儿了？

苏桂云听了马花的话，愣了一下，叹口气冲马花道：这叫啥人啥命呀。

虽然马树成了名人，但在母亲的心里，仍然希望马树能成为一名军人。这是母亲未了的情节。

成了名人的马树，生活稳定了下来，一晃也到了成家的年龄。周牧鸽在省里的一家银行的工作也步入了正轨。父母退休后也从老家搬到了省城，日子自然是另外一种样子了。

周局长和林翠芬又一次召见了马树，是在周末的一个晚上。

林翠芬炒了菜，炖了肉。周局长还把珍藏多年的一瓶茅台拿了出来，在饭桌上摆好。此时的马树已经不是以前的马树了，他们已经把马树当成了上宾。

周牧鸽陪着马树不失时机地回来，一家人围坐在桌前。周局长一连和马树喝了三杯之后，放下杯子，又“嗯”了一声，大家都知道，这是周局长要发言的前奏。大家就放下筷子，静等周局长发言。

周局长已经不是局长了，但讲话的腔调和做派依然很领导，做派已经浸入骨子里了，但气场已大不如以前。他把一只手挥了一下，就拿到身下，最后两只手合在一起，被两只腿夹住，身子也伏下来一点。他红着脸，周局长一喝酒就脸红，呈微笑状地望着坐在对面的马树道：马树，你现在也算成功了，嗯。

马树就谦逊地笑一笑，又为周局长杯中斟满酒，端起杯子说：周叔叔，我敬你。

说完自己独自喝了一杯。

周局长不喝，他夹着手又说：嗯，你和牧鸽在一起也这么久了，你们现在在省城也扎下根立住脚了，是不是？

马树就笑着说：是，周叔叔你说得是。

周局长就用目光瞟了一眼坐在身旁的林翠芬。

林翠芬自然明白周局长的意思，有些话周局长说不合适，只能她说。这是他们多年养成的习惯。周局长还是局长时，家里的客人不断，有些人周局长会亲自接待，有些人不适合接见就由林翠芬出面，周局长不好说的话，也由林翠芬点破。日子久了，林翠芬就成了周局长的发言人。

林翠芬把身子坐正一些就开口发言了：那什么，马树，牧鸽当初和你好上时，你就是一个小伙子，这么多年，我们尊重牧鸽，从来没说过你坏话，也没有阻止牧鸽和你恋爱，现在马树你成为名人了，我们还把你当成自家人。

马树笑着点头道：阿姨，我还是马树。

林翠芬重重地放下筷子：这就对了。马树我告诉你，这人生就是三十年河东，三十年河西，没啥，当初你周叔叔当局长时……

周局长“嗯”了一声，提醒林翠芬。

林翠芬意识到话有些跑题了，马上话锋一转又道：是这样，你和牧鸽也老大不小了，也恋爱了这么多年，当初你妈不同意，现在的社会老人的意见也不重要，我和你周叔叔商量了，你们在省城工作稳定了，也该成个家了。别人都是先成家后立业，你们这是先立业后成家。总之，都一样，该成个家了。老这么恋下去不是个事，是不是？

周局长又总结道：嗯！

眼前的一切在马树的眼里都很正常。从高三那年开始，他和周牧鸽恋爱，四年大学生活，又工作，转眼几年过去了。现在工作稳定了，也该有个结果了。

马树端着酒杯站起来，郑重地冲周局长和林翠芬道：叔叔、阿姨，你们说得对，最近我抽空回趟家和家里商量一下，马上就和牧鸽办。

马树回家那天，也是一个周末，平时他工作忙，要和编导策划选题，选题定下来了又要确定嘉宾，然后又是录像。电视人没有规律的工作时间。别人休息他们工作，别人工作了，他们还在工作，电视人就是上紧发条的闹钟，只要响了就停不下来。

马树回家那天晚上，正是马树最新一期节目开播的时间。马树陪着家人一起看完了电视，一直等到母亲把电视声音调小。

马树忐忑着叫了一声妈，又叫了一声爸，然后目光依次在两个姐姐脸上掠过。他小声地说：妈、爸、姐，我这次回来和你们商量件事。

一家人把一双双严肃的目光射在马树的脸上。

马树就低下头说：我要结婚了，来征求你们意见。

一家人顿时哑然。

马莲迫不及待：和谁呀，弟妹是干什么工作的？

马花的目光也是急迫的：马树，没听说过你恋爱呀，这姑娘你认识多久了？靠谱吗？

儿子马树说到结婚，苏桂云心里就“咯噔”一下。儿子大学毕业了，现在又成了名人，作为母亲何尝又不操心儿子的私事呢？每次马树回家，或者打电话，母亲都会提到这个问题。她和儿子说这个话题时，心里是纠结的。儿子没结婚时，他的全部都是属于母亲的。自从十月怀胎孕育了儿子的生命，儿子就紧紧地和母亲联系在一起了。儿子结婚，有了另外一个女人走进儿子的生活，意味着他属于两个女人了。这对母亲来讲，无疑是痛苦的、纠结的。可毕竟儿子一天天长大了，他又不能不成家。每次她心惊胆战地这么问儿子时，儿子都闪烁其词地笑笑答：妈，不急。儿子把话岔过去了，她仍然提心吊胆。她怕这一天的到来，但还是来了。

马树抬头望了眼母亲，他的目光和母亲对视了一下，仿佛他已看透了母亲的心思，头更低了一些。他说：爸、妈、姐，你们别生气，我女朋友就是周牧鸽，你们知道的。

真是怕什么来什么，母亲靠在沙发上，久久没有说话。一家人见母亲这样，父亲和两个姐姐也不好表态，就那么干干地望着马树。

马树终于抬起头，望着一家人说：我知道妈会不高兴，但我保证，我和周牧鸽是真心的。

母亲还是不说话，梦游似的望着马树。

又是半晌，母亲坐直了身子冲马莲和马花说：时候不早了，都休息吧。

马莲走了，马花也回到自己房间。

母亲站起身，向自己房间走去。

客厅里只剩下马树和父亲。

马树叫了一声：爸。

马兴旺扭过头看了眼卧室道：那啥，我没啥，你知道你妈从一开始就不同意你和周牧鸽。

马树低下头。

马兴旺：睡吧，我和你妈商量商量，这毕竟是你的大事。

父亲也走回了自己的房间。

那一夜，马树一宿也没睡踏实，他翻来覆去地想了许多，母亲留在他记忆里的点点滴滴。上小学时，每逢要开学那几天，母亲都在灯下加班加点地为他和姐姐赶制新衣服。后来他上了初中，初中离家远，中午要带饭，母亲送走两个姐姐之后，总会把一个刚煮好的鸡蛋塞到他的书包里，书包背在身上，鸡蛋的温度一路伴着他。后来母亲让他考军校，他却背着母亲改了志愿。上大学每次回家，母亲都变着法地为他做好吃的。他回来又走，每次走，母亲都要把他送出家门，无论他何时回头，身后都是不舍的眼神……

苏桂云也没睡好，翻来覆去地折腾。丈夫马兴旺就说：那啥，别想了，睡吧。

苏桂云不说话，仍然翻腾着。

马兴旺又说：周牧鸽那闺女咱们都见过，这么多年了，要不就那啥吧。

苏桂云望着天棚。

马兴旺又说：她当年鼓捣马树改了高考志愿，话说回来，马树现在不是成功了吗？

苏桂云还是不说话，她心里不是个味，儿子为周牧鸽改了高考志愿，又自作主张留在省城，还没结婚，儿子就被另外一个女人抢走了。要是结了婚，会怎么样？苏桂云不敢去想了。她心里空了，一夜也没睡好。

第二天一早，马树就要走了，他把双肩包背在肩上和父母告别。

苏桂云打开柜门，又拿出钥匙打开一个抽屉，在里面翻出一张存折，不由分说塞到马树的包里，又拍了拍包说：儿子别弄丢了，这是我和你爸这么多年攒下的一点积蓄，你拿上，要结婚就办得像样点，别让人笑话，你现在是名人了。

马树哽着喉头热热地叫了一声：妈……

很快，马树和周牧鸽就举行了婚礼。婚礼很热闹，同事、朋友，还有许多热心观众自发地参加了马树的婚礼。

全家人一起去了趟省城，为了参加马树的婚礼。

婚礼第二天，苏桂云来到了儿子的新房，这看看那摸摸，最后立在新娘周牧鸽的眼前道：闺女，我把马树就交给你了。

周牧鸽叫了一声：妈，你就放心吧。

苏桂云不放心，又交代道：小树晚上睡觉有踢被子的习惯，着凉了会肚子疼，你可想着勤为小树盖被子。

周牧鸽笑了，又不好意思大笑，只能抿着嘴。

苏桂云对周牧鸽的笑很不满意，又正色道：小树爱上火，少给他做辣的，少吃肉。

苏桂云还有千条万条注意事项要叮嘱周牧鸽，儿子是自己的，母亲放心不下马树。

马树在母亲身后叫了声：妈……

苏桂云知道儿子在提醒她，她不说了，深深地望了眼周牧鸽，一步三回头地走了。

九

马树结婚了，母亲的心丢了。

马树没结婚时，上大学，又工作，并不天天生活在母亲眼皮底下，但那会儿，苏桂云觉得，儿子囫囵个是自己的。结婚意味着有另外一个女人走进儿子的生活。儿子走了，走进了另外一个女人的怀抱，母亲是忧伤不安的。她开始放心不下马树，他吃得是否合口，衣服穿得是否合适，晚上有没有人为马树盖被子……苏桂云牵肠挂肚地想着儿子。

马树终于有了孩子。

苏桂云已经忍无可忍了，她没理由不去看儿子了。周牧鸽生了个男孩，马树为儿子取了个名字叫马天亮。孩子是天亮时生的，天亮代表着希望，马树便给孩子取名天亮。

苏桂云风风火火地奔向了省城，看到孙子天亮的那一刻，她把孙子抱在怀里，想起马树小时候的模样，恍惚就是几天前的事，一瞬间她就爱上了孙子马天亮。

为了照看孙子，苏桂云名正言顺地在马树和周牧鸽的小家里住了下来。矛盾也就此产生了。

苏桂云第一次如此亲密地和周牧鸽这样一个熟悉的陌生女人生活在一个屋檐下。苏桂云有自己的生活规律和习惯，她不习惯周牧鸽带孩子的习惯。本来周牧鸽奶水充足，却为了保持体形，不想让乳房下垂，母乳喂了孩子十几天后就强行断奶了，改用奶粉喂养了。

苏桂云和周牧鸽理论，周牧鸽就说：妈，专家说了，奶粉是配方的，什么营养都不缺，比人奶还好。

苏桂云对周牧鸽的狗屁逻辑非常地不满，又不好表现出来，只能拿自己举例说明道：我养了三个孩子，哪一个不是吃我自己奶长大的，马树吃到三岁，牙都长齐了，我才给他断奶。

她又想到哺乳马树的样子，一张小嘴叼着奶头，吮吸的声音和样子，让她又疼又舒畅，那是一幅温馨又动人的画面。

此时，她举着奶瓶喂着孙子马天亮，心里就多了酸楚。孙子从生下来就没吃几天母乳，看着孙子粉红的小嘴吮吸奶瓶的样子，她真的想替孙子大哭一场。

马树依旧很忙，每周一播的节目是不等人的，儿子很忙，总是早出晚归的样子。

平时家里就剩下苏桂云、周牧鸽和刚出生不久的马天亮了。两个身份背景大相径庭的女人生活在一个屋檐下矛盾便不可避免了。

马天亮是马树和周牧鸽的孩子，苏桂云无论感情上怎么亲，毕竟还隔着一层，苏桂云不好太多地干预。马树却是自己的孩子，苏桂云不能不管。

苏桂云发现，马树都是自己洗衣服，不论回来多晚。每天换衣服时，一大早起来，手忙脚乱地自己熨烫。马树是主持人、名人，穿着得体才符合马树的身份。马树回到家时，周牧鸽已经睡下了，马树起床时，有时周牧鸽还没有醒过来。自从发现这些之后，苏桂云强行把洗衣、熨衣的事承包了。儿子那么忙，不能再让儿子受苦了，这是苏桂云的初衷。她为儿子洗衣服、熨衣服。马树每天回来都很晚，苏桂云就把饭菜热到锅里，看着时间，一会儿热一次，她希望马树一进门就能吃上热乎的饭菜。

苏桂云对儿子的生活大包大揽，仿佛又回到了马树的中学时代。周牧鸽也彻底放手了，包括做饭，苏桂云不是嫌周牧鸽盐放多了，就是醋放少了。苏桂云一边吃饭一边说：小树爱吃鱼、吃醋，你这菜做得太咸了。马树一天要说那么多话，嗓子不好。从那以后，周牧鸽也懒得做饭了，每次做饭都是苏桂云掌勺。辛苦操劳不在话下，只要马树能吃到合口的饭菜，这就是她最大的幸福。

每天晚上，马树回来，苏桂云端上热了几遍的饭菜放到马树面前，马树狼吞虎咽地吃饭。打小苏桂云就爱看马树吃饭的样子。马树吃饭，苏桂云托着下巴望着马树，暖暖地问：儿子，好吃吗？

马树抬起头，望着母亲说：好吃，妈，这菜是你做的吧？还是小时候我吃到的味。

母亲幸福地笑了。她望着马树小声地说：树哇，看你离开妈这日子过的。

马树明白母亲的所指，抬起头望着母亲笑道：妈，牧鸽挺好的。

母亲只能把气叹在自己的肚子里了。

苏桂云看不惯周牧鸽的做法，生活上对马树照顾不周也就算了，对自己的孩子也不那么上心。孩子满月之后，周牧鸽就三天两头出去。她报了一个产后恢复班，不是做瑜伽就是跳操。每次周牧鸽出去，都把自己打扮得跟一个未出嫁的少女一样。每次从健身班回来又不停地喊累，照顾孙子马天亮和做一家的家务都成了苏桂云一个人的事。

苏桂云抱着哭闹的马天亮从这屋走到那屋。马树刚成家不久，为了结婚，租住了一个两室一厅的房子。两个人生活还好，生了孩子，再加上苏桂云，这房子就显得局促和憋闷。苏桂云抱着哭闹的马天亮，在局促的空间里心里一点缝也没有了。她开始担心儿子孙子的未来了。在她眼里，周牧鸽就不是一个称职的媳妇和母亲，把自己的儿子和孙子交给这样一个女人她怎么能放心呢？苏桂云坚信自己当初反对马树和周牧鸽好的理由，这是她当初的直觉，此时，她已经验证了当初的直觉，她有千万条理由看不上周牧鸽。

对儿媳周牧鸽来说，当初恋爱时苏桂云就反对，孩子都生了，婆婆还这看不惯，那不顺眼的，她觉得苏桂云这个婆婆就是鸡蛋里挑骨头。两个女人各怀心态审视着对方，暗里明里的矛盾便可想而知了。

因为逆反，只要苏桂云看不上的，周牧鸽一定变本加厉地去做。她看到婆婆一张铁青的脸，心里就舒畅多了。

苏桂云一直忍让着，她到儿子家生活，为的不是自己，完全是为了儿子、孙子。既然儿子选择周牧鸽做媳妇，又有了孩子，她只能默认这个现实。马树早出晚归的，她看着儿子的样子就心疼。自己苦呀累的就不用说了，她只想让儿子省心，不再操心这个家，这就是母亲的贡献。

每天晚上，不论马树回来多晚，她都要等。把饭菜端到儿子的面前，看着儿子大口地吃饭，这是她一天最开心的时候，苦累委屈便一扫而空了。

每天早晨，她为儿子做早饭，站在门口，为儿子把衣领整理了，又抻了抻衣襟，一切都妥帖了，这才放儿子出门。儿子走下楼，她会扒着窗子，透过窗口望着儿子的背影消失在自己的视线里，她才长长地嘘一口气。

在这期间，丈夫马兴旺得了一次脑血栓住进了医院。马兴旺突发血栓时，正好马花在家，及时送到了医院，抢救还算及时，没有生命危险，但落下了半身不遂的后遗症。当时苏桂云十万火急地回了一趟家，陪着马兴旺一直到出院。

马兴旺是个要强的男人，一出院他就开始锻炼自己。有几次摔在客厅里，他不让人去扶，自己在地上爬，抓挠着扶着沙发站起来，又扶着墙往前挪，豆大的汗滴砸在地上。自从马兴旺患病之后，以前那个温顺的马兴旺不见了，取而代之的他变成了一个倔强的男人。他坚持扶着墙自己去上厕所，自己颤颤抖抖地做饭。苏桂云就站在一旁，想去帮他，也被他呵斥了。

马兴旺知道，老伴儿苏桂云的心已经丢在儿子家了，他不想拖累她。他要照顾自己，让苏桂云安心地去陪儿子和孙子。苏桂云人虽在家里，但心早就飞到儿子身边了。

苏桂云会经常在半夜醒来，一虎身坐起来，叹口气道：要降温了，也不知小树知不知道明天早晨加衣服。

一会儿又说：小树晚上吃饭了吗？他那么忙，不吃饱怎么行？

……

苏桂云长吁短叹。

有一天，马兴旺颤颤抖抖地从厕所里移出来，又移到沙发旁坐下道：那啥，你回小树家吧，我能照顾自己。

苏桂云眼泪汪汪地望着丈夫，不在丈夫身边她不放心，可离开马树，她又不放心马树和孙子。苏桂云的心被撕成了两瓣。

马兴旺早就看出了苏桂云的纠结，为了儿子，马兴旺变得坚强起来。他硬撑着自己，希望自己的努力能让苏桂云安心回到儿子身边。

苏桂云虽放心不下丈夫，但她更放心不下马树一家。

马莲和马花当着母亲的面反复保证，一定能照顾好父亲。母亲牵肠挂肚地又一次回到了马树家中。

从此，她多了个心事，开始担心马兴旺。有时一天她要给家里打上几个电话，只有听到丈夫的声音她才安定下来。

马兴旺为了不让苏桂云担心，一有空就把自己挪到电话机旁。他希望第一时间就能接到苏桂云的电话，让她安心。

日子就在牵肠挂肚中过着。

一天，马树突然提前回来了，满怀心事的样子。儿子脸上的变化，就是母亲心里的晴雨表。她知道，一定出了大事了。儿子一进门她就扳过儿子的肩膀说：树，出啥事了？是不是你爸身体又不好了？

马树摇摇头，低下头欲言又止的样子。

苏桂云抱着马天亮站在马树面前道：树，你说呀，不论出啥事，有妈在呢。马树抬起头：妈，我和我大姐商量了，本来不想告诉你，可事情太大，又瞒不住你。

苏桂云变了脸色：你姐出啥事了？

马树：妈，我说了你别着急呀，千万别上火。

苏桂云用手抱紧了马天亮，盯着马树带着哭腔道：妈不急，不上火，树呀，你倒是说呀，急死妈了。

马树：我大姐得了癌症，是乳腺癌。

苏桂云瞪大眼睛，不信任地望着马树道：真的？会不会是医院搞错了？

马树：我姐已经在老家住院了，她一直不让我告诉你，怕你担心上火。

苏桂云在那一瞬间傻了。她怔怔地望着马树：你姐不会得癌，她那么年轻，我离开家时，她还好好的，一定是医院搞错了。

马树：我在这里帮我姐联系了一家最好的医院，也找了最好的医生，我姐明天就到。

苏桂云大声地：对，好好查查，你姐不会有事的。

事情往往并不像想象的那么美好。到了省城之后，检查结果出来了，果然是癌，已经是晚期了。在马树的坚持下，医院还是为马莲做了手术。

马树并没有把马莲的真实病情告诉母亲，苏桂云只知道马莲的手术很成功。

马莲从手术室里被推出来那一刻，脸色是苍白的。苏桂云看到女儿这样，眼泪下来了。苏桂云坐在马莲的病床前，一直握着马莲的手，从最初的冰冷，到有了温度，渐渐地马莲睁开了眼睛，母亲忙把泪擦去叫了一声：马莲！马莲的眼泪顺着眼角流了下来。苏桂云伸出手为马莲拭去了眼角的泪，送给马莲一个温暖的笑道：马莲，癌症切除了，医生说非常成功，你不会有事的，你还这么年轻。

马莲望着母亲，想起了自己小时候生病那会儿，母亲也是这么坐在床头安慰着她。她的眼泪再也忍不住，一串串地流下来。

苏桂云一边为女儿拭泪，一边说：不哭，哭管啥用，病就是一只狼，只要你不怕它，把它打跑就没事了。

这是苏桂云从小到大哄着三个孩子说的话，孩子们都是记得母亲说的话的。

马树、马花听了母亲的话，忍不住别过头去，怕母亲看到自己的眼泪，躲到病房外。马花一把抱住马树，嘶哑地说：咱姐怎么这么命苦哇……姐弟俩抱在一起，他们为姐姐马莲痛哭着。

手术后，主刀医生就把马树、马花和刘天来叫到了医生办公室。医生把马莲的真实病情告诉了他们，很不乐观的结果。但医生永远会给病人家属一丝希望，介绍完病情又补充了句：什么事都会有奇迹的。

马树希望奇迹在姐姐身上发生。他当时就说：医生，我姐的病得治，用最好的药，多少钱都行。

这是马树的真心话，他真心希望姐姐的病能治好。他背着周牧鸽把家里的存款取出来。为了减少治疗的痛苦，马树为马莲用的都是不能报销的进口药。

接下来的治疗过程就是放疗、化疗，一切都按部就班地进行着。

苏桂云又多了一份照顾马莲的重任，一日三餐，她都会在家为马莲做好，马树上班抽不开身，她就亲自送到医院，一口口地去喂马莲。化疗的马莲没有胃口，什么也吃不下去，喝了几口汤之后，她再也吃不下去了。

苏桂云看在眼里，难受在心里。她一次次问马莲：闺女，你想吃啥，告诉妈，妈给你做。

马莲苍白着脸，苦笑着摇摇头说：妈，我啥也吃不下去。

看到女儿这样，母亲就握紧了女儿的手道：闺女，你得吃，有了力气才能把狼打跑。

她又把一勺鸡汤端到女儿眼前，马莲咬着牙把一口汤喝下去，还没等汤到胃里，便又“哇”的一声吐出来。女儿这样，是对母亲的煎熬。苏桂云想起那句流传于民间的一句话：没啥别没钱，有啥别有病。

马树也经常来陪马莲，大姐如母。马树想起小时候第一天上学就是姐姐牵着他的手把他领到学校的，平时只要有同学欺负弟弟，她总会第一个冲上去保护弟弟。他上大学，每年放假回来，姐姐都要为他买衣服，每次走都会把马树送到车站，千叮万嘱，就像母亲一样。

马树要救姐姐，不惜一切代价。他不断地偷偷从卡里取钱送到医院。医生和马树交过底，告诉他，马莲的病不会有奇迹了，只是时间早晚的事。马树此时能做的，就是用最好的药尽可能地延长姐姐的生命。这是他唯一能做的。

十

马莲出院了，但不是因为病愈出院，是在马莲的一再坚持下才出的院。马莲经历了手术和化疗的折磨，虚弱得很，本来一头乌密的头发，差不多掉光了。

出院那天，苏桂云在超市里特意为马莲买了一顶帽子，戴在马莲的头上。刘天来和马花都来接马莲回家，苏桂云握着马莲的手，一句话也说不出来。这阵子马莲治疗，苏桂云就在身边，她看到了女儿吃的苦，受的痛，她看在眼里，痛在心上。她恨不能去替马莲受苦，这就是当妈的一份心。

马莲回老家了，苏桂云的心就此分成了三瓣。她心里又多了一个马莲惦记。

马树看出了母亲的纠结，就对她说：妈，你回家去看看我爸我姐吧。

苏桂云何尝不想去看看马莲呢？但她放心不下小亮，孙子小亮可以说是她一手带大的，现在刚会走路，学走路的孩子最不让人放心，没深没浅，横冲直撞。苏桂云每天都和老家通电话，询问马莲的身体。电话有时是刘天来接，有时是马花接，他们接到苏桂云的电话，都是报喜不报忧。这个说：马莲现在很好，能吃半碗稀饭了。那个说：又吃了几片水果。他们用吃在描述着马莲的病情，他们越这么说，苏桂云就越是担心。晚上经常在梦中醒来，披衣来到客厅望着窗外，久久就是那个姿势，她想象着病床上马莲的样子。无奈地在心里一遍遍地说：老天啊，别再让孩子受苦了，有啥苦都让我一个人承担吧。一次又一次，她在心里祈祷着。

她终于还是放心不下马莲和马兴旺，让马树给自己买了一张回老家的火车票，风风火火地回了老家。她先是看了老伴马兴旺，丈夫依旧倔强地扶着墙走来走去，她又马不停蹄地去看望马莲。看到床上的马莲，脸色依然苍白，苍白得一丝血色都没有，说话自然很虚弱。马莲见了母亲，颤颤地把手伸过来和母亲的手握在一起。马莲一边流泪一边说：妈，我怕是不行了。这病治了这么久也不见好，还是那样。

苏桂云见到女儿如此这般，她有千万条理由要哭出来，但她知道这会儿自己不能当着女儿的面哭，她要给马莲力量。她开始微笑，就笑着去摸马莲的脸，一边抚摸一边说：闺女，你都胖了，精神头也好了，我问过医生了，你这病就得养，不出一年半载，你就会像好人一样了。

马莲听了母亲的话，勉强挤出一丝微笑。马莲从医院里开了许多药，遵照医嘱，一会儿吃这个，一会儿吃那个，虚弱的马莲已经没有气力去吸收这些药了，刚吃完药，一转身又吐出来。母亲收拾完吐出的药，再一次站在马莲的床头，把马莲抱在胸前，端着水，又把另外一种药塞到马莲的嘴里。苏桂云坚信，药是治病救人的，吃了药女儿就会慢慢地好起来。那些日子，母亲和马莲一起和药做着斗争。马莲大部分时间都处于昏睡状态，她已经没有更多精力让自己醒着了。

苏桂云看着女儿这样，躲在厨房或者卫生间里偷偷地去抹眼泪。只要马莲这边一有动静，她就擦干眼泪，换成笑颜立马奔到女儿床前。马莲醒了，眼睛眯成了一条缝。她伏在女儿面前道：闺女，想吃点啥？妈给你做。

马莲摇摇头。

苏桂云就鼓励道：小时候你最爱吃妈做的葱花饼，想吃不？

马莲弱弱地说：妈，我现在啥也吃不下去，一点劲也没有。

苏桂云就说：不吃东西哪会有劲，妈给你做葱花饼去。

苏桂云开始手忙脚乱地做饼，忙活了好一会儿饼终于做好了，油滋滋地飘着葱花味，她刚把饼端到马莲面前，马莲就呕了起来。苏桂云忙把饼放到一边，她把女儿的上半身抱起来，让女儿坐在自己的怀里，她想起了马莲小时候，就是在她怀里抱着，抱来抱去，孩子们就一天天大了，离开她的怀抱。母亲有时真希望时间再次回到过去，回到孩子们咿呀学语时，那时虽然忙累，但那会儿孩子们都围在她身边，是她最幸福的时光。母亲只恨时光不能倒流，只能往前奔。

这一阵子，马树也隔三岔五地往老家跑，他不放心父亲和姐姐，更不放心母亲。他每次回家，都为父亲和姐姐带着各种偏方回来，然后张罗着又去配制偏方。让父亲吃，让姐姐吃，马树就一趟趟地这么跑，他期待奇迹发生。

苏桂云一边照看马莲，另一面又放心不下大孙子小亮。她做梦都梦见小亮又哭了。孩子是她一手带大的，每个细节她都放心不下：小亮穿暖没有，是不是饿了，晚上睡觉有人陪吗……为了孙子，母亲的心里长草了。母亲真想自己有分身的本事。

马莲还是那个样子，似乎不见好也不见坏。女儿看出了母亲的心思，一天，在床前马莲拉过母亲的手道：妈，你去看小亮吧，我没事。

家里有天来，有马花呢。

苏桂云望着不成样子的马莲，女儿这样，她心疼得都碎了，恨不能女儿的病让自己得。

马莲又说：妈，你去吧，我有事就给你打电话。

苏桂云帮马莲擦了擦脸，点了点头。

苏桂云就又回到了省城马树家。她推开门的一瞬间，小亮正扶着沙发站在客厅里，在奶奶眼里只短短的时间里，他又长高了许多。小亮先是怔怔地望着奶奶，突然冒出一句：奶奶……然后张着手向苏桂云奔过来。就在那一瞬，她的心已经化了。她俯下身把小亮抱在怀里，一边亲着小亮一边流泪。小亮伸出小手给奶奶擦泪，嘴里一叠声地说：奶奶……

马树看在眼里，不无羡慕地说：妈，小亮还不会叫爸呢，但他会叫奶奶了……

苏桂云抱紧大孙子唏嘘着，一遍遍地说：大孙子，奶奶没白疼你。

她看到了小亮，又开始惦念老家床上的马莲了。

……

一天，家里的电话铃响了，这阵子她怕接电话，有时家里的电话不响，她又不踏实，生怕电话坏了，一会儿拿起电话听听，盲音还在，她放下电话，仍是不安。电话一响，她又有一种不祥的预感。果然，她拿起听筒，刚“喂”了一声，马花就在电话那头说：妈，我姐怕是不行了……

苏桂云和马树是坐傍晚的火车回的老家，到家时已经快半夜了。马莲被安排在医院里抢救。她和马树来到抢救室时，马莲身上插满了各种管子。

苏桂云一到，马花伏在马莲的耳边就喊：姐，妈来了，弟也来了。

马莲的眼皮动了动，慢慢睁开一条缝，她在人群里寻找着母亲那张熟悉的脸。她又看到了弟弟。

苏桂云过去，死死抓住马莲的胳膊一叠声地叫着：闺女，闺女……

马莲把目光定在苏桂云脸上轻轻地叫了一声：妈……

苏桂云哽着喉头道：马莲，妈在呢。

马莲又把目光瞧向了马树。马树蹲在姐姐的床前道：姐，你没事，不行咱们再去省城，省城治不好，咱们就去北京。

马莲是大姐，除了母亲之外，姐姐是最疼马树的女性了。上学的第一天，是大姐牵着他的手走进了学校。冬天冷，上学路上，姐姐把围脖围在弟弟的身上，谁欺负弟弟了，她破马张飞地上去和人拼命……

马莲抖颤着手握住了马树：弟呀，以后这个家就靠你了。

马树拉过姐姐的手放到自己的脸上，他多么希望姐姐的手永远在呵护他呀。

马莲眼角流出一滴泪。她又看了眼人群外的父亲。马花搀着父亲，父亲执意要来医院。从小到大，父亲的话不多，但在马莲的眼里，父亲就是家里的山，为他们这些儿女遮风挡雨。

马莲虚弱着声音：咱们家到齐了，咱们照张相吧。

马莲的提议得到了一家人的响应。他们围在马莲的床前，努力让自己微笑起来。他们留下了最后一张全家福。

照完相马莲似乎完成了一种仪式，她平静下来，目光在人群里扫了一圈，依次把目光在亲人脸上定格，她喃喃着：这个家真好，爸、妈，下辈子我还做你们的女儿……

马莲说完这句，呼出了一口气，头一歪便再也没有醒过来。

白发人送黑发人，那种伤痛只有当事者才知道这是怎样的一种痛。

去的人去了，活着的人还得活着。这是苏桂云在马莲去世后经常挂在嘴边上的话。

送走了马莲，苏桂云做出了一个决定，她要把马莲的孩子乐乐带在身边，马莲不在了，她不能让乐乐没有娘。她的决定得到了全家人的赞同。不管赞不赞同，母亲决定的事是一定要做的。

她带着乐乐出发了。坐在火车上，透过车窗望着车窗外熟悉的一切，列车一走，坐在身旁的乐乐就说：姥姥，我想家了，想妈妈了……

苏桂云没忍住，她抱紧乐乐像孩子似的哭起来。

处理马莲后事时，苏桂云忍着没哭，她冲家里每个人说：不哭，马莲肯定不想看到我们哭。

那会儿苏桂云是刚强的。马莲从小就爱笑，她不想全家哭着送爱笑的女儿上路。那几天全家人都忍着。

此时苏桂云再也忍不住了，她和乐乐一起哭了。

十一

苏桂云带着乐乐又一次走进儿子家。

周牧鸽这几天正和马树闹矛盾。她发现自己家存款不见了，直到这时，马树才告诉周牧鸽为了治姐姐的病把家里的存款花了。

平日里周牧鸽和马树家走动就不多，之前和马树母亲的恩恩怨怨就不说了，从过日子角度上来说，马树的老家有太多的累赘。在周牧鸽眼里，马树老家都是穷亲戚，马树又是家里唯一的男孩，什么事都要由马树来管，无形中牵扯了马树的精力，当然也包括物质上的。周牧鸽在结婚之前，她的母亲林翠芬就警告过她，那会儿为了爱情，她并没有想太多的生活琐事。直到结婚，她才体会到，日子就是日子，许多困难和矛盾是无法回避的。

周牧鸽在银行上班，在工薪阶层也算是高工资了。马树在电视台上班，大小也是个名人，加班加点地上班，收入也说得过去。每个月都节余一部分钱存起来。那时，他们有一个共同的目标，希望在不远的将来，在省城能买一套属于自己的房子。

不料想，马树自作主张，把他们的积蓄给姐姐去看病了。周牧鸽觉得一下子又成了穷人。两人为钱的事争吵得还没个结果，苏桂云又带着乐乐来了。本来就不大的家，一下子多了一个五六岁的孩子，让周牧鸽的心里一点缝也没有了。

周牧鸽和马树关起门来吵架。

苏桂云抱着小亮，牵着乐乐站在马树和周牧鸽的门前，心里的滋味可想而知。

晚上，苏桂云把两个孩子哄睡了，见马树在客厅里抽烟。她拉着马树的衣袖，娘俩来到了楼下院子里。

苏桂云小心地望着马树道：树哇，我知道你和你媳妇吵架了。

马树忙安慰母亲道：妈，和你没关系，就一点小事，过去了就没事了。

苏桂云也不再追问什么，她望着马树，唏嘘道：树哇，要不我带着小亮回老家，我肯定能把小亮带好。

马树蒙眬了泪眼又叫了一声：妈……

半晌，马树才说：妈，这可不行，你是为我带孩子才来到这里的，怎么能让你回老家呢。

苏桂云理解马树，她不希望马树为难，更希望马树和周牧鸽能和和气气地把日子过下去。

苏桂云叹口气冲马树道：树哇，咱们家事多，让你费心了。你是个男人，平时让着点你媳妇。

马树道：妈，我知道。

苏桂云见时间已晚，又拉了下儿子的衣襟道：树哇，你明天还要上班，早点睡吧。

两人再次上楼。

家里的境况就是这样，苏桂云不希望儿子在中间为难。从一日三餐到洗衣服，打扫卫生，带孩子，母亲全承包了下来。

周牧鸽早出晚归的，只要回到家里就没个好脸色。苏桂云装作看不见，只要周牧鸽一进家门，母亲忙找出拖鞋，又端来热饭热菜，还沏了杯热茶放到周牧鸽面前。周牧鸽对这一切似乎并不领情，吃完饭，有时会逗一会儿小亮，有时谁也不理，走进自己房间关上门。

苏桂云怕孩子吵闹影响了周牧鸽的心情，只要周牧鸽回来，她对乐乐千叮咛万嘱咐，不让乐乐吵闹，五六岁的孩子并没有记性，姥姥前脚交代完，后脚又忘了。一转身又和小亮疯玩起来，两个孩子没轻没重，大呼小叫，从这屋跑到那屋。母亲就跟一个救火队员似的，抱住这个，那个又跑了出去，她不停地奔波着，直到把两个孩子哄睡着，她才长嘘一口气，揉着腰，坐在沙发上等下班的马树回来。

苏桂云最近也不知怎么了，她总是觉得腰疼，她就一次次用拳头砸自己的腰，怪自己不争气。马树每天回来，是她一天最开心的时候，马树吃饭，她就坐在儿子对面，一张笑脸望着儿子。

马树担心母亲的身体吃不消，就说：妈，以后你别等我了，你早点睡，也别为我留饭了，我在外面吃一口就行。

苏桂云说：那可不行，外面的东西不卫生，你打小就爱吃妈做的饭菜，还是回家吃。妈愿意为你们做饭。

马树就哽着喉头叫了一声：妈……

苏桂云听到这声“妈”，再苦再累也觉得都没什么了。

儿子吃完饭，她要抢着去洗碗，可站了两次也没站起来，不争气的腰拖累了她。马树发现了，忙问：妈，你的腰怎么了？

母亲忙摆摆手道：没大事，可能白天抱孩子抱多了，有点疼。

说完扶着椅子站起来，在抽屉里拿出几贴膏药，让马树为自己贴在腰上道：好多了，不要为妈担心，我说没事就没事。

她走进厨房去洗碗。

在马树面前她装作没事人似的，马树一离开家门，她就歪在沙发上。乐乐见姥姥腰又疼了，便爬上沙发为姥姥揉腰。小亮见乐乐上了沙发，也爬上来，在奶奶身上骑来骑去。苏桂云在孩子们的抚爱下，似乎腰就不那么疼了。她又撑起身体该干什么就干什么去了。

日子一天天过着，苏桂云的腰疼并没见好，她仍然撑着，不希望自己牵扯马树的精力。她知道，马树电视台的栏目正在改版，要重新策划定位栏目的风格，比平时更忙了。

一天晚上，周牧鸽回来吃完饭和小亮玩了一会儿就走向自己房间，关上门。母亲担心孩子吵闹，想把小亮抱回到自己房间。她弯下腰去抱小亮，不料自己连同小亮一起摔在地上。小亮大哭起来，周牧鸽推开房门看见苏桂云正在地上挣扎着。小亮仍在奶奶的怀里大哭。

苏桂云马上换上笑脸道：你看看，不小心滑倒了。

周牧鸽心疼孩子，忙把小亮抱在怀里。苏桂云挣扎了好一会儿，才在乐乐的拉扯下站了起来。

周牧鸽抱着孩子，“砰”地关上了房门。

苏桂云坐在沙发上，难过地捶着自己的腰。

马树回来后，又和周牧鸽发生了争吵。当时苏桂云就站在两人的房门外。

周牧鸽说：你妈现在是干啥啥不行了，抱个孩子都抱不动了。咱们要是不在家有个好歹的咋办？

马树压低声音道：我们家三个孩子都是我妈一手带大的，她怎么就带不好小亮了？

周牧鸽提高了声音道：那是以前，我说的是现在，看把小亮摔的，胳膊都青了。

马树不好再说什么，怕争吵下去，惊动了母亲。

周牧鸽第一次把小亮留在了自己身边，没让母亲去带。

周牧鸽气哼哼地说：我明天就给亮亮联系幼儿园。

苏桂云站在门外听了，默默地离去。

周牧鸽很快为小亮联系了一家幼儿园，不顾小亮哭闹，她还是把小亮送到了幼儿园。

之后没几天，母亲找到马树说：树哇，小亮上幼儿园了，我就不在你这待了。明天我就回老家。

马树就叫了一声：妈……

苏桂云不想让儿子为难，就说：你爸身体也不好，我不放心他，我先回去，过一阵我再来。

马树就不好说什么了。

苏桂云带着乐乐离开马树家，回了老家。

苏桂云回到老家，腰疼依然没有好转，先是手不听招呼，有时拿个碗也会掉下来，后来走路双腿也开始不听招呼了。

有一天，她把自己重重地摔在了厨房。

苏桂云被救护车送到了医院。医生很快得出了结论，母亲患上了渐冻症。

渐冻症，医学上也被称为运动神经元病，目前医学还无法真正认识这种病。病因有可能和遗传基因有关，另外有部分环境因素，重金属中毒等，都可能造成神经元的损伤。病因不明，蔓延迅速，先是四肢，最后是呼吸系统，患者最后全身只有眼球能动——这是医生给马树的解释。

马树望着医生，小声地：医生，真的就没别的办法了？

医生摇摇头：目前世界医学上还没有办法治愈或预防这种病。

医生看着马树失望又震惊的脸又补充了句：要不去北京吧。首都医院怎么说也比咱们省医院条件好些。

马树当即决定带着母亲去北京。马树那会儿心里只有一个念头，不惜一切代价去北京救母亲。

当即马树开始打电话，找北京的朋友联系北京最好的医院，一边在家里为母亲准备。

苏桂云在医院检查完，一再坚持回家。她怕在医院拖久了，又得花钱。当得知一家人准备把自己送到北京治病时，她一遍遍地说：小树，妈这病自己心里清楚，就是这阵子没歇好，在家睡上几天觉，妈就啥病也没有了。

马树安慰着母亲道：妈，你是累的，但身体还是要检查，我陪你去北京，咱们检查完身体，顺便玩几天，就当旅游了。

母亲仍是不同意，马莲去世，马树的积蓄花光了，自己再去北京医院折腾，马树只能借钱了。

苏桂云挣扎着坐起来：妈这不是好好的吗？你们看，我说过两天没事，一准没事。她坚持不去北京医院。

马树和马花一齐跪在了母亲面前。她看着两个孩子，无奈之下，只好点头了，但有个条件：检查完就回家。

马树在北京托人已联系好了医院，省里的医生说过，渐冻症这种病扩散得很快，神经元病灶很快会漫布全身。马树的决心已下，无论如何要把母亲带到北京去救治，哪怕只有一丝希望，也要治好母亲的病。

马树和马花见母亲答应了，也一起开心起来，又忙着准备去北京必带的东西。

苏桂云拉住马树小心地：树呀，你答应妈一件事行吗？

马树点头道：妈，什么答不答应的，你说。

苏桂云舒口气道：树哇，你现在是名人了，那么多人爱看你主持的节目。这么多年妈只有一个心思，就想去你们电视台亲眼看一次你录节目。妈还从来没去过电视台呢……

马树一把抱住母亲，他又叫了一声：妈……

录节目那天，马花搀着母亲一直站在录制现场的侧面，工作人员为苏桂云准备了椅子，她却不肯坐下，一直在马花的搀扶下，站在那里。

台下是现场观众，台上坐着嘉宾，马树作为主持人一直站在台的中央。

在母亲的注视下，马树走上台，这是他第一次在母亲的注视下主持录制现场，那目光是鼓励、欣赏，更多的是温暖的爱。他在母亲的目光下，主持完了一场节目。在结束前，他冲台下的观众深深地鞠了一躬道：今天节目录制结束前，我想请上一位特殊嘉宾，她就是我的母亲苏桂云。

台下先是静了几秒，然后就是热烈的掌声。母亲一直看着儿子在主持节目，看着儿子在舞台上光彩照人，她幸福又满足，但没料到儿子会请她上台，稀里糊涂中，有工作人员上来和马花一起把她搀到了台上。

马树冲母亲深鞠一躬，然后冲观众道：这位就是生我养我的母亲，她叫苏桂云。

马树是用哽咽的声音说完这段话的。台下的掌声不断。

聚光灯照在母亲和马树身上，马树搀着母亲，他在含泪微笑，冲着观众，也冲着母亲。

在去北京医院检查的过程中，马树和马花一直陪在母亲的身边，几天时间，他们跑了各大著名的医院，给母亲看病的也都是专家，他们得出的结论都是一致的：母亲得了不可逆转的渐冻症。目前世界医学也并无奇迹。世界上唯一的奇迹就是霍金，他得的也是这种病，目前仍然健在，他虽然四肢不能行动，但他还有大脑和眼睛，他用智慧为世界创造着奇迹。

马树和马花期待着奇迹在母亲身上诞生，只要母亲活着，这就是做儿女的最大幸福。有母亲在，他们就是有妈的孩子。

可母亲的病情并没有向他们期待的发展，短短十几天时间，母亲已经无法下床了。先是手和脚失去了知觉，接着呼吸也变得困难，就连语言也不能够清晰地表达了。

马树和马花二十四小时轮流照看着母亲。对母亲的病，他有心理准备，但他们没想到病魔会这么快便吞噬了母亲。

马树半跪在母亲的病床前，他一直在给母亲揉搓着四肢。他以为自己的按摩会缓解母亲的病情。

母亲含混着声音说：树哇，妈怕是真的不行了……

母亲说完这句话，遗憾地望着儿子。

马树抬起头：妈，不会有事的，我会请最好的医生，用最好的药。一定治好你的病。

母亲是个聪明人，虽然到目前还没人去说她的病情，但她也意识到自己得了不治之症，从来北京那天她就意识到了。

母亲又说：树哇，你们都大了，你爸躺在床上……你是家里唯一的男人了……母亲满怀深情地望着马树。

马树又叫了一声：妈……

自从姐姐生病，马树觉得自己长大了，他是个男人，不用母亲说，他也知道如何挺起脊梁，为这个家遮风挡雨。他握着母亲的手道：妈，你放心。马树会做一个好儿子的。

母亲的目光又越过马树的头顶，落在马花的脸上。马花见母亲在望自己，上前倚在床边把母亲的头搂在自己怀里，她一直在流泪，仿佛一辈子的泪水在此时都流干了。她哽咽地叫了一声妈道：妈，你别说话了，我知道你放心不下我，我向你保证，以后会好好生活，再也不让你操心了。

母亲一直为马花操着心，她一直盼着马花早日结婚，可马花一直没有结婚。大姨苏桂霞和母亲联起手来，动用了所有的熟人为马花介绍男朋友，可马花一个也没看上。刚开始，在母亲和大姨的劝说下，她还硬着头皮去见这些各色各样的男人。关于马花的相亲史都快写成一本书了。后来马花谁也不见了，按着自己的节奏生活着。如此的马花让母亲提心吊胆。

眼下，母亲最放心不下的就是马花。马花抱着母亲的头哭泣道：妈，你放心，我以后一定好好的，再也不让你操心了。你的病就是为我们一家人得的。

母亲也在流泪，她真是放心不下每一个亲人。她移动着眼球望定马树道：我……想……大……孙……子……了……

母亲乞求的目光，满眼都是求生的渴望。

病情发展得很快，只几天时间，母亲已经不能说话了，甚至都不能自主呼吸了。为了延长母亲的生命，马树和医生商量给母亲用上了呼吸机。

母亲只有眼球还能动，她的目光分明告诉亲人，她还有许多话要说。

马树找来纸笔放到母亲眼前，他把笔放到母亲手里，用自己的手握着母亲的手，希望母亲能再留下只言片语。母亲已经写不出字了，在白纸上只能留下一些笔道。马树托着那张纸，附在母亲耳边道：妈……我知道你要说什么，爸爸年纪大了，身体也不好，你是让我们照顾好我们的爸爸。

母亲的眼球动了动，算是同意。

马树又说：妈，我姐是大人了，她会照顾好自己，她已经答应你了，以后一定好好生活。

母亲的眼球又动了一下。

马树把小亮抱过来，让小亮的脸贴在母亲的脸上。小亮没见过这个阵势，一边哭一边叫着奶奶。

马树说：妈，我知道你不放心我们一家，你放心吧，我们一定好好的。

母亲睁着眼，仍意犹未尽。

马树就问：妈，你还想说什么，快告诉我。

母亲盯着马树，却说不出来。

马树又说：妈，你是不是想回家？

母亲听了这话，眼睛直了，有两滴泪水流出来。

马树了解母亲的心思，她是不放心躺在家里的父亲，她不想死在外面，就是死也要死在自己家里。

马树为母亲最后的愿望孤注一掷了。他当即找到医生说明了自己的想法。可回家一路上奔波，况且还有呼吸机这些设备一刻也不能离开母亲。马树当即决定，带着呼吸机回家。

母亲在救护车和医生的陪伴下回家了。为了尽可能减少对父亲的刺激，马树把母亲安排在了另外一个房间。

父亲得知母亲回家了，他挣扎着在马花、马树的搀扶下来到了母亲的病床前。一起共同生活了几十年的老两口儿，此时面对，别有一番滋味。

父亲马兴旺望着母亲，含混着说：小云……你咋……就躺下了……

母亲望着相濡以沫的老伴儿，眼角再次流出两滴眼泪。

父亲哆嗦着手握住了母亲失去知觉的手：小云……你起来呀……

父亲已泣不成声了。

为了父亲的身体，马树还是让父亲离开了母亲，重新回到自己房间躺到了床上。

父亲在自己房间望着天棚默默流泪，母亲在另外一个房间谛听着父亲的动静，两个老人彼此感知着。

母亲的生命靠呼吸机和营养液在维系着。马树希望母亲活着，只要母亲活着，他就是个有妈的孩子。可呼吸机却治不了母亲的病，他只能在心中祈祷。

三天后，呼吸机还是从母亲身上撤下了。母亲停止了呼吸，她一双眼睛却一直睁着。

马兴旺冲马树道：树哇，替你妈合上眼吧，她太累了，让她歇歇吧。

马树小心地把手放在母亲的眼睛上，他哑着声音叫了一声：妈，你闭眼吧，我们都会好好地生活。

母亲终于闭上了眼睛。

十二

母亲离去了，一切似乎又恢复了平静。但对马树来说，他似乎被淘洗了一遍。

马树做出了一个惊人的决定，辞职去北京发展。在这之前，一直有朋友邀约让他去北京发展，他动过心，但没有下定决心，他担心母亲再次为他操心。

他把一份辞职报告交到台里后，他回了一次老家，来到母亲墓地旁。他坐在了母亲的墓前，看着母亲的墓，似乎觉得母亲就坐在他的眼前。

他像唠家常一样对母亲说：妈，我辞职了。为了这个家，我要去北京发展。

他停了停，似乎在等母亲说话，然后才说：我知道，你又该为我操心了。妈，你放心，我是个男人，我要担当起这个家的责任。

说到这顿了顿，舒口气：妈，你不是一直盼着我们有大出息吗？我这个决定就是你教我的，做人该有大志向。

马树站起来，端正地望着母亲：妈，我知道二次创业会很难，不论多难我都会闯下去，因为我是你的儿子。

马树说到这儿抹了把泪又道：妈，我走了。我会常回来看你的，陪你唠唠。

马树走了，走了一段，他停下了，又一次回身，冲母亲的墓跪下了，他大声地又叫了一声：妈……

他一步三回头地走了。

马树开始了第二次创业生涯。每隔一阵子，他都会回一次老家，他回家看母亲，看亲人。他一直觉得母亲还在，他一走进家门，母亲就会给他端来可口温热的饭菜。

一次，他回到家里，陪儿子坐在沙发上看电视。

儿子小亮突然说：爸，我又闻到奶奶的味了。

儿子在沙发上寻找着，马树似乎也嗅到了母亲的味道。他和儿子一起在沙发上翻找，马树的手在沙发的缝隙里摸到了一个软软的东西，他拿出来，发现这是母亲当年经常围在脖子上的丝巾。看着母亲的遗物，他热泪盈眶。他用力地把母亲的丝巾攥在手里，仿佛母亲就站在他面前，微笑地望着他。

日子就又是日子了。

向太阳的爱情

凯　旋

参加维和任务的某部野狼特战大队凯旋了。

他们是乘坐军用专机凯旋的，大轿车载着野狼特战队的官兵们，在警车的引领下，一路绿灯驶回了军营。

军营早已张灯结彩，正门的门楣上，一条巨幅标语上书：热烈欢迎野狼特战队凯旋。左右大门上书：野狼出没横扫乱军万千，海地归来军威扬名天下。

半年前，野狼特战队奉命去非洲的海地执行维和任务，六个月后，他们班师回国了。

部队的士兵、军官们列队迎接着他们，大轿车驶入军营门口时，官兵们举起了手臂，向凯旋的官兵敬礼。场面庄严、整齐。

轿车刚刚停稳，随着车门打开，特战队员迅速地列成方阵，他们手持冲锋枪，头戴钢盔，还是出征前的那支队伍，和出征前相比，他们黑了瘦了，但更加精干了。这是支虎狼之师，二百人的一个方队，就像一块钢板牢牢地焊接在一起。

野狼特战队大队长封利跑出队伍，向站在台阶上的少将、这支队伍的最高首长报告，他声音洪亮，就像三军仪仗队的指挥官：少将同志，野狼特战大队已圆满完成海外维和任务，胜利归来。请您指示。

站在办公大楼台阶上的少将，微眯了眼睛望着这支虎狼之师，野狼特战队，是这支部队的骄傲，是铁拳，是王牌。半年前，也是在这里，少将为特战大队送行。他当时只讲了一句话：这次维和，希望你们不辱使命。只许成功，不许失败。特战队员们用洪亮的声音回答：坚决完成任务，请首长同志们放心！此时，少将仍只有一句话：欢迎你们凯旋，人民会记住你们付出的鲜血和汗水，同志们辛苦了！

官兵们排山倒海地答：为人民服务！

少将话语不多，看似套话，他的情感都包含在这句问候中。这是军人最高礼节的问候。只有真正的军人，才明白其中的含义。

半年的海外维和任务，野狼特战队不仅光荣完成了维和任务，中队长向太阳，还受到了维和部队最高司令官的接见。他亲手把象征维和部队最高荣誉的和平奖章佩戴在向太阳胸前。

向太阳

向太阳，二十八岁。毕业于某著名陆军学院指挥系，同年加入野狼特战大队实习，一年后，担任分队长，后又交流到英国皇家特种兵部队深造两年。回国后任特战大队副中队长，因成绩突出，特战大队出国前晋升为中队长。

身高一米八零的向太阳，如果脱下军装，是个风度翩翩的时尚小伙。他的精干和历练从他的眼神和衣服包裹的肌肉中就能体会得到。军装穿在他的身上，与军人的威严果敢融为一体。

在半年的维和任务中，向太阳荣立三等功两次，二等功一次。在维和任务圆满结束时，他受到了维和部队最高司令长官的接见。

荣立三等功那次，是在海地的街上巡逻。一个隐藏在楼群中的叛军的狙击手，通过瞄准镜正准备向维和巡逻的队伍射击，叛军狙击手的瞄准镜在太阳光线的折射下，暴露了自己的目标，向太阳已经没有时间请示汇报，举枪射击，就在他完成射击之后，狙击手的子弹擦着他们头顶呼啸而过，也就是说，两人几乎同时完成了射击，向太阳扣动扳机的时间，比叛军狙击手只快了零点几秒。

刚到海地参加维和任务不久，世界卫生组织的官员到海地视察工作，野狼突击队接到了警戒的任务。也就是那一次，他成功阻止了一次叛军自杀炸弹的袭击。野狼特战大队为了世界卫生组织官员的安全，设立了三道安全区，第一道由巡逻队伍组成，第二道是定点的哨兵，第三道便是接近视察官员身边的贴身警卫。中队长向太阳带着几名战士寸步不离地守卫在参观官员一行身旁。

自杀式袭击者，驾驶着一辆拉着水果的小型卡车，蒙混过了巡逻队伍，正高速地向第二道安全区靠近。在没靠近安全区前，车似乎开得漫不经心，当接近执行定点警戒的哨位时，突然加速，向人群冲来，几百米的距离，对一辆加足马力的卡车来说，就是一瞬间的事。执勤哨位的士兵，只来得及鸣枪报警。也就是在那一瞬间，向太阳的枪响了，子弹穿过挡风玻璃，正击中自杀者的眉心。车失去了方向，向另一个方向猛然驶去，撞在了一堵墙上，爆炸后燃起的烟尘笼罩了半边天。所幸，世界卫生组织的官员只是虚惊了一场。

从那之后，向太阳有了“快枪手”这一称号。其他国家的官兵们越传越神，恨不能把向太阳传说成三头六臂。他们借着到军营交流的机会，找到向太阳，和向太阳握一次手，照一张相，算是份纪念。在向太阳的影集里，有数十张和外国军人的合影。外国军人微笑着，一手握着向太阳的手，另一只手竖起大拇指，向太阳标准军人的姿势，不含不露，谦逊自然。

军医柳莎就是在那次被向太阳营救之后，迅速爱上向太阳的。

柳莎出身于知识分子家庭，父亲是南方某知名大学的教授，母亲是名医生。柳莎毕业于中国人民解放军第二军医大学。以她的资历和条件，刚到部队便受到了单身青年军官的热烈追求。她的手机里，天天都能收到爱慕的短信，在宿舍门口，经常会出现成把的玫瑰花、成箱的牛奶，还有可爱的玩偶。

心高气傲的柳莎并没把这些追求者当回事，她与年轻军官打交道，从来都目不斜视，不卑不亢，人送外号“军中第一冷”。就是这个军中冷美人，在维和的半年时间里，她迅速、热烈地爱上了向太阳。

媒　体

载誉而归的野狼特战队，惊动了许多当地媒体。

在部队为野狼特战大队举行的庆功大会上来了许多媒体，有文字记者，有网络媒体，也有电视台的主持人和摄像师。

向太阳和几位立功受奖人员站在主席台上，接受献花。献花者是部队的一些女军官和士兵。当音乐响起，一群女兵手捧鲜花从侧幕向主席台上跑来。军医柳莎第一个跑到向太阳面前，立定站好，冲向太阳敬了一个标准的军礼。向前一步，把一束正盛开得鲜艳欲滴的鲜花送到了向太阳的胸前。向太阳还礼，接过鲜花，他冲柳莎轻轻说了句：谢谢柳军医。他嘴角上扬，露出一个向太阳招牌式的微笑。

柳莎弯下眉毛，凑近向太阳道：知道今天是什么日子吗？

向太阳不解，看了眼柳莎，柳莎又低声道：七夕，中国的情人节。把花收好，回去再看。

柳莎说完便随着献花女兵向台下走去。

向太阳瞄了眼手里的花，他这才意识到自己的花和别人的不一样，他的花是玫瑰。这是柳莎专门为他挑选的，玫瑰象征着爱情。他再看花时，发现花丛中塞了一张小卡片，上面写着字，他来不及细看，把卡片偷偷拿出来，放到口袋里。玫瑰花的香气正如柳莎，迅速火热地包裹了他。

台下，他们被各路记者包围了。

走到向太阳面前的是电视台记者，有主持人也有摄像师。灯光聚焦在向太阳身上，他不习惯地用手里的花下意识地遮挡了下刺眼的灯光。

一支话筒不由分说地递到了他的面前，一个标准悦耳的女声问：向太阳，你为什么选择特种兵这个职业？

面对记者他并不陌生，在海地维和任务中，他接受过无数国内国外记者的采访，在国外采访中没有人问过这样的话题，大部分是问他海地的局势还有对和平生活的看法。

他认真地看了眼问话的女记者，觉得这个女记者有点眼熟，确切地说，她是当地电视台小有名气的节目主持人。在向太阳的印象里，她主持的节目好像是一档法制栏目。终于，他想起来了，眼前的女孩叫白眉，他认识她，因为他是名观众。他又招牌式地笑了一下，说了句：白眉你好，我认识你。

白眉对这种打招呼的方式似乎已经习惯了，她歪了一下头，调皮地说：向太阳，你还没回答我的问题呢。

向太阳沉了口气，略一思索道：我喜欢特种兵，因为他是军人中的军人，他代表着和平。

白眉再次发问：听说特种兵的训练非常辛苦，不是一般人所能忍受的。你年轻有才华，难道真的心甘情愿做一架单调的机器？

白眉的话深深刺激了向太阳，她居然把军人比喻成机器，以前他也遇到许多同龄人问过他这种话，因为他们不了解军人。向太阳虽然不满，但他还是压制住自己的情绪，平静地说：首先我申明，军人不是机器，是和你们一样的人。因为我喜欢，所以我才热爱。

向太阳说完，又是招牌式的微笑。

白眉仍不依不饶地问：军营是封闭的，生活是单调的，听说你到现在还没女朋友，请问你对这些有何感想？

向太阳收起笑容，认真地看了眼白眉，他没想到眼前这位唇红齿白的姑娘，居然会问他这个问题，他不想回答，但还是忍住了。他又一次回答：人生活在这个世界上，不只是风花雪月，还有比这些更重要的。

说完他转过身，头也不回地走了。任由白眉在他身后大呼小叫，他的脚步越来越快。

因为白眉的采访，让向太阳生出了许多不快，结束了采访，他回到宿舍，才想到柳莎送给他的卡片。他从衣兜里掏出那张卡片，上面是首诗，柳莎娟秀的笔迹让他读了下去：月上柳梢头，人约黄昏后……向太阳看了这首李清照的小诗，笑了。他推开宿舍的窗户，看见了月亮。柳莎的话再次在他耳边响起：今天是七夕，中国的情人节。

他看着月亮，想起了牛郎和织女，他们在七夕这一晚相会了，一年的分离和等待，只为这一晚的重逢。

向太阳望着天空中半残的月亮，心里动了一下。他想到了柳莎，转瞬又被主持人白眉带给他的不快所湮没了。

专 题 片

向太阳和白眉又一次见面是在特战大队的训练场上。大队长封利领着一伙电视台的人来到向太阳面前，这群人中就有白眉。向太阳第一眼就看到了白眉，白眉也迎着他在看。白眉是微笑状的，向太阳没笑，一脸严肃。

大队长封利走到向太阳面前道：这是电视台节目组，要给咱们特战大队拍摄专题片，电视台的人点名道姓就要拍你。政治处研究决定，拍摄你们中队，谁让你是快枪手呢！

大队长说完笑了。

向太阳看了眼白眉，白眉一脸得意。

向太阳没有说话，向大队长封利敬了个礼。

封利转过身又道：这就是电视台的人，你们中队要全力配合。

大队长说完就走了，留下白眉一干人等。

白眉伸出手道：我们又见面了，向太阳。

向太阳没有去握白眉的手，淡淡地说：拍摄的事我不懂，我们要训练了。

向太阳说完，转身面向中队已列好队的士兵，下达了训练科目。

训练场是一幢建好的楼房，今天的训练科目是解救人质。战士们爬到楼顶，顺着绳索而下，准确找到绑架人质的房间，战士要强行破窗而入。

时间就是生命，稳、准、狠、快几个字的要诀就是解救人质的法宝，几组士兵从楼上一跃而下，特战军靴猛然踹开窗子，玻璃的爆裂声突然猛烈，一组突进室内，一组作为掩护，门外的接应队员一脚踹开房门，同时冲入室内。屋内的两名“劫匪”被当场生擒，“人质”安全获救。

电视台分两架摄影机记录了演习训练的全过程。作为指挥员又是战斗员的向太阳一直冲在最前面。

一个训练科目结束，野狼突击队三中队的士兵们已列队站好，高强度的训练下，他们的额头鬓角已经汗湿了，晶莹的汗滴挂在脸上，更加显示出了年轻士兵们的帅气英武。一丝不苟的作训服装、胸前的微型冲锋枪，这是标准野狼突击队的标配，一米七五以上的个头，庄严冷峻地立在那里，犹如一片森林。

向太阳站在这片森林前，浑身上下就有一股力量，眼前是生死与共的战友，他们是兄弟、亲人。每次他站在队列前，望着这群鲜活的士兵，他就有一种冲动和自豪，力量在脚底升起，最后充满全身，他的汗毛一根根竖起。当向太阳讲评完训练时，主持人白眉和摄像机一起又一次围住了向太阳。因为有了之前和白眉的接触，向太阳对白眉有种反感。向太阳接受采访时，完全是漫不经心的，他拧开军用水壶一边喝水，一边接受白眉的采访。白眉举着话筒，职业地微笑着，那是她招牌的微笑，以前看到白眉在电视中的微笑就是这个样子。

白眉的微笑却没有掩饰她的刻薄：作为“八零后”，我承认你们野狼突击队的士兵个个优秀，你们把大好时光浪费在这里，难道真的没有比这更有意义的事情了吗？

白眉的问话尖酸而又刻薄。

向太阳别过头去，眼睛望着远处，如果不是大队长交代，配合电视台做电视专题片，仅仅是个人采访，他会扭头而去，他不想，也不可能和一个对军人毫不理解和没有感情的人有任何交流，但他也不想这么坐以待毙。他扭过头来，冲着摄像机：你以为你们的青春就比我们士兵高贵吗？

白眉：我在这里探讨的不是高贵与否，是青春的价值。

向太阳：军人的职责是保卫和平，你认为和平的价值是多少？

向太阳只能这么反唇相击了。

白眉：向中队长，你别误会，这不仅是我个人的观点，现在社会上许多同龄人有他们对待事物的看法，我是代表同龄人提出的这些“疑问”，我们做这期专题的主题就是探讨价值这个问题。

向太阳又一次对准摄像机：军人的价值不需要讨论。

白眉仍然不依不饶地：向中队长，你的简历我了解，你十八岁考入军校，现在已经在部队生活十个年头了，应该说你的大好青春都是在部队度过的，和同龄人相比，你得到了什么，又失去了什么？

向太阳面对白眉，职业的机敏和称职让向太阳很欣赏她，可她的话题让他不舒服，一个又一个不可理喻的问题抛给他，让他心生厌恶。面对着电视台报道组，他配合采访，这是他的任务。他知道，眼前的问题，不是白眉一个人的疑问，她代表了同时代许多年轻人共同的认识。在私下不同场合里，他面对着不同人的质问，那时，他只一笑而过，并不想争辩什么，每个人心里装着不同的追求，他不需要所有人都和他一样。现在他面对着摄像机，他代表的不是向太阳个人的态度，他代表的是野狼突击队，不，他代表的是整个军人团体。

向太阳想到这，又一次面对摄像机，仿佛面对的是一双双同龄人的眼睛：每个人的青春都是不一样的，正如每个人的追求和理想也不一样，军人的青春的价值在于军营，花前月下无拘无束并不代表丰富，军人恪守律已并不代表单调，为自己喜欢的事业，别说奉献青春，就是付出生命也在所不惜。

白眉把话筒夹在腋下，鼓起了掌，然后又拿过话筒：向中队长你说得很好，我问一个私人问题，你有女朋友了吗？

向太阳没有料到白眉会突然问这么一个私人化的问题，他一愣，他看见了白眉一双探究好奇的目光。

向太阳歪了一下头，嘴角上扬：我可以不回答你这个问题吗？

白眉粲然一笑：不用回答，我已经知道答案了。

他望着她，目光交织在一起，透过目光他们似乎在读着对方。

白眉：你有了追求者，确切地说，你还没答应人家。

白眉说到这，收起话筒，摄像师们关闭了摄像机。

向太阳不得不承认，眼前的白眉不仅漂亮还冰雪聪明，她会读心术。也许主持人的职业练就了她探究人心的本领。

他只能职业地一笑：白小姐，对你的判断，我无可奉告。

白眉调皮地歪了一下头，伸出手：向太阳同志再见。

向太阳象征性地把手伸出去，不料白眉的一只纤纤小手却用力地握了一下他的手。

白眉又莞尔一笑：再见。

她和她的团队转身走了，走向他们的工作用车。

向太阳心情复杂地望着一行人上了电视台的采访车。直到车驶去，他透过车窗看着白眉一直冲他微笑，甚至还招了一下手。

他转过身，看了眼刚被白眉握过的手，向士兵休息的地方走过去。

第一次约会

军医柳莎约向太阳看晚场电影是周六下午的事。

向太阳带着士兵刚从训练场回来，他走进中队办公室，习惯性地拉开抽屉，那里放着他的手机。部队有规定，手机是不允许带到训练场的，平时训练时，手机和一些私人物品只能放在办公室的抽屉里。打开手机，一条短信便跃入了他的眼帘：今晚有空吗？晚八点星光影城《美国队长》。柳莎。

对于这种约会向太阳平生还是第一次，他想到了那束玫瑰花，以及七夕那晚的月亮。

向太阳虽然已经二十八岁了，但对于恋爱，他的确还是新手。上军校时，他喜欢过一个女孩，他们同在一个学员队，那是个梳着马尾辫的女孩，喜欢看书。女生宿舍就在他们隔壁，他每次路过她们宿舍前，都会看见那个女孩坐在桌前看书，她看书的样子很文静，可到了训练场上，她的样子又像个男孩。不论在军事项目还是在文化课上，她的名字在女队员中总是名列前茅，也许是她的与众不同，让他对她刮目相看。

平日里他总是找机会和她多说上几句话，说学习聊社会，她的博学以及对社会的关注度总是让他折服。他不论提到什么话题，她都能应答上来，并发表自己的见解。她似乎对他也有许多好感，乐意和他站在军校的操场上谈天说地。

记得大三那年光棍节的前一天，他偷偷买了两张电影票，电影的名字他还记得，叫《我的野蛮女友》，是部韩国片，几天前在操场上，他们谈论过这部片子。那年的光棍节是个周六，时间和机会正好巧合，他提前买好了那场电影的电影票。

那天是周五，他是中午吃完饭临时请假出去买的票，买票回来路过她寝室时，在虚掩的门缝中看到她坐在桌前读书的身影。他手插在口袋里攥着电影票，两张硬硬的电影票已经被汗湿了。

他要给她一个惊喜，计划晚上约她到操场说话时再把电影票交给她。

那天下午，他们男学员练习五公里越野训练，女学员的训练科目是射击训练。

当他们男队员跑回学校操场时，天已近黄昏，队伍解散，还没走回宿舍，他听到了一个惊人的消息：王坤为救落水学生掉进湖里，正在医院抢救。

王坤就是她。

他听到这个消息，澡都没有洗，一口气跑到了医院。抢救室门外，老师和几个女学员已经哭得不成样子了。抢救室里静静的，王坤躺在床上，被一条白床单安静地罩住。

王坤，那个安静爱读书的女生，在训练时，听到一群学生呼喊救命，她回过头去时，看见一个学生已经掉进水里，双手在水面上挣扎。那是一个尚未被封冻严实的湖，就在射击场的身后，一群放学的孩子到湖面上玩耍，一个孩子就掉进了湖里。

王坤那会儿正卧在射击位置上练习瞄准，她第一个冲了过去，身后是一群女学员。她跑到湖边，第一个跳进湖里，向落水孩子游去。十一月份的北方，已经冰天雪地了，厚厚的衣服影响了王坤的速度。落水孩子在她眼前沉浮着，已经没有了挣扎的力气。王坤奋力游向落水孩子……当她把落水儿童举到冰面时，只来得及向老师和同学挥了挥手，人便沉了下去……

王坤为救落水儿童牺牲了，学校为王坤举行了隆重的追悼大会。会上许多同学都哭了。他一直握着那两张《我的野蛮女友》的电影票，想起他们在操场上说到这部片子时她的样子。可惜，他没能让她看上这场电影。

她是他的初恋，没开始便结束了。他至今仍保留着那两张电影票，把它们当成书签，每次翻书都会看到它们。两张电影票紧紧地挨在一起，似乎从来都没有分开过。纸面已经发黄，他每次翻开书，她的音容总会在他眼前浮现，心里就是别样一番滋味。

从那以后，向太阳再也没有谈过恋爱，哪怕是对女孩动动心思。

军医柳莎突然闯进他的生活，他想起了王坤，那个梳着马尾辫，安静、爱读书的女孩。

星期六外出前，他找到了副中队长邱天一。邱天一和向太阳毕业于同一所陆军学院，邱天一是他的师弟，比他低一年级。私下里邱天一不称呼他中队长，而叫师哥。因毕业于同一所学院，他当分队长时，邱天一就在野狼突击队实习，算起来，他们在一起工作已经几年时间了。邱天一是重庆人，耿直豪爽，向太阳喜欢这种真性情的男人，两人成了搭档后可以说是无话不说的好朋友。

周末是休息时间，按照部队条例，中队需要主官值班。周六本该是向太阳值班，因要去赴柳莎的约会，他只能找邱天一代班。向太阳说明了意思，邱天一就眨着眼睛说：师哥，你该谈个女朋友了，你今天的约会是不是和电视台那个白眉呀？

他故意和邱天一卖着关子，嘴角又招牌式地上扬：怎么可能，怎么会？这次他只是陪柳莎看场电影，其他的都还谈不上，他并不想和眼前的师弟多说什么。换好便装，他走出中队，离开了军营。

他和柳莎前后脚到的电影院，柳莎也看见了他，扬了下手里的电影票。他冲柳莎笑了一下，买了两杯饮料走近柳莎。

电影快开演了，成双入对的男女走进电影院。向太阳许久没有出来看电影了，他惊奇地发现，现在看电影的人大都是情侣，很少有形单影只的人。他再看柳莎时，柳莎正在望着他，一双眼睛忽闪着。他偏了一下头，示意柳莎进去，两人一前一后走进电影院，找到座位刚坐下，电影便开演了。在这期间两人没有说一句话。

说心里话，向太阳不喜欢这样的美国英雄式电影，动作场面虽然劲爆，但毫无内容可言。他看了一会儿便有些分神。他歪头看了眼柳莎，柳莎也正在看他，那样子似乎她一直在望着他。他红了脸，有些结巴地冲她说：你、你喝水呀。

她笑了笑，没去拿座位扶手上的水，仍那么看着他。他觉得脸上火辣辣的一片。

他干咳一声，有意无心地把目光收回又去看电影。柳莎的一只手盖在了他的手背上，细细的柔柔的，带着属于她的体温，他一僵，半边身子都是麻的，像过了电。时间似乎过了一个世纪那么漫长，她把手移开。他不敢去看她，就那么僵着半边身子，终于熬到电影结束。

灯光亮起，观众站起身来。他才看她一眼，柳莎仍那么幽幽地望着他。他笑了笑，口不对心地说：这电影，呵呵。

柳莎没有和他评判电影，顺势揽住他一只胳膊，他发现电影院所有情侣，都是这种亲昵的姿势在向外走。他和她几乎被人流裹挟着走出电影院。

站在星巴克门前，柳莎突然说：咱们喝杯咖啡吧。

那我请你。向太阳说完把柳莎拽进星巴克，找了一个空位置让柳莎坐好，他怕柳莎请自己，她已经请他看电影了。他向卖咖啡的柜台前走去，无意中在一个角落里看见了白眉。白眉和电视台一个编导两人正坐在一张桌前，一边喝着咖啡一边说着什么。那个编导他见过，采访他时，那个编导就在场，躲在摄像机后面，一副幸灾乐祸的表情。他怕被白眉看见，匆匆买完咖啡便向柳莎走去。但还是被白眉看见了，她惊呼一声：向太阳。

他只能回过头冲白眉报以微笑，坐到自己座位上，把一杯咖啡推给了柳莎。

白眉却不识趣，端着咖啡走了过来，不把自己当外人地拉了一把空椅子坐了下来。

向太阳和柳莎只能礼节性地冲白眉笑了笑。白眉认真地看了眼柳莎：我认识你，你是那个军医，上台为向太阳献过花。

这就是白眉作为记者的本事，过目不忘。

柳莎只好对白眉又一次报以微笑。

白眉审视地望了两人一眼，没深没浅地：你们也会谈恋爱？你们不是一对吧？

向太阳看了眼柳莎，见柳莎没有解释也没有证明的意思，只低下头去喝咖啡，向太阳想说句什么，还没等向太阳开口，白眉就又说：向太阳，你说说你们特种兵恋爱是什么感受？

向太阳见柳莎没有说话的意思，自己也端起杯子去喝咖啡，目光却瞟向别处。

一个小姑娘背着双肩背包，戴着耳机走进来，一个男人走过去，两人似不经意间擦身而过，向太阳看见那个男人的手伸进了小姑娘的衣袋，等他掏出来时，手里多了一个手机。小姑娘突然意识到了什么，反应很快，两步追了过去，一把拽住那个男人的胳膊。小姑娘大声地：还我手机。

男人想用力甩开小姑娘的手，小姑娘却不屈不挠地抓住男人的胳膊，两人争执着、撕扯着。所有人的目光都被这突然的变故吸引了。

突然男人掏出了一把刀，恶狠狠地喊了句：放开我。

小姑娘又喊了句：还我手机。

男人的刀向小姑娘扎了过来，就在这时，向太阳飞身跃起，他离事发地点还隔着两张桌子，他在人群中一跃，扑到两人近前，就在那把刀即将扎向小姑娘的同时，他一掌击在了男人拿刀的手腕上，“当”的一声，刀落在水泥地面上。

向太阳的身体横在了那个男人和小姑娘之间。男人转头欲跑，刚转过身子，向太阳老鹰捉小鸡似的一把抓住了那个男人，顺手从他的口袋里掏出了小姑娘的手机，转身还给了小姑娘。

已经有人报警了，在警察没来之前，向太阳一直抓着那个男人。男人挣扎过几次，他每挣扎一次，向太阳的手就用一次力气，直到那个男人不再挣扎。

星巴克的男女开始议论起向太阳。

男人甲：一看就有身手，一定是个便衣。

女人甲：小伙子真帅。

男人甲：人家都有女朋友了，边上的那位就是。

白眉站起来，冲议论纷纷的众人道：想知道他是谁吗？

向太阳恶狠狠地冲白眉瞪了一眼，想制止她。

白眉却没看他，仍大声地说：他就是野狼突击队的向太阳，著名的快枪手，海地维和的英雄。

人们又开始议论野狼突击队，有的人听说过，有的人压根儿不知道，甚至有人过来想和他拍照留影。如果，他手里没抓着这个小偷，他早就离开这里了。好在警察及时赶到。

他和柳莎走出星巴克。他低声说了句：对不起。

柳莎对他嫣然一笑，也说了句：你是特种兵，应该的。

走到军营门前时，他脑子里冒出要和柳莎分开走的想法，见柳莎并没有那个意思，一直大大方方地走在他的身边，他便打消了这个想法。他伴着柳莎长驱直入地走进军营，一直走到卫生队。柳莎立住脚，又一次用她的大眼睛水汪汪地望着他，他说了句：谢谢你的电影。

她的眉毛动了动，大胆地望着他道：谢谢你陪我。

说完转身，一路小跑着向卫生队大门跑去。他一直望着柳莎的身影消失在大门里。

他转过身向中队宿舍走去，路旁走出邱天一。

他冲邱天一扬了下手道：我回来了。

邱天一望着他的脸：你和柳军医一起出去的？

他一笑，没说话，继续向前走着。邱天一走在他的身旁，呼吸有些急促：你在和柳莎谈恋爱？

他立住脚，认真地看着邱天一：不要捕风捉影，别乱说。

说完大步向前走去。

邱天一望着向太阳的背影，立在那里一动不动，似乎变成了一棵树。向太阳回望了一眼，不明白刚才还活蹦乱跳的邱天一怎么突然一下子就僵在那儿了。

恋爱公告

向太阳又一次见到白眉，仍然是在训练场上。

那天中队的人正在练习低姿匍匐前进，一张铁刺的网，遮在身体上方，特战队员们全副武装，只能在有限的空间匍匐前进，两辆洒水车如注地浇在他们的身上和训练场地上，一片泥泞。

电视台专题摄制组的摄像机一直对着他们。向太阳快速地通过铁丝网，又快速地向前方冲去，三米高的障碍板横在眼前，他一手提枪，一手搭上板壁，一跃翻过障碍。副中队长邱天一和士兵们依次冲过障碍，向下一个目标冲了过去。虽然是训练，但眼前的场景不亚于一场真刀实枪的拼杀。训练场的背景被红色的标语牌衬托着：训练多流汗，战时少流血……

特种兵之所以被称为特种兵，特别之处就在于严酷的训练。没有严酷训练做保障，就无法有超越常人的本领。野狼突击队训练的严苛在全军特种兵部队中是出了名的。

当士兵们越过所有障碍集合在一起时，他们已经完全成了泥人。污泥伴随着水渍从作训服上流了下来，他们的脸上，泥水、汗水杂糅在一起，如果不仔细分辨，已经很难分清他们的本来面目了。

这就是一堂普通的训练课，向太阳站在队列前简单讲评之后，队伍就解散了。

白眉手提话筒走了过来，摄像机同时也对准了向太阳。白眉似乎对向太阳有太多的疑问，更有太多的问题要问。对向太阳来说，这些问题让他厌恶反感。如果不是上级安排配合电视台做野狼特战队的专题报道，他不会接受一句这样的采访。

白眉依旧露出主持人招牌式的微笑，她举着话筒调侃道：真看不出风花雪月的向中队长和训练场上的向中队长简直判若两人。

向太阳抹了一把脸上的泥水和汗水，印迹便花在脸上。白眉这种调侃式的问题，让他不知如何作答。

白眉又一笑：向中队长，你们特战队员的训练我们已经领教过了，今天不谈训练，咱们就谈谈你们特战队员的恋爱。

向太阳望着白眉一字一顿地说：我们特种兵也是人，我重申一点，是因为我们的职业，我们的士兵没时间没条件去谈恋爱，但这并不能说，他们心里对爱情不渴望。

白眉穷追不舍地：请问你和柳军医的爱情是从什么时候开始的？

对这样的话题向太阳不知如何作答，他只和柳莎看了一场电影，本想喝一次咖啡，因为那个小偷的出现，咖啡也没有喝成，白眉居然会提出这样的问题。他想实话实说，但又懒得说，只说了句：无可奉告。

说完转身就走了。

白眉在他身后喊着：哎，向中队长，我的话还没问完呢。

他不再回头，他发现邱天一站在不远处还在等着他。

白眉的话邱天一早就听清楚了，他印证了自己的判断，柳莎在和向太阳谈恋爱。周六时他看见向太阳和柳莎一起回到军营，那会儿他已经有所怀疑，白眉的话印证了自己的疑问。这对邱天一来说，是当头一棒。

邱天一暗恋着柳莎，他却没有主动过。

邱天一等着向太阳走过来，他说：主持人白眉的话我听到了。

向太阳并没明白邱天一所指，仍沉浸在对白眉采访问题的气愤中，只低低说了句：简直是对牛弹琴，不了解军人，不了解部队，怎么能做好宣传部队的片子。

邱天一瞥眼向太阳，虚虚地问：中队长，你真的和柳莎谈恋爱了？

邱天一突然问话，让向太阳立住脚，他望着邱天一，面对邱天一这位生死兄弟，他不能说假话。柳莎的心思他当然明白，如果仅凭他和柳莎看一场电影，喝了一次未遂的咖啡，就断定他和柳莎在恋爱，那就太荒唐了。为了消除邱天一的误会，他觉得有必要对邱天一做出解释。他停住脚道：我和柳莎军医只看过一场电影。如果界定这就是恋爱，也太简单了。

邱天一又认真地追问一句：你真的没和柳莎谈恋爱？

向太阳白一眼邱天一：你怎么婆婆妈妈的，我向太阳历来做事有一说一。

说完头也不回地向前走去。

邱天一望着向太阳的背影，他相信向太阳不会骗他。阴云密布的心情一下子万里无云了。

一个人喜欢另一个人，也就是那么一瞬间。

邱天一喜欢上柳莎是在海地维和的时候。在一次巡逻中，叛军的狙击手一颗子弹击中了邱天一的左肩，邱天一在中弹的一瞬间，发现了狙击手的位置，在自己倒地的一刹那，他向叛军的狙击手射出了一串子弹。战友把他搀扶到一个安全的墙角，并用对讲机通知了卫生队，不一会儿，卫生队的车快速地驶来。第一个跳下车的就是柳莎，柳莎给他简单处理了伤情，就让战士扶他上车了。车疾速地向军营驶去。因为怕颠簸，柳莎把邱天一揽到自己怀里，用自己的腿给邱天一当枕头。除了自己的母亲，邱天一长这么大还是第一次如此近距离地靠近女性。他睁开眼睛望着柳莎，柳莎戴着口罩，只露出自己的眼睛，他的视角让他一下子意识到，她的眼睛太美了。又黑又亮的眼睛，长长的睫毛，他简直呆住了。他第一次感受到军医柳莎是如此的美好。

他要挣扎着坐直身子，柳莎意识到了他的企图，按着他的手用了些力气，低声道：路况不好，车辆颠簸，你会疼的。

正说着车在一个沟坎上颠了一下，伤痛让邱天一皱紧了眉头，他只能把头再次靠在柳莎的腿上。他不敢再看柳莎的眼睛，他闭上眼睛，却被女性的气味所包围了。

也就是那一次，那一瞬间，让邱天一爱上了柳莎。

维和任务完成回国，他意识到柳莎在有意接近向太阳。他的心从半空跌落到谷底。如果向太阳和柳莎恋爱，也是情理之中的事。向太阳救过柳莎的命。

在海地维和期间，柳莎在一次执行任务时，遇到了叛军狙击手的袭击，司机身负重伤，吉普车倒翻在公路上，司机通过对讲机呼叫增援部队。向太阳带着几名士兵在事发地不远处接到呼叫，很快赶了过来。

敌人的狙击手仍没有撤离，他们就是在等待他们的援军，以便给增援队伍带来更大的杀伤。

当时柳莎被困在车旁，狙击手的子弹在她身边不停地落下，溅起一股股灰土。她只能把车当成掩体，爬到车头旁，从司机手里接过对讲机，不断地呼叫着，向上级汇报自己的方位请求大部队支援。

向太阳带着士兵赶来时，他们立马从车上跳下来，呈战斗队形抢占了身边的掩体，开始和叛军的狙击手对射。

叛军的狙击手隐身在对面一个空置的楼房内，居高临下，视野要比他们开阔，这对营救部队来说，是非常不利的。向太阳一边向上级做着汇报，一边组织战士对叛军进行还击。

向太阳组织用火力压制叛军，自己的人匍匐前进接近被困的柳莎和负伤的司机。叛军狙击手马上意识到了向太阳的企图。连续两个战士企图营救的计划落空了。一个战士途中负伤，退了回来，另一个战士被敌人的火力压制在一条沟坎下。

叛军不依不饶，扔出了手雷。手雷在侧翻的车辆旁爆炸，情况万分危急，增援的部队还在路上。向太阳依据当时的情形判断，即便援军赶到，地形并不利于大部队展开营救，反而会给自己的部队带来危险。没有更多的掩体，只能让大部队暴露在敌人的枪口下。

千钧一发之际，向太阳做出了一个大胆的决定，他命令掩体内的几名士兵：点射掩护。

士兵以为向太阳要亲自上去营救被困人员，一串串子弹射了出去。向太阳没有直接出去，而是奔向了巡逻车。他打开车门钻进驾驶员的位置上，旋即发动了汽车。他把身体蜷缩在方向盘后，启动了车辆，他只能透过车辆的侧窗观察着前面的路线。

敌人发现了向太阳的用意，子弹呼啸而来，前挡风玻璃被打出一个个孔洞，机器盖上子弹乱飞。只几秒的工夫，向太阳和他的越野车便来到了侧翻车辆的近旁，一个急刹车，越野车横在柳莎近前。向太阳打开车门，抓起柳莎把她推到了车后，他又打开侧翻车辆的车门，把身负重伤的司机拖上车。

掩护的士兵明白了向太阳的用意，所有的火力拼命向叛军的狙击位置射去，延缓了叛军的精确射击。

叛军又扔出了手雷在向太阳的车旁爆炸，子弹打在车身上和周边的地上，流弹发出怪异的响声，在向太阳车身旁横飞。

向太阳怕把车辆大面积暴露给敌人，只能倒挡让车向后退去。一辆发疯的车疾速地退向安全地带。

向太阳打开车门，抱起了车辆上的柳莎，快速地滚向一个安全的沟坎。柳莎闭着眼睛死命地搂着向太阳的脖子。安顿好了柳莎，柳莎的手仍死命地抱着向太阳。

向太阳大声地说：安全了，并用力掰开柳莎的手。柳莎这才睁开眼睛，眼角已流出一串泪珠。

向太阳没时间体会柳莎的感受，他又一次奔向了越野车，背起负伤的司机，连滚了几次，再一次回到安全地带。

当增援部队赶到时，叛军的狙击手已撤出了对面的楼房，只留下两具尸体，还有一地的弹壳。

向太阳是柳莎的救命恩人，在邱天一眼里，柳莎爱上向天阳是顺理成章的。但爱情是两个人的事，向太阳的态度让邱天一暂时放下心来。既然向太阳对柳莎无意，他就有机会赢得柳莎的爱情。一想起柳莎，邱天一的心里就充满了蜜意柔情。这种感觉，像对自己的母亲。从维和到现在，他一直被柳莎的这种母性的柔情所包围。浓浓的爱意已经占据了邱天一的内心。

邱天一要有所行动了，他要把自己的爱表达给柳莎。

邱天一单刀直入地走进卫生队。正课时间，看病的干部和战士并不多。邱天一找到柳莎的诊室，门虚掩着，她俯下头在一张病历上写着什么。邱天一用手指敲了两下门。他看见柳莎抬起头来。柳莎依旧戴着口罩，两只眼睛幽深地望着他，他似乎感觉到她的脸在口罩后面笑了一下。他走进去顺手带上了门，他站在她面前。

她说：邱副中队长，你病了？

他摇了一下头。

她有些讶异地望着他。一双眼睛在他眼前忽闪着，他又想到自己负伤那一次，他躺在她怀里，他看到的就是这双眼睛。无论如何邱天一无法抵御这双眼睛的诱惑，他一望见她的眼睛，心就潮湿了。他盯着她的目光，颤抖着声音说：我要约你去看电影。

她更加讶异了，她的眼睛告诉了他。

他见她没有说话，只是吃惊地望着他。

邱天一就又说：看完电影我还要请你吃饭。

为什么？她终于说。

他凝视着她，似乎自己通过目光已钻入她的内心。

她突然又说：邱副中队长，我要是没时间呢？

他说：周六、周日随便哪一天。

她有些不解地望着他，她已经不吃惊了。

他盯紧她一字一顿地：上周六你不是陪向太阳看电影了吗？咱们这次换一个电影，去看《复仇者联盟》。

他说完冲她笑了一下，没等她有所反应，转过身拉了门。门没再关上，他扭过头，说了一声：再见。

脚步声从楼道一直响到楼梯处。

邱天一走后，柳莎摘下口罩。她当然明白邱天一的用意，从维和期间，他那次负伤，在卫生队里住了几天。邱天一左肩受的是洞穿伤，一颗子弹贴着左肩的肌肉洞穿过去，好在是皮外伤，没伤到骨头。每次换药包扎都是她处理的。从那开始，她发现邱天一变了。这种变化她当然明白意味着什么。

那会儿，她的心里已经装下了向太阳。但每次见到邱天一，他关心关注的目光，还是让她很开心。她想起了一句当时很流行又有哲理的话：爱上你是我自己的事，和你无关。

她一想到这句话就在心里笑了。

邱天一暗恋她，她在暗恋向太阳。这一切和对方都没关系，仿佛这句话，说的就是他们目前的状态。

但眼下，邱天一单刀直入，这不能说和她无关了。她的心有点乱，微微波澜的样子。

周六上午，她在宿舍楼里洗衣服，思考着找什么样的理由约向太阳，是看电影还是吃饭。一想到向太阳，她的心就开始怦怦地跳。这大概就是恋爱中女人的感受吧。

一个人影黑塔似的站在了门口。她扭过头去，看见邱天一顶天立地站在洗漱间的门口。

她在一丝惊乱之后，很快又恢复如初。她又开始洗衣服，水龙头拧到最大，水花溅在盆里的衣服上。

邱天一倚在门柜旁，双手抱在胸前。他似乎耐心地在等她洗衣服。

她关掉水龙头，抬了一下头：邱副中队长有事？

邱天一说：我问你什么时间有空？是吃饭还是看电影？

他的态度似乎不可一世的样子，仿佛她只有去的选择。

她把衣服从盆里抓出来，一边水淋淋地拧着一边答：邱副中队长，我没空。

邱天一歪着头笑了一下：向太阳说了，他对你没那个意思。

他这么说完，仍那么微笑着。

她听了心里“咯噔”了一下，向太阳对她有没有意思，从邱天一嘴里说出来让她有些愠怒。她又想到了那句话：我爱你，和你无关。

她收好衣服想从他身边走过去。

邱天一身子堵在门口，没有让开的意思。她望着他。

邱天一又说：向太阳亲口对我说的，不信你去问他。

他说完，立直身体，为她让出了一个空间。她从他身边走过去。

他望着她的背影笑了，吹了一声口哨，“噔噔”地向楼下走去。

约会未遂，邱天一有些失落，但无论如何，他把自己该表达的已经表达了。让对方明白自己的想法，也是种收获。

他走到柳莎宿舍楼下，抬起头望了眼楼上柳莎的房间。吹着口哨，移动身体向前走去。

柳莎站在窗后一直望着邱天一的背影远去。她突然生出许多怒火，把手里的衣服狠狠地又摔在盆里。

她恼怒的不是邱天一的表白，每个人都有权利表白，当然也有权利拒绝。她生气的是，向太阳凭什么不尊重她的感情，自己不喜欢，便把她当成个礼物让给邱天一，那她在向太阳眼里到底算什么？

向太阳和邱天一两个人，在柳莎眼里，就是一对兄弟。

那是野狼突击队刚到海地不久，身为副中队长的邱天一带着两辆车去巡逻，后一辆车出了故障，停在了路中间。坐在第一辆车上的邱天一命令第一辆车停止前进，带着士兵去后车查看。初到海地的他们经验不足，这是叛军的阴谋，他们放置在马路上的障碍物迫使巡逻车辆爆胎，叛军就是想利用这样的机会袭击中国的巡逻部队。

邱天一带着三个战士，还没有走近第二辆车旁，车上的司机正下车检查车辆。叛军在路旁探出的枪口，让邱天一意识到了危险。他大喊了一声：有情况，卧倒！

此时，第二辆车上的三个士兵已跳到车下，敌人的枪声就响了起来，一个战士腿部中枪倒在了地上。

邱天一又大喊一声：隐蔽，就地还击。

叛军这是伏击，他们已经选好了有利地形，对被伏击者来说，一切都是仓促被动的。他们只能在原地，呈战斗队形和叛军展开了对射，子弹贴着头顶呼啸而过，一排排子弹射入到他们身边的土里，溅起一阵阵烟雾。

叛军这次伏击，显然是有预谋的，他们不仅正面攻击邱天一的巡逻队伍，还从两侧开始迂回。

邱天一很快发现他们被敌人包围了，他滚到路边的沟里，观察着敌人的动向，三面敌人的数量差不多有几十人，他们几乎被叛军包围了，这样下去，太危险、太不利了。他一面命令战士们边打边撤，他们的正后方是一片开阔地，退路对他们来说就是个被屠杀的场地。邱天一意识到了危险。他一边组织火力抵抗，一边通过对讲机向中队求救。

野狼突击队的士兵，分三面抵抗着敌人。因敌众我寡，虽然他们不断地让叛军不时地有人毙命，但他们仗着人多，很快地缩小了包围圈。他们已经清楚地看到，叛军穿着各种式样的服装，手持不同款式的武器，不顾生死地源源不断地涌过来。

出国前，为了适应维和部队的需要，他们做了严酷的训练，他们也做好了最凶险、最困难的准备，但此时的情景，还是让邱天一意识到了危险。

有几个生死不顾的叛军，膀子脱光了，他们身体呈古铜色，抱着机枪，成排的子弹搭在他们的脖子上。他们站起来，疯狂地向对方射击。

邱天一组织火力很快击毙了那几个叛军，但更多的叛军不停地涌过来。

他们出来巡逻并没有带太多的子弹，除了枪里的子弹，他们身上只有一只备用弹夹，很快他们的弹药开始吃紧。

班长小胡射出了最后的一颗子弹，他从腰上抽出了匕首冲邱天一喊了一声：副中队长，子弹打光了，和敌人拼吧！

邱天一打了一个点射，翻滚着来到小胡身旁，把一只手雷递给小胡。同时他拍了拍小胡的肩膀。他没有时间对小胡说什么了，只能用战友式的一拍，给小胡一个信任式的安慰。

小胡打开手雷的保险，寻找着出手的机会。战士们已经射光了子弹，他们只能手握匕首，准备和近前的叛军做殊死一搏了。

就在这危急关头，他们的左侧响起了枪声。最初，他们以为是敌人从侧方又攻了上来，但很快他们发现子弹射向的不是他们的阵地，而是敌人。他们眼前的敌人，一个又一个栽倒。

一个土坎后面就是叛军的指挥所，那里有无线天线在晃动，最初被伏击时，邱天一就发现了敌人的指挥所，因为他们的地势，无法攻击到敌人的指挥所，他们只能被动挨打。

三串点射之后，敌人的指挥所便没了动静。邱天一对这种点射的方式太熟悉了，只有中队长向太阳喜欢用这种点射，而且只有他掌握，每次点射，冲的都是一个目标。在打靶时，邱天一领略过向太阳这门绝活。一百五十米外的半身靶，向太阳呈半跪姿势，懂射击的人都知道，跪射要比卧射的难度增大好几倍，端枪平衡点只能依靠臂力和腰力。一个点射三发子弹，三组点射，共九发子弹，对点射的时间又有严格的要求，六秒钟内完成三组点射，只有用最短的时间，集中火力，才能达到对目标有效打击的效果。

六秒钟完成九发子弹的射击已经达到武器速率的极限，只有人枪合一才能达到这样的效果。更神奇的是，九发子弹能从一个弹孔中穿过，多次试验结果证明，向太阳每次都会有惊无险地让子弹从一个弹孔里通过。在野狼突击队能达到如此出神入化者，唯有向太阳一人。在野狼突击队，向太阳还有另外一个名字——快枪手。

向太阳这独门绝技让他在野狼突击队著名起来，所有的官兵都在学习向太阳这门射击的绝技，可没有一个人能够达到向太阳这样的精准和迅速。

一组点射，邱天一还没闻其声，便知道向太阳的援军到了。危险至极的邱天一仿佛见到了救星。他胸口一热，眼睛有些发湿。

叛军见援军已到，已无心恋战，很快便溃退下去，援军的枪声由远及近，叛军由近及远，很快消失在不远处的丛林里。

向太阳一马当先，以一个特战队员冲锋时的标准姿势冲到了邱天一面前。

起死回生的战士们从路旁的沟里站起身，他们已经满身烟火，他们从绝境中突然看到了生的希望，那种心情可想而知。

士兵们相互拥抱在一起，他们拥抱着新生命的开始，只有在战争状态下的人才会有如此的体验。

邱天一望着向太阳，他眼含热泪，一把抱住向太阳，腾出的一只手，握成了拳头，在向太阳后背上捶打着。

向太阳抱过邱天一，说了句：对不起，我们来晚了。

邱天一推开向太阳，认真地看了眼向太阳，哽着喉头说了句：快枪手，谢谢你。

说完眼泪终于忍不住，大颗地滴落下来。

两个男人又一次拥抱在一起，只有历经过生死的战友，才能体会到这一抱的真正含义。

也就是这次意外，向太阳和邱天一结下了生死兄弟的情谊。

一支队伍的力量和信任就是在生死之间建立起来的。

军医和快枪手

周六那天下午，柳莎在射击训练场找到了向太阳。

向太阳独自一人正在练习射击。

这次他练习的是狙击步枪，他在远处的山坡上埋置了许多啤酒瓶。土里只露出瓶底，通过太阳的反光，啤酒瓶底有了微弱的光亮。向太阳捕捉着眼前微弱的反光，射杀着啤酒瓶底，枪声中一只又一只瓶底破碎了。

柳莎站在向太阳的身后一直等待着向太阳。向太阳射出最后一枪，把枪放下，头也不回地问：你怎么来了？

柳莎一把拉过向太阳，向太阳只能正眼望着柳莎了。

柳莎气愤地：向太阳，你说清楚，我在你眼里算什么？

柳莎这种态度，这种方式对他的质问，让向太阳有些摸不着头脑。

他冲她笑了一下：怎么了，我得罪你了？

他歪着头，一副大男孩的样子，和刚才射击时的认真判若两人。

柳莎见向太阳这种漫不经心的样子更是气不打一处来。她一连串地说：向太阳，别以为你是快枪手就了不起，别以为你救过我，我就要感激你一辈子，你今天告诉我，我在你眼里到底算什么？

向太阳抓了抓头，一脸茫然地：你是军医柳莎呀，怎么了，一上来就是一副大小姐的脾气，我向太阳得罪你了吗？

柳莎跺了一下脚：得罪了！

向太阳讶异地睁大眼睛不解地望着柳莎。

柳莎又说：向太阳，我问你，你和邱天一怎么回事？

向太阳依旧不解：邱天一怎么了？

柳莎仰起头盯紧向太阳的眼睛：向太阳，你可以不喜欢我，但你不能把我当成一件礼物随便送人。

柳莎说完，转过身向前跑去。跑了两步又停住，回过头道：向太阳，别以为你自己高不可攀，我柳莎是人不是一件礼物。

柳莎说完迈开大步向前走去。

向太阳似乎有所悟，又似乎还不懂。看来问题出在了邱天一身上。

向太阳找到邱天一时，邱天一正在操场旁的一片小树林里和沙袋较劲。这片小树林也是他们训练场的一部分，树林里挂满了沙袋。

邱天一不像在训练，而像在发泄。他冲着沙袋疯狂地拳打脚踢。

向太阳的到来，让邱天一暂时收了手。他梗着脖子冲着沙袋一遍遍地说：我就不信了，切，连个丫头都征服不了。

见到邱天一这个态度，向太阳明白了。他把两只手插在裤兜里，踱到邱天一面前道：邱天一，柳莎怎么你了？

邱天一坐在一个树桩上，依旧梗着脖子：我今天去找柳莎了，她连正眼看都不看我一眼，她这是什么态度？嗯，向太阳你说说，她这是什么态度？

向太阳倚在一棵树上，把双臂抱在胸前：我明白了，你向她表白了，她没有理你，我分析得没错吧？

邱天一不再说话，把头别向一边。

向太阳站到邱天一面前：你真的喜欢柳莎？

邱天一仰起头直视着向太阳，他认真地点点头。

向太阳一笑。

邱天一补充道：我知道柳莎对你有意思，她约过你。可我问过你，你对她没意思，我才表白的。

向太阳把一只手放在邱天一肩膀上。

邱天一站起来，直视着向太阳的眼睛道：向太阳，我再问你一次，如果你对柳莎也有意思，我退出。

向太阳又拍了一次邱天一的肩膀：邱天一，柳莎不是礼物，更不是我的私人财产，她爱谁不爱谁我说了不算。

邱天一：她不爱我，我可以追求，一直到她接受我。我现在问你，你喜不喜欢她？

向太阳望着邱天一，差点被邱天一此时的认真模样逗笑了。

向太阳忍住笑道：这样吧，我试试看能不能给你们做回月下老，我可不敢保证一定成功。

邱天一冲向太阳笑了。

向太阳转头离去。

在邱天一心里，他追求柳莎最大的障碍就是向太阳。既然向太阳对柳莎没有那意思，他就要使出浑身解数去追求柳莎。特战队员无往不胜，邱天一有这个自信。

向太阳约柳莎在一家西餐馆吃牛排，就在那个周六的晚上。

柳莎显然精心打扮了，她穿上了裙装，并且化了妆。向太阳看惯了柳莎在军营里一身戎装的打扮，他还有些不习惯，莫名其妙地冲柳莎笑着。

柳莎从接到向太阳约会的通知，一直到走进这家西餐馆，她的心里一直荡漾着巨大的幸福感。她的目光一直没有离开过向太阳，向太阳点餐，手指在菜单上划过的动作都那么让人着迷。她在心里感叹，向太阳不愧是快枪手。

牛排上来了，同时上来的还有红酒，当然也有其他配菜。

此时，在柳莎眼里，吃的什么已经不重要了，她的眼里只有快枪手向太阳。

向太阳举杯她也举杯，向太阳干杯她也干杯，酒过三杯之后，向太阳终于开口了。柳莎没想到向太阳说的不是他们俩的事，而说的却是邱天一。

向太阳说：柳军医，你觉得邱天一怎么样？

她有些吃惊，更多的是不满地望着向太阳。

向太阳用目光问询着她。

柳莎说：他是你的搭档、师弟，你们有过命的交情。

向太阳又在两人杯子里倒上酒，端起自己这杯摇晃着说：我问的不是这些，我问他这个人。

柳莎警觉起来，她没再去端酒杯，而且就那么戒备地望着向太阳。

向太阳放下酒杯，不敢直视柳莎的目光。他小声地说：邱天一在野狼特战大队很优秀，他的为人也没的说。

柳莎的目光不仅是警觉了，甚至有些愤怒，她一把抓过酒杯，完全不顾及淑女形象一饮而尽，并把杯子重重地放到桌子上。

她盯着他：向太阳，今晚你请我出来到底什么意思？

向太阳快速地瞥了眼柳莎，还是鼓足勇气说：邱天一他喜欢你。

向太阳说完这句话没敢去看柳莎，他用刀子用力地去切一块盘中的牛肉。等了半晌，他发现她仍没动静。终于忍不住抬起头，看见柳莎哭了，静静的那一种，眼泪一颗接一颗地流在脸上。

他不解地问：你怎么了？

柳莎委屈地说：你今天请我吃饭就是为了邱天一？

这回轮到他沉默了，他的确是这么想的，也是这么做的。

柳莎用餐巾纸擦了脸颊上的泪痕，恢复如初之后道：向太阳谢谢你。

柳莎拿起包转身走了。

向太阳忙叫过服务员结了账，没来得及等服务员找零，他就走出了西餐厅。在一个红绿灯路口，向太阳追上了柳莎。

他不知说什么好，跟着柳莎向军营方向走去。

柳莎突然停了下来，并没回头，她说：向太阳，在你心里，我柳莎是不是一点也不可爱？

向太阳局促着，手指摸着裤缝：柳军医，你漂亮大方，性格也好，这这……

柳莎打断说不下去的向太阳，回过身盯紧他：但就是不可爱，不配做你的女朋友是吧？

向太阳张口结舌。

柳莎向前一步，身体几乎抵在向太阳胸前，她仰起一张脸，夜幕下，她的眼睛显得越发的黑亮。面对她的逼视，他有些手足无措。

柳莎一字一顿地说：向太阳，我喜欢你。

说完转身欲往前走，又立住：喜欢你是我自己的事，和你没关系。

柳莎说完走了，再也没回头。

向太阳欲跟紧柳莎，见柳莎义无反顾的样子，脚步慢了下来。他想起柳莎的话：喜欢你是我自己的事，和你没关系。

这话说得太牛了，太有个性了。柳莎在他眼里的确也称得上优秀，军医大学毕业，是参加维和任务中少数几名女性之一，大胆泼辣，是标准的军人。

向太阳没有女朋友，军校时他暗恋过那个爱读书的女生王坤，可王坤为救学生牺牲了，除此之外，他还没真正爱过谁。他也问过自己，到底喜欢什么样的女生，他自己也说不清楚。

每年休假回家，父母一次又一次地问过此事，前几年军校刚毕业，那会儿父母还不急，他转眼从一名实习排长晋升为中队长，年龄也二十八了。在常人眼里，这是个不大不小的年龄。有许多同学不仅谈恋爱，结婚的也不在少数了，父母的心情便可想而知了。对向太阳来说，他也不是不想谈恋爱，可他那把恋爱的心锁却没有一个姑娘能为他打开。

维和回来后不久，向太阳又回老家休了一次假。父母似乎预谋好了，通过七大姑八大姨，还有同事，走马灯似的给他介绍过各种姑娘。为了让父母安心，他也认真地见了，但最后的结果是他一个也没有看上。

临离开家前一天晚上，他陪母亲在小区里遛弯，母亲似乎无意中握住了他的手。他已经许久没拉过母亲的手了。小时候，母亲拉着他的手把他带大，后来他大了，母亲不再牵他的手。就在这天晚上，母亲又一次拉住他的手，让他眼睛发热，他把母亲的手攥在自己的手里，母亲的手很瘦，充满了骨感，记得小时候，母亲的手是温润的，不知何时母亲手上的肉已经消失了。

他潮湿着声音叫了一声：妈……

他握着母亲的手也用了些力气。

母亲就说：太阳啊，是不是你们部队姑娘少，你平时也接触不到女孩子，到现在都不会和女孩子打交道了？

他理解母亲的心情，自从考入军校，部队的确少有女性，不仅在国内，就是在英国皇家卫队培训期间，他都很少有机会接触女性，但他至今没有恋爱，也不全是因为这些。

他揽过母亲的肩膀，他嗅到了母亲身上的气味，如同嗅到了自己的气味一样。在那一瞬间，他似乎明白了爱情的道理，一个人喜欢另一个人，靠的不是外貌和职位，而是气味，就如同母亲的气味和他的气味，这是一家人的味道，恋爱对象虽不是一家人，但至少是要属于同一种气味的人。

那天他想到这里，轻拍了一下母亲的后背道：妈，不是一家人不进一家门，儿子会给你找到儿媳妇的，放心吧。

母亲并不放心，三天两头打电话过问这件事。

在任何人眼里柳莎都是个优秀的女孩，军医只是她的职业。可往往有时爱情和优秀没有关系。

向太阳期待着自己的爱情绽放。

人　质

向太阳接到处理突发人质事件时是在周日的晚上。

那会儿，向太阳和战士们已经洗漱完毕了。他坐在床头翻看着手机，柳莎刚给他发了一条短信，确切地说是一首小诗：你站在那里，是向左还是向右，无论你向左还是向右，我就站在这里等你。

他一连把这首小诗看了三遍，拿着手机思量着要不要给柳莎回一条什么，就在这时，他的电话响了。电话是大队长打来的，大队长语调很急促，但又有条不紊：车站广场发生了一起绑架人质事件，歹徒手里有凶器，身上据说绑有炸药，劫持了电视台一个记者作为人质。命令向太阳抽调力量火速前往火车站去协助公安干警解救人质。

紧急集合的铃声响了起来，只几分钟时间，全副武装的小分队已经登上了越野车，风驰电掣地驶出了军营。

火车站广场一角，警戒线已经被提前到来的警察拉了起来，警戒线外一群看热闹的群众已把这个角落挤得人山人海。

野狼特战队的几辆车一直开到警戒线外，向太阳带着一队士兵挤进人群来到了一群警车旁。警车车顶上的警报器无声地闪着红蓝光束，凭空增加了紧张气氛。几辆警车围起来的空地上，公安局局长和十几个警员围在一起商量着对策。

向太阳跑步来到局长面前，立定敬礼：野狼特战队应急小分队前来报道，请局长指示。

向太阳对局长已经不陌生了，以前处理突发事件时他们打过交道。

局长终于等来了野狼特战队的人，紧张的脸上有了些舒缓的表情。他把向太阳带到一个车头前，用手指着事发现场道：一个歹徒，劫持了一名电视台女记者，歹徒手里有刀，目标身上绑了炸弹。歹徒情绪很不稳定，我们怀疑他吸毒了，产生了幻觉。他提出条件，让我们派一辆车把他送走……

向太阳借着广场的灯光，看到一个角落里，歹徒把一把刀架在一个女孩的脖子上，站在那里不停地喊叫着：给你们五分钟，五分钟后还不把车开来，我就杀人了，然后咱们同归于尽。

被劫持的女孩嘤嘤地哭泣着，她似乎已经没有呼喊求救的力量了。

公安局局长又补充道：我们的谈判专家已经和歹徒谈了，没有用。他不放人质，只提一个条件，那就是用车把他送走。

向太阳问：他要去哪里？

局长摇了下头。

向太阳又问：可以击毙他吗？

局长咬着牙：如果人质有危险，我们可以开枪。

向太阳领受到任务，他走到野狼突击队十几名小分队员面前。他冲邱天一耳语了两句：邱天一一挥手，十几名特战队员悄然隐进各个角落，他们选择好了狙击位置。

向太阳再回过头时，看见了那辆熟悉的采访车，同时他看见车下那两名熟悉的摄像师，还有那个长头发的编导。他心里一怔，快速地奔过去，拉过编导问了句：被劫持的人质是白眉？

编导已经快哭了。他语无伦次地说：我们在这儿采访，歹徒劫持了白眉，向中队长，你是快枪手，一定要救白眉呀。

劫匪离他们较远，他只能看清劫匪和白眉的轮廓。

此时的劫匪高声呼喊着：三分钟，还有三分钟，你们再不派车，我就要杀人了。

局长和公安干警正在研究是否满足劫匪的条件，他们担心在车站广场一旦动手，歹徒如果身上真的有炸弹，后果将不堪设想。他们要把歹徒引开，远离群众再伺机制服或击毙歹徒。

歹徒的刀又挥舞了一下，声嘶力竭地喊：再不派车，老子就要杀人了。

向太阳已经没时间和局长多说什么了，只说了句：局长，我去，请相信我。

说完他快速地摘掉头盔，又脱去作战服，他走到编导身边，从他身上扒下外衣，迅速地穿在身上，他登上了电视台那辆采访车。

开警车和军车显然会让歹徒不安，再调车时间已经来不及了，眼前只有这辆采访车合适。

车辆启动。

局长已经来不及做出更多交代和布置，只命令一句：各就各位。

公安干警分散开，倚在警车后面，做出了战斗状态。一支支乌黑的枪口指向了歹徒。

为了白眉的安全，向太阳不仅脱去了作战服，同时也把枪交给了公安干警，他赤手空拳开着车接近歹徒。

他缓慢地把车开到歹徒和白眉面前。歹徒躲在白眉身后，刀一直架在她的脖子上。

白眉看见了他，他甚至隔着车窗冲白眉笑了一下。刚才还浑身发抖的白眉，此时似乎镇定了许多。他又冲白眉微微点了一下头，这种暗示让白眉一下子放心下来。

安顿好白眉的情绪，向太阳这才把双手从方向盘上移开，拍了拍巴掌冲歹徒道：你要的车开来了，你要去哪，我送你。

歹徒望着向太阳，嘶声地喊：你下车……

向太阳打开车门，从车头前走向歹徒，他试图接近歹徒。

警觉的歹徒似乎发现了向太阳的用意，大喊了一声：别过来，就站在那！

向太阳立住脚，为了让歹徒放心，他一直在身体两侧半张着手臂。

歹徒上上下下把向太阳打量了一遍，确认安全后，他拖着白眉从后面上了车，把车门关上才冲向太阳大喊：你上车。

向太阳又绕过车头从前门上车，坐到驾驶员的位置上。

向太阳知道，此时有几支狙击枪的枪口都已经瞄准了歹徒的头。只要他一个手势，便会有一排子弹射向这里。但白眉还在歹徒手里，为了确保人质安全，他不会轻举妄动。

他坐在驾驶位置，侧了下头：咱们去哪里？

歹徒很狡猾，并不说要去哪里，只是说：往前开，离开车站。

他只能往前开，车离开广场，驶向了车水马龙的大街。

后面的警车一直跟着他们，虽然关了警报器和顶灯，歹徒还是发现了。

歹徒又大叫一声：停车！

向太阳只好把车停在路边。

歹徒又大叫：让他们别跟着。

向太阳把手伸出车窗外做了一个停止的手势，显然跟在后面的警车看到了，警车停了下来。

向太阳的车在歹徒的命令下又一次开动了。车转过一个街口向环路开去。向太阳意识到，此时自己没有任何援军，只有歹徒和白眉他们三个人。下面发生的所有突发情况，只能他独自面对了。

不知为什么，从上车到现在白眉一声没吭。她的镇静有些出乎向太阳的意料。他从后视镜里看着白眉，虽然她被歹徒揽在胸前，刀架在脖子上，但她似乎很平静。向太阳看着白眉的举动，悬着的心放下了一半。对于处理突发人质事件，最棘手的就是当事人的慌乱，又哭又叫，不仅容易激怒对手，同时会给营救方带来不必要的麻烦。

白眉一行人接到公安局通知，今晚要在车站查获一批贩毒分子，白眉负责做一期缉毒的专题报道。在接到公安局通知后，他们摄制组提前来到了火车站并和公安局人员会合。就在公安局抓捕贩毒分子时，其中一个歹徒把白眉作为人质。

最初做人质的瞬间，她脑子里一片空白，她想到了死亡。作为电视台记者，她采访过无数突发事件，但自己成为人质，她还是第一次遇到。虽然歹徒被大批警察包围了起来，但歹徒冰冷的刀刃在她的脖颈处，只要歹徒一用力，后果不堪设想。她想喊想叫，可发现自己没有一丝力气。

直到向太阳出现，她在人群中看见了向太阳，不知为什么所有的恐惧像一阵风似的吹走了。她一下子镇静下来，她自己都觉得不可思议。

她心甘情愿地随歹徒上了向太阳开着的车。她的平静超出了自己的想象，此时，她心里只有一个念头，只要向太阳在她身边，她一定会安全的。这种想法一经确立，天涯海角都不在话下了。

歹徒指示向太阳把车从环路开往一条高速公路方向，向太阳心里一紧，如果车辆驶上高速，抓捕歹徒就不那么简单了。此时已是深夜，高速路上的车辆不会太多，就是前来增援的警车，不仅没有掩护，也很难追上他们。在通往高速的路上，向太阳脑子里快速地盘算着。他想拖延时间，突然把车停在应急车道上。

坐在后面的歹徒神经质地大叫：干吗停车？找死呀。

向太阳从方向盘上张开两手道：轮胎可能扎了，我下去看看。

歹徒大声地说：别耍花样，快点。

向太阳下了车，一辆车，车速不快地驶过来，灯光闪了一下。他瞥了一眼那辆车，他看见了身穿便装的邱天一，还有坐在副驾驶位置上的三班长。他心里突然涌过一阵热流，他不是一个人在战斗，战友就在身边。

他很快回到车上，冲身后的歹徒道：没事，咱们走。

他加大油门，快速地向前驶去。他超越邱天一那辆车时，变换了一次灯光，这是他给邱天一发出的信号。从后视镜里，他看见邱天一的车一直不远不近地跟在后面。

身边有几辆急行的车快速地超了过去，歹徒不时地回头观察，由于邱天一驾驶的是一辆民用轿车，歹徒并没有察觉。

车辆驶进收费站，向太阳打开车窗取了高速票据，重又开动车时，向太阳问了一句歹徒：咱们这是要去哪呀？

歹徒：往前开，有多快开多快，快点。

向太阳见邱天一通过了高速收费站，就在自己身后，他猛然一脚油门，车快速地向前蹿去。

后视镜里他看见了白眉，歹徒的刀虽然仍架在她的脖子上，她却安静得出奇。他能感受到，她的目光一直在望着自己。

车内很安静，只有发动机的轰鸣声，由于车速很快，还有窗外掠过的风声。

向太阳知道自己不会任由歹徒指挥把车一直开下去，邱天一紧紧尾随在后面，让他心里有了底。后面驾车的邱天一用灯光告诉他，他就在他的后面。

车又行驶了一段，路面的车稀少起来，如果再继续开下去，歹徒迟早会发现车后的邱天一。向太阳要出击了，他又看了眼后视镜，歹徒架在白眉脖子上的刀似乎松懈下来，此时，正是机会。

他快速地拨动了一下闪光灯，只一下，车便向路边靠过去，然后就是一个急刹车。强大的惯性让歹徒惊呼一声：干什么？

此时，向太阳已回转过身体，一把抓住了歹徒握刀的手腕，用力一掰，刀掉了下来。

白眉借机已挣脱了歹徒，打开车门跳了出去。

邱天一的车准确地停在了车旁，三班长的枪已抵在歹徒的头上。

有惊无险、解救人质的行动已经结束了。

几分钟后，几辆警车鸣着警笛驶来。

向太阳和邱天一把歹徒移交给公安干警之后，向太阳才去留意一直站在路边的白眉。

白眉背对着公路正在望远处的山峦。

向太阳走过去，站在她一侧。

她说：对不起。

他没说话，去看她。半晌她扭过头望着他：我懂了。

向太阳并没问白眉懂了什么，他只冲白眉笑了笑。

白眉仰起头认真地看了眼向太阳，最后又看了一眼。

回来的路上，向太阳依旧开着电视台的采访车，白眉坐在副驾驶的位置上。她把电台打开，音乐台正在播送《速度与激情》的主题曲，优美的旋律从音响里流淌出来，充满了整个车厢。

白眉把车窗打开，探出半个头，风吹着她的头发，她大口地呼吸着空气。

白 眉

白眉的电视报道组又一次走进了野狼特战大队。

他们这次采访的对象依旧是向太阳以及营救人质的十几名特战队员。

当白眉的话筒在训练场上又一次举到向太阳眼前时，向太阳把话筒推了回去。他冲白眉笑着说：你才是主角，我们和你比是配角。

白眉扬了下眉毛。

向太阳：你是我见过的最勇敢的主持人。

说完他接过白眉的话筒，变客为主地说：白眉，当时作为人质为什么那么镇定？

白眉望着向太阳，顺着向太阳的目光，似乎看到了向太阳的心里。

白眉低缓地说：因为当时有你，有野狼突击队在我身边，我知道，我不会有危险。

白眉的回答，赢来了突击队员们一阵热烈的掌声。

白眉接过话筒，站在向太阳和邱天一身旁，把特战突击队员作为背景。她冲着镜头说：观众朋友们，这就是营救我的勇士们，是他们让我们的生活变得宁静美好。有了他们，我们才能幸福地生活在安宁的蓝天下。让我们记住这些勇士英雄，他们才是当今社会最可爱的人。

采访结束的时候，白眉和向太阳告别，她主动伸出手和向太阳握手。

她仰着头望着他道：我请你吃顿饭吧。

向太阳望着白眉，不知为什么，自从他们有了那一次共同的经历，向太阳对白眉的态度发生了一百八十度的转变。他觉得她不是一般的女孩。在那种情况下，她超然镇定，让他的心也淡定下来。他似乎闻到了一种熟悉的气味。

他望着她，笑了一下：要请我请。

白眉的脸突然红了，她没再说话，只是莞尔一笑。

他又一次和白眉相见时，是两天后的傍晚，她给他发了信息，先是问他晚上能不能出来，那会儿训练刚刚结束，他洗完澡回到宿舍，便发现放在抽屉里的手机振动了一下，他看见了她的信息。

他只给她发了一个表情，一张笑脸。她旋即便发来了约会地址。

他如约来到那家约见的餐馆时，她已经在预订的位置上冲他招手了。

白眉为了这次约会显然经过了精心打扮，一袭白裙，从上到下，显得干净利落，略施粉黛，让她显得纯净姣好。他坐在她的对面，他还是第一次这么近距离地和她对视着。

她又说了句：对不起，向太阳。

他一愣，不解地说：什么？

她举起杯中的饮料：我知道，不是节假日，你们军人不允许喝酒，那就以水代酒吧。

他和她碰了一杯。

她放下杯子：为以前对军人的误解。

他无所谓地笑了笑。

她说：向太阳，能问你几个私人问题吗？

他做出一副悉听尊便的表情。

她认真起来：那个军医柳莎是你女朋友吗？

他很快地答：不是，干吗要问这些？

她并没顺着他的思路说下去：既然你没女朋友，为什么还不找女朋友？

他笑了：请问你有男朋友了吗？

她说：请先回答我的问题。

他收了笑：我才二十八岁，谁规定二十八岁就一定要找女朋友了，我们部队条例可没有这条规定。

她步步紧逼地说：是你太孤傲，那我问你，什么样的女孩才适合你？

他想回答她是气味，但他没那么说。许多适龄青年都在这个问题上困惑着，心里有标准却说不出来，也说不清楚，如果说清楚了就不是爱情了。

她见他一时不知如何回答，身子坐正一些，十二分认真地问：向太阳，你看我合适吗？

他望着她，他没料到她会这么问自己。说实话，在人质事件之前，他们就是工作关系，她是主持人，他是受访对象，他甚至有些讨厌她。

他说：可以不回答吗？

她把身子俯在桌前，把头探过来，顽皮地说：向太阳，我可以追求你吗？

他没有正面回答她的问题，探究道：我可以问你几个问题吗？

她摊了一下手：我的问题问完了，你可以问了。

他说：你为什么没谈恋爱？

她的眉毛竖了一下：谁说我没谈恋爱，上大学时爱过一个老师，后来他老婆到我们班里闹过一次，就吹了。后来又和一个师兄谈过一年，他毕业去了外地。目前本人追求者众多，不过没一个让我心动的。

她的大胆坦诚还是超过了他的想象，刚才似乎有许多问题要问她，现在他不想再问了。她此时就像一泓秋水，清澈见底地呈现在他的面前。

她见他不说话：还有吗？

他摇了摇头。

她又追问道：你还没回答我刚才的问题呢。

他又一次被她的大胆直接折服了。

他望着眼前的白眉，心底里那朦胧不见底的一件东西，瞬间似乎被撕裂了，一切都清晰起来，那种叫缘分的东西呼啦一下子跳到了他的眼前。

他大胆地望着她，四目相视，仿佛他们彼此看到了对方的心底。

最后，他们从饭店出来，走在街上。她把自己的手递给他，他握着她的手，最后走到地铁口，两人面对着站在那。

她突然抱住他，把脸贴在他的胸前，向太阳不适应地动了一下身子，她抱紧他：别动，让我听听你的心跳。

果然他的心脏快速地跳了起来。

许久，她仰起脸，他看到她脸上的泪。

她说：听见你的心跳真踏实。

她快速地抹去脸上的泪，马上换成了盛开如花的笑颜，走到地铁入口，她挥手和他道别：再见，向太阳。

她蹦跳着向台阶下跑去。

他的心动了一下，又动了一下。

他转过身时，发现胸前湿了一片。

柳莎和白眉

向太阳和白眉恋爱的消息很快传遍了野狼特战大队的角角落落。

向太阳是野狼特战队的敏感人物，他身上发生任何细小的变化，都逃不过特战队员们的眼睛。他们不仅仅是特战队员，每个人都是一座开足马力的小型雷达，全天候地搜索着有价值的信息。

那天五公里越野。

邱天一跑在向太阳身边。

他们一直跑在队伍最前面。

邱天一：你真的和白眉好上了？

向太阳并不答，专心致志地跑着。

邱天一：向太阳，谢谢你。

向太阳偏过头：为什么谢我？

邱天一笑一下：我要全力追求柳莎。

向太阳重重地拍了一下邱天一的肩膀，两人突然提速，身后的队伍也如同注了一针兴奋剂，整个队伍像条生龙活虎的龙。

柳莎是在傍晚时分敲响了向太阳的房门。

柳莎长驱直入地来到向太阳面前，柳莎并没坐在椅子上，而是一跃坐到了向太阳的桌子上，面朝着向太阳。

柳莎：向太阳，恭喜你。

向太阳：柳军医，邱天一……

他还想把话说下去，柳莎伸出手做出了一个打住的手势。

柳莎：邱天一的事不用你说，今天我只想问你一句话，我柳莎在你心里到底是什么样的人？

向太阳一笑道：说官话还是真心话？

柳莎踢了一脚空着的椅子：废话。

向太阳：你是个好女孩，很优秀很可爱。

柳莎笑了，一蹦站到地上，拍了一下向太阳：哥们，有你这句话就够了。

说完柳莎就走了。她在向太阳这句话里找到了自信，为什么在向太阳嘴里听到这些她是高兴的，她自己也说不清楚。

柳莎约见白眉是周末一天的下午，两人在部队附近的一家咖啡馆里。

柳莎比白眉提前到了一会儿，她见到白眉就热情地把她拉到自己身边。那情形，两人俨然是对好姐妹。

两人点了咖啡，柳莎侧过脸：白眉你知道吗？你找到了一个中国最优秀的男人。

白眉：柳莎，我知道你也喜欢向太阳。

柳莎用手势制止了白眉说下去：我和向太阳的事和你没关系，喜欢一个人有时不一定要得到结果，只要一想起他自己高兴就够了。

之前白眉没有和柳莎近距离接触过，第一次在这里相见，她一下子喜欢上了这个军医。确切地说是欣赏。

柳莎又说：今天约你来，我只有一句话对你说，向太阳是优秀的军人、男人，喜欢他就用你的真心，一生一世。

白眉觉得此时说什么话都是多余的，她只能端起杯子，把半杯咖啡一饮而尽。

柳莎把一只手臂搭在白眉肩上：说好了，以后我们就是好姐妹。

送走白眉，柳莎转过身时，她的眼睛红了，她用纸巾用力擦了一下眼睛，大步向军营走去。

向太阳在柳莎眼里，还是那个快枪手，阳光灿烂，她喜欢向太阳，这件事从始至终和向太阳没有关系。谈不上挫折，更谈不上失恋，恋爱还没有开始，也无所谓失恋。柳莎在心里说，把发生过的一切，当成人生经历的一个插曲吧。

柳莎这么宽慰了自己，心里仍隐隐地有些失落。她走进军营的一刹那，看见了特战队的战旗正在风中猎猎飘舞。

邱天一和柳莎

邱天一是在周末的下午又一次来到了卫生队。

柳莎正和一名护士在卫生队门前晾晒被罩和床单，一片雪白的床单被罩淹没了柳莎和那个护士，但却没淹住她们的话。

护士：柳姐，你和向太阳真的结束了？

柳莎：还没开始谈什么结束。

护士：柳姐，我要是向太阳肯定喜欢你而不是别人。

柳莎在床单中笑了笑。

护士：姐，向太阳是咱们野狼特战队的大众情人，咱们卫生队许多女孩子都暗地里喜欢他呢。

柳莎：你们喜欢他什么呢？

护士停下了手里的工作，扒开床单望着柳莎：向太阳阳光帅气，他是咱们野狼突击队的领头狼，他是快枪手，他是个真正的男子汉。

柳莎：那你们就这么喜欢吧，喜欢一个人也是件幸福的事。

护士调皮地：哈，明白了，那些偶像的“死忠粉”大概也是这样吧。

她说完笑了。

邱天一站在外面听到这里，他干咳一声。护士探出头看到了邱天一，打了个招呼：邱副中队你来了。

说完她看了眼床单另一侧的柳莎，挤了下眼睛道：找你的。

护士说完知趣地跑去。

邱天一拨开床单被罩走近柳莎。

柳莎扯着床单一角看着邱天一。

邱天一抬头望了眼天，又看了眼柳莎：呵，我又来了。

柳莎放下床单一角，让床单遮住自己：你来与不来是你自己的事。

邱天一又拨开床单一角，盯着柳莎：和你无关对吧？

邱天一说完这句话笑了。

柳莎也笑了，倚在晾衣柱桩上：这世界太奇妙。

邱天一：因为奇妙我们才向往。

柳莎收起身子，拍了拍手道：那副中队长，你在这里奇妙吧，我值班去了。

说完转过身向卫生队门内走去。

邱天一倚在晾衣桩上望着柳莎远去。他想：柳莎是他下一个人生科目，他要漂亮地完成她，无论有多么艰难。想到这邱天一露出必胜的微笑，他吹了一声口哨，双手插在裤袋内向中队走去。

走了一程，他回了一次头，看见窗内柳莎也在向外看，他伸出手做出了一个胜利者的手势，柳莎冲他做了个鬼脸。

命　运

野狼特战大队，是在一天深夜出发的。悄然无声，几百人的队伍，乘坐一辆专机，神不知鬼不觉地出发了。

向太阳本来答应白眉周末去水库开快艇的。

当周末白眉来到军营前时，昔日热闹的军营只留下了门前的哨兵。

在来军营前，白眉拨打了几遍向太阳的手机，结果听筒里传来的是盲音。她给他发短信也发不出去。

她站在军营门前仰起头冲哨位上的士兵，士兵显然认出了她，冲她友好地微笑，但并不说话。

她问：部队呢？

哨兵微笑：白主持人，无可奉告，这是部队机密。

她执着地：向太阳是不是和部队一起走了？

哨兵：对不起，无可奉告。

她深深地向营区院内又望了一眼，只能掉头走开。自从她走近军营，走近向太阳，她已经开始渐渐了解军人了，她爱向太阳，就要承受向太阳带给她的一切。因为向太阳是特战军人。

哨兵在哨位上说：白主持人，下次见你能合张影吗？

她转回身，冲士兵灿烂地笑了一次。她说：行，我答应你。

说完，她向远处走去，身后是哨兵的目光。

一个月以后。

野狼特战队又回到了军营。

向太阳没有回到军营，而是住进了军区医院，向太阳负伤了。

白眉得到消息时，是野狼特战队回到军营三天以后的事了。是邱天一给她发了短信，让她有空去军区医院看看向太阳。

她走进军区病房时，向太阳正倚在床上看书。

她猛地推门进来，吓了向太阳一跳。向太阳怔怔地望着她，不认识似的。

她上下打量着向太阳，她突然发现，向太阳一只裤管半截是空的。

她一惊，扑过去，去摸那只腿，果然只有半截空裤腿。她再次抬起头来时，向太阳正平静地望着她。

她大声地：为什么不联系我？

他平静地：我在执行任务。

她又说：那回来呢，你都住院了，为什么不告诉我？

他扭过头去望窗外。

她眼里已蓄满了泪水。

窗外，树枝上有两只鸟，叽叽喳喳的似在吵架。

半晌，他说：白眉，你走吧，我这里不需要你。

白眉眼里的泪水终于落下来。

过了许久，她才听说，野狼突击队去新疆执行平息暴恐的任务，向太阳是单枪匹马追赶暴恐分子时负的伤，穷途末路的暴恐分子用土制炸弹想与他同归于尽，他踢开炸弹的瞬间，炸弹爆炸了。他在失去了半截右腿的情况下，仍然活捉了暴恐分子，一直等到增援战友的到来。

从那次之后，他再也没让白眉走进病房，他和值班护士交代好了。白眉几次来到医院都无功而返。

当白眉又一次来到病房时，护士告诉她，向太阳已经出院了。

当她又一次走进军营时，她只见到了邱天一。

邱天一已经是中队长了。在中队室里邱天一接见了白眉。

邱天一说：向太阳转业了，他让我转告你，不要再去找他了。

白眉早就预感到，她和向太阳的故事会这么往下发展，但她没想到向太阳会这么决绝。

白眉冲邱天一伸出手。

邱天一不解地：什么？

白眉：告诉我向太阳老家的地址。

邱天一为难地：向太阳不让说，我不能出卖我的战友。

白眉冲邱天一：不告诉我是吧？

邱天一点点头。

白眉：这里是军营对吧？

邱天一又点了一次头。

白眉：向太阳是我的爱人，你们把他丢了，那好，我让你们部队负责把他找回来。他不回来我不走。

白眉坐下了，一副地老天荒的样子。

邱天一没料到白眉会使出这样的撒手锏。

爱情刚刚开始

白眉是乘坐一架飞机出发的。

一周以后，还是那个机场，白眉回来了，她的身边多了一个向太阳。

向太阳右腿空出的半截裤腿，已经不再空了。他装上了假肢。不认真去看，没人相信，他少了半截腿。

白眉拉着向太阳的手，两人高兴地走着。她打了一辆车，两人拉着手坐在后排位置上。司机按下计程表问了一句：请问，去哪里？

白眉一笑：回家。

司机一怔：回家？

接着他马上也笑了，车驶去，朝着家的方向。

又一个月之后，电视台为白眉和向太阳举行了一场隆重的婚礼。他们的婚礼被当作一条新闻在电视台里播出了。

这个城市开始流传一段爱情的佳话。

半年之后，野狼特战大队的营区内也举行了一场婚礼——新郎邱天一，新娘柳莎。

军人的婚礼简单朴素，他们穿着军装，胸戴红花。

战士们嚷着让两人交代恋爱经历——柳莎把邱天一往前一推，邱天一望着台下的官兵，清清嗓子说：我爱她，与她无关……

台下一片轰然，然后是掌声。

北漂的爱情

一

刘新是那天午后去洗手间之后，开始留意上苗苗的。春节临近，公司的人便有了些心浮气躁的情绪。大家有事没事都在手机上抢票，抢到票的人，打听别人的行程，有许多人做了旅游计划，三两个人相互勾兑妥路线，看是否能够同行。

刘新回家的票还没有订，他不是不想订，而是有些不敢回家，尤其是春节这个节骨眼。大家都知道，刘新今年都二十九岁了，他从三年前就被母亲催婚，不仅母亲，街坊四邻、亲朋好友都会热心地过问他的婚事。刘新家在东北一座县城里，谈不上偏僻，但绝对不热闹。他是仅有的考上北京读大学的学生。学校虽谈不上什么名牌，但在小小的县城里，能够到北京上学的学生为数不多。四年大学毕业后，和许多有梦想有情怀的应届毕业生一样，他留在了北京，做了一名北漂。

二十五六岁、二十六七岁，没结婚没恋爱的男女多如牛毛，稀松平常，但在外省的县镇上便成了稀罕物。最初的两年，刘新回家时并没有什么，和父母团聚，大年初几时，又被父母带着去走亲戚。刘新三代都在这座北方的县城长大，一代又一代地便积累了许多盘根错节的亲戚，比如叔叔、舅舅、爷爷奶奶、姥姥姥爷、七姑八姨的一大堆人。起初这些长辈都把他当成孩子看，大学毕业后还给他压岁钱，多少不论，是长辈的心意。刘新觉得做个晚辈很受用。

不知哪一年开始，同辈的人中，有人恋爱了，不久，又有人结婚了。他再回家时，同辈结婚的人都有了孩子。从那一天开始，没人再把刘新当成孩子了，压岁钱自然也就没有了。志在远方的他并没把这一长辈的游戏当真，游戏结束了，接踵而至的是长辈们的催婚。道理不用讲，这是长辈们的关怀。长辈们黄土都埋到腰了，有的都快到脖子处了，他们为自己的晚辈着急，希望自己在有生之年能看到儿孙们成家立业，人丁兴旺。长辈们的念想也仅限于此了。他们舍不得离开这个世界，不是因为没活够，而是有太多的惦念放不下。

比如刘新都二十大几了，连个恋爱也没谈，更别提结婚生子了，他怎么能够让长辈放下不舍的心呢。最近这两三年春节，每逢他回到故乡，便遭遇了所有长辈一连串的关心，关心中透着焦虑，似乎过了这个村就没这个店了。刘新面对着一群长辈的关心，满心的愁苦，一脑门子官司。面对他们焦虑的询问，他不能不有所行动，便一遍遍冲亲人赌咒发誓地说：明年，明年我一定会谈上恋爱，到时把女朋友领回来，让你们看。他的话已经说了三年了，却一直没有成行，亲人们对他的话似乎不那么信任了，他再说这话时，亲人们的脸色就很不好看了，似乎他一日不把女朋友领回来，他就欠了亲人们天大的情。

前些日子，母亲给他打了电话，告诉他一个不幸的消息，从小就疼爱他的爷爷住院了。爷爷身体一直不太好，老年病全身都是，三天两头住院，这次似乎比以前更不好。母亲为了让他信以为真，还拍了几张爷爷在病床上的照片。爷爷躺在床上，鼻子上插了吸氧管，一脸生无可恋地望着天棚。母亲又给他发语音，告诉他，医生说了，爷爷有可能过不了这个春节了。还补充道，爷爷从小就疼爱他，爷爷最大的愿望就是看一眼他的女朋友，否则死不瞑目。刘新知道，爷爷的话有母亲夸大的成分，但爷爷身体一年不如一年却是事实。爷爷以前是伐木工人，后来没有树可伐了又做了护林员，他是林场里最老的那一拨工人。长年累月地在山林里摸爬滚打，年轻时不觉得什么，一上岁数便显现出来了。爷爷从小就疼他，这是实情，哪有爷爷不疼孙子的？记得他小时候，爷爷已经退休了，父母那会儿都在工厂里上三班倒的班，是爷爷每天接送他去幼儿园，更多的时候，他就住在爷爷奶奶家。他大一些时，每年的寒暑假，爷爷都会带他去以前工作过的林场。在那里捉青蛙，捕萤火虫，采蘑菇，挖蚯蚓……爷爷给他留下了太多的童年回忆。考上大学之后，每次放假回来，爷爷总是拿出平时舍不得吃的好东西招待他。每次回来，他都要陪爷爷住上两天，听爷爷讲他的童年，许多童年往事都是爷爷帮他回忆起来的。他要离开家了，爷爷那会儿身体尚好，总要把他送到长途汽车站，看到他坐到座位上，眼巴巴地一直看到他坐的车开走，走了好远，他还能看见爷爷向他招手。

此时，一想起这些，他心里还一阵阵阴晴雨雪的。和他租住在一起的两个伙伴，一个叫王建国，另一个叫李大卫，年龄和他相差无几，他们也遇到了和他相同的问题。两人正商量着如何去旅行，来逃避这个春节和家人团聚。两人也找他商量过此事，他当时就回绝了。无论怎么面对亲人的责难，他都不想逃避，躲过了初一，能躲过十五吗？况且，已经整一年没回老家了，亲人们想他，他也同样思念亲人们，他没有理由不回去。可回去并不轻松，一想到病床上的爷爷，心里便猫咬狗啃似的难受。

大学毕业后，刘新做北漂的这些年来，不是不想谈恋爱，只是没有谈恋爱的资本。能看上的姑娘，人家不一定看上你。她们也同样是北漂，地位并不比他们男生高多少，只是因为是北漂，她们迫切地想结束这种居无定所的生活。趁着是女性，还年轻，她们要和命运搏一次，因此，她们选择恋爱对象的标准就很高，比如房子、车子、户口等，这一切他们这些北漂男生一样也不占。她们的择偶标准自然不在他们身上。也许北京本地的姑娘不太在乎这些，可她们的择偶条件比北漂女生更高，她们是在另外一个层次上追求了，比如门当户对，男方是否高大、帅气等。无形中，女性们的择偶标准便有了层次和阶级。他们这些北漂男，总不能去大街上找农村来的打工妹去恋爱吧。

上大学时，刘新也算是谈过恋爱的一族，谈的是本校家在南方的一个女生。南方女生说普通话，总有点像台湾人在讲话。刘新就是被这女生说话的味道吸引了。两人像普通校园恋人一样，很通俗地谈了一场恋爱，无非是拉着手在校园里走一走，周末时一起去玩游戏，去景点拍照，看电影，吃小吃……有一年过情人节，许多同学都走出校园，当时同宿舍的王建国和李大卫也在恋爱，偷偷告诉他，他们要带女朋友去开钟点房，他心里痒痒的。他和南方女孩约会时，也羞涩地把这想法提出来了。南方女孩就板起脸，一本正经地说：刘新你怎么这么肮脏呀，平时怎么没看出来，要去你自己去吧。说完转身就要往回走，刘新只好一把拉住她，就此打消了开钟点房的想法。两人逛了街，他还给她买了一朵玫瑰花，又吃了饭，便有头无尾地回到了校园。他把她送到女生公寓楼，看着她头也不回地拿着玫瑰花走进了楼门，只能怏怏不乐地往回走。他回宿舍时，王建国和李大卫还没回来，心里便生出了许多羡慕。

他是大三那年和南方女孩谈的恋爱，一直到大四，两人也仅限于牵牵手，逛逛街，吃吃饭。有几次他把女孩搂在怀里，要做出进一步动作，女孩总是在关键时候制止了他的行为，弄得他索然无味。大学一毕业，女孩没有犹豫回了南方，连一句再见都没说。同宿舍的李大伟、王建国等人，最后的结果也是鸡飞蛋打，并没有因为开过钟点房而让爱情变得坚韧不拔。他们离开校园后，把这种校园恋爱总结为四个字：抱团取暖。也只是取暖而已，能够修成正果的，实属寥寥无几。

离开校园之后，刘新和他们这些兄弟，很少有正儿八经恋爱过的。他们要生存，就要有牺牲。每月的工资扣除租房、水电、煤气等一些杂项，银两就所剩无几了，偶尔和同事们聚一两次餐，一个月的收入更加捉襟见肘了。但他们都有个共同的理想，即便做不了马云，也要做一个成功的北漂人。房子、车子离他们还很遥远，但他们却乐此不疲，只要生活在北京，能够呼吸到首都的空气，他们就是幸福的一群人。

临近春节，心情郁闷的刘新在那天下午去了一次洗手间之后，突然茅塞顿开了。他从洗手间里出来，在外间的水龙头下洗手，听到了女卫生间里有一个人在打电话，通电话的对象似乎是熟人，内容也是在商量春节的去处，说的不是回家，而是旅行之类的。这一瞬间，刘新找到了同是天涯沦落人，惺惺相惜的共同心声。听声音他不知道这是一个什么样的女生。刘新就职的公司不算大，但也有几百号人。有的能叫上名字，有的只是脸熟而已。因为这几百号人分属不同的部门，在不同楼层办公。

刘新为了看一眼打电话的女生，故意晚走了一会儿。他不仅洗了手，还洗了脸，头发也用清水捋了捋，他从没这么仔细地洗过。终于等来了苗苗。苗苗此时已结束了通话，从女洗手间走出来，看见了刘新，便叫了声：前辈。她们这些姑娘韩剧看多了，凡是后入职的人，见到比自己年长的同事，都要称呼一声前辈。在共同的语境下，大家都心照不宣。似尊重又似调侃。刘新是认识苗苗的，二十五六岁的样子，比他晚入职三年。虽然他们不在一个部门，却是隔壁办公的人，平时免不了点头打招呼，渐渐地，就知道了她的名字。那天，两人打了招呼，刘新回到办公室，坐在工位前，脑子里突然萌生了一个想法：租个女友回家过年。

二

租女友回家过年，这是最近几年新兴起来的潮流。春节临近，许多论坛上都会打出这样的广告。在这之前，刘新觉得这就是个笑话。现在轮到自己了，突然觉得这是多么人性的事物呀。

他想到了病床上的爷爷、父母以及七姑八姨们，要是在今年春节租个女友回家过年，明年能否回去不重要了，他可以编个谎话把众亲人的嘴堵上。这么一想，租一次女友，在最近两三年内可以说是一件一劳永逸的事情。刘新这一想法一经冒出，便不可遏制了。在论坛上找陌生人不如找半熟的人，陌生人无论如何都有些尴尬，两人配合不默契把戏演砸了，后果不堪设想。于是，他打起了苗苗的主意，苗苗有着姣好的身材，皮肤也算白净，在刘新眼里，该女子的分值在七十五分以上。

虽然他们认识许久，始终没能熟悉起来的原因是，他们北漂男生有着深深的自卑感。一档相亲节目里曾经流传出一句著名的女生的话语：宁在宝马车里哭，不在自行车后座上笑。虽然不是百分百正确，但也表达了大部分女生的心思。谁不想过上好日子呢？北漂男生什么都没有，就连自行车也是共用的。刘新他们对苗苗这样的女生，只能远瞻了。

刘新下定决心，要和苗苗谈一下。关于回家过节这件事，他不敢奢望什么，只求苗苗能配合他一次，当然，自己该出血时也要出点血。按照市场行情，五天时间，他出五千，往来车票实报实销，吃住他自然也要负担起来。这一切杂七杂八地算起来，已经超出他一个月工资了，想想都心疼，可除此之外又有什么办法呢？

这天下班，他特意早出来几分钟，在洗手间里又洗了一回脸，还用手蘸着清水拢了拢头发，为的就是要给苗苗留一个好印象。那天他如约在公司门前见到了苗苗。他把苗苗叫到一旁，当然一上来不能说租女友的事，只提出来说要请苗苗吃饭。苗苗睁大了眼睛，惊诧地看着他道：刘新你不是要撩我吧？刘新双手合十笑道：不就是一顿饭吗？你要这么好撩，我天天请你。苗苗研究了下他的表情，下了决心似的：行吧，估计你也不敢对我有啥坏想法。到处都有摄像头，你要做坏事可逃不了。

刘新苦笑一下，现在的女生太把自己当回事了，过分的保护和过分的放纵。刘新熟悉一家火锅店，带着她坐了几站地铁，又步行了几百米来到了那家火锅店。刘新征求了苗苗意见后，点了几瓶啤酒。两人碰了下杯子，苗苗才正经地问：刘新，我无功不受禄，你一定是找我有事吧？他按捺住心情，一边给她碗里夹肉，一边倒酒道：不急，先吃。苗苗看了他一眼，露出一缕微笑，埋下头吃了起来。两瓶啤酒下肚后，刘新终于鼓起勇气说：你春节真不准备回家了？苗苗望着他说：我正和朋友商量，要去东北雪乡去看雪。刘新你是东北人吧，去雪乡有什么建议？

刘新是东北人，但离雪乡还很远，前两年雪乡被曝出负面新闻，宰客现象严重，他现在不去想雪乡，思绪还停留在租苗苗回家过年的想法上，便说：能不去雪乡吗？苗苗往碗里夹了块肉道：你也不想回家？那你有什么好玩的地方？他独自把一杯啤酒喝光，抹了下嘴道：我想让你陪我回家过年。苗苗听了，惊愕地把筷子放下，怔怔地望着他。他开始述说，从七姑八姨到自己的父母，又到躺在病床上的爷爷，以及说到打小和爷爷的感情。说完这一切，刘新已经是一脸无奈了。

苗苗在刘新的叙述过程中整理出了自己的思路，待刘新说完，她举起杯子热情地和他碰了一下，也把大半杯啤酒喝光了。然后疯笑着道：刘新，平时看你人五人六的，怎么混到现在连个女朋友都没找到？刘新就一脸无奈，他也不想多做解释。苗苗又说：我呢，陪你逢场作戏不是不可以，但是，我和朋友约好了，本来想去雪乡的。这事我要和我朋友商量一下。

刘新觉得喉头有些发紧，本以为苗苗能痛快地答应他，了却一件心事。但眼见着苗苗和他打起了太极，便又补充道：我不会让你白跑一趟，按市场价，该怎么付你费用就怎么付。

苗苗听了这话，背靠在椅子上说：刘新，今年春节我不想回家过年，也是因为家里催婚太急了，我就和我室友商量，春节不回家，出去转一圈。

刘新同情地望着她说：你才多大呀。

苗苗：我们女人和你们不一样，过了二十五就是大龄剩女。我家催得比你家催得还急，好像过了这个村就没这个店了。

同病相怜的两个人，终于找到了话题，推杯换盏地聊了许久，分手时，两人互加了微信。苗苗一遍遍地跟他说，让他等信。两人在地铁站就挥手告别了，一个往东，一个往西。

回到租住处，同住在一起的王建国和李大卫正在客厅里打游戏，他一进门，两个人都像在动物园里看动物似的看着他。王建国说：刘新，撩妹去了，战果怎么样？李大卫上前就给了他一拳道：你太不够意思了，晚上不回来也不说一声。平时，他们三个人，谁先回来早就谁先做饭，冰箱里有三人共同买来的东西。从大学开始三人就在一间宿舍，后来，他们共同成了北漂，又一同租住在一起，感情深厚，不分彼此。

刘新就坐在两人面前，把租女友回家过年的想法说了。关于刘新家里的情况，两人也都有所了解，听刘新这么说，两人一时无言，他们又想到了马上到来的春节。游戏是玩不下去了，李大卫提议下楼去买酒，不一会儿就回来了，同时还带来了几样下酒菜，三个人就又喝到了一起，都说到了自己的难处，以及家里催婚的迫切心情。喝到最后，李大卫有了要哭的意思，埋下头半晌才道：不瞒二位，我快坚持不下去了，想回老家。李大卫家在济南，父母已经退休了。有一次父母来北京旅游，到他们的租住房里看过，三人的房间凌乱不堪，一个不大的客厅里也胡乱堆放着三人的杂物，像极了大学寝室。大卫的父母没多待一会儿便走了，走之前，请他们吃了顿饭。大卫父亲借着几杯酒就操着一口济南话说：北京这有什么好呀？要嘛没嘛，还不如回老家发展。房子、车都现成的，为嘛在这儿受罪？从那以后，大卫的父母经常催他回济南老家。

他们当初毕业时，豪情万丈发的誓言：生是北京人，死是北京鬼犹在耳边，可眼前的现实却是一地鸡毛。

刘新也怀疑过自己当初的决定，四年大学生活，又是六年工作，已经在北京待满十年了。他的大好青春都是在北京度过的，他早就适应了北京的节奏，北京的一切。以前，他每年都会回家过年，公司一共十天假期，在家待上三两天就不适应了，觉得在家无所事事，出门站在县城的街道上，他就会想起北京的高楼大厦。有一次，他把这一想法和父母说了，母亲没说话，父亲把茶杯用力地蹾在茶几上，愤怒地说：北京好，全国人民都知道，可有一间房是你的吗，哪怕一块砖？说来说去，你不还是一个打工的吗？听了父亲的话他就悲哀起来。人们都说，北京是全国人民的首都，可细想起来，北京是那些居有定所的人的家园。他们这些北漂只是过客，不论你在北京工作多久，没有属于自己的房产，你就是过客。

他刚留在北京时，父母也想过帮他在北京买处房子，不论大小，只要是房子就行。可一打听价格，老两口再也不提为儿子买房子的事了。母亲曾叹着气说：儿子，把咱老家房子卖了，在北京还买不起一间厕所呢。你真要留在北京，妈是帮不上你了。在北京只能靠你自己了。母亲说到这时，眼睛已经泛红了。刘新留在北京，父母是支持的，因为他们居住在小县城里，不好就业。儿子能留在首都，无论如何是好事，可是北漂的滋味，只有做了北漂之后才知道其中的甘苦。早几年，全家人为了刘新的生计发愁，现在不仅是生活上的担忧了，男大当婚，过了年，刘新都二十九了。住在县城里二十九岁的人，早就当爹了。

李大卫的情绪也影响了王建国和刘新。两人家庭条件不能和李大卫比。李大卫是省城出来的，在北京混不下去，可以回老家，找工作不成问题。老家房子、车都有，只要他回去，他就是有房有车人士。王建国的家境还不如刘新。他老家是农村的，所处的省份经济不发达，就算有就业机会，工资也低得可怜。

见李大卫这么说，王建国只能默默地把瓶中酒一饮而尽，感慨地说：我哪也不去了，生是北京人，死是北京鬼，哪怕在这打一辈子光棍。

李大卫突然又想起了什么似的说：听说了吗，刘倩要结婚了。

刘倩是他们同学，和他们一起留在了北京。偶有北漂同学聚会，起初还能见到她。刘倩是他们系花，贵州人，大山里走出的姑娘，质朴水灵，有种天然美。在学校期间，追求者无数，但她却谁也没看上，一副不谙世事的样子，单纯得很。他们这些同学只能远瞻了。毕业没两年，同学们就听说她谈恋爱了，恋爱对象是北京的拆迁户，有几套房子，开着奥迪车。同学聚会时，同学们见过这个拆迁户来接刘倩，一个三十出头的男子，长相说不出来。后来又听说，那个拆迁户离过婚，有个女儿，现在跟着妈。这个拆迁户就在刘倩的公司上班。不久，刘倩和拆迁户结婚，好多同学都参加了他们的婚礼。婚礼在一家五星级饭店办的，却办出了一股农村气。这次，同学们都有机会近距离地接触拆迁户了。一口老北京腔调，油嘴滑舌的，三十出头的人，头发已开始谢顶了。那天的婚宴上，许多同学都喝多了。走出酒店大门，有几个同学搂着树，一边哭一边吐。从那以后，刘倩就很少参加他们的聚会了。两年之后，听说刘倩和那个谢顶男人离婚了。为什么离婚，他们并不清楚，但为了分家产还打了官司。据说，刘倩想分男方的一套房产，后来没有成功，男方补了她一些现金。离婚之后，刘倩很快买了一处五环外的房子，用离婚得来的钱付了首付。从那以后，关于刘倩的消息就少了。听说又要结婚，这次找了个博士，只是听说，并没有见过。

三

刘新和苗苗见面的两天后的下午，刘新突然收到了苗苗的信息：春节回家可以成行，君子协定不能少。

刘新见过苗苗后，也并没有闲着，他怕万一苗苗不能成行，就一直在各大论坛上搜寻着租女友的信息，却一直没有令他满意的。突然收到苗苗的信息，让他一直悬着的心落了地。君子协定他懂，带一个并不是女友的姑娘回家过年，保护人家姑娘再正常不过了。在下班之前，他打印出了君子协定，或者叫租女友的协议。

协　议

刘新：身份证号。

苗苗：身份证号。

两人为男女同事，因男方家庭催婚，暂租借女方为临时女友，为保障双方权益，特做如下规定：

1. 男方支付女方费用五天共计五千元。吃住行都由男方负责。

2. 男方保证在交往过程中，不侵犯女方任何权益。友好相处，高高兴兴去，平平安安回。

3. 男方提供女方独立的住宿房间，保证女方的清白。

4. 女方有义务做好临时女友的角色，不让任何人看出破绽。

5. 女方在男方家收受的任何亲人馈赠的礼物，由女方暂时代为收下，事后如数归还男方。

6. 女方虽是临时女友，对男方家人的称谓要大方得体，不能生疏。

刘新一共列出了六条，又仔细看了两遍，觉得把想到的都写出来了，才打印出来。

下班后，他如约在公司门前见到了苗苗。两人又坐了几站地铁，来到了一家川菜馆。这家饭馆是苗苗选的。两人坐定之后，刘新便把协议拿了出来，递给了苗苗。苗苗三两眼看过了，从随身包里拿出笔，把五千元费用划掉了，然后才抬起头说：费用我不要，权当去东北旅游一次。说完嬉笑着面对刘新。苗苗不要费用，这让刘新又惊又喜，转而便是不安，嗫嚅着道：这样不好吧，无功不受禄哇。他在桌下搓着手。苗苗撩了下长发道：今年春节本来就不想回家，也许以后我还得请你帮忙呢。

刘新听了她的话，心稍安了一些。那晚，两人吃得很愉快，也很放松。席间，刘新曾问苗苗：你为什么还没找男朋友？苗苗眨着眼睛，盯了他有几秒道：你不是也没找女朋友吗？刘新说：我们男生和你们女生不一样。苗苗又甩了下头发说：那我只能说，合适的人还没出现吧。

刘新就想到了同学刘倩，心里涌出很复杂的东西，便不再就这个话题深入下去了。倒是苗苗一直没有闲着，不停地打听东北的风土人情，以及刘新老家周围好玩的地方。刘新详细地答了。后来，刘新又给苗苗讲了个段子：东北人走在街上，双方的视线交流在一起，一方就大怒：你瞅啥？对方就更加凶猛：瞅你咋地！然后两人在大街上就咔咔干了起来。这个段子苗苗显然听过，她并没有笑，而是忧虑地问：你们东北人都这么猛吗？刘新忙安慰苗苗道：放心，我一定会保证你的安全。说完又补充道：高高兴兴去，平平安安回。

结账时，苗苗抢先把单买了。这让刘新很不受用，一遍遍地说：为了我的事，怎么能让你买单。苗苗风轻云淡地说：上次是你买的，这次我买很正常呀。说完幽幽地看着他。

两人又在地铁站台上分手，这次是刘新这面先来的车，他站到车厢内，看到苗苗还在等车。苗苗还在车下冲他挥了挥手，在地铁启动那一瞬，刘新心里突然感到很温暖，竟有了和恋人分手的感觉。很快，他便把这种念头压了下去，盘算着这次回家过年，该给家人带些什么礼物。

眼见着春节一天天临近了，刘新把苗苗的身份证号要来，他在手机上订票，每年春节回家的车票都很紧张，他做好了最坏的准备，万一抢不到火车票，就买机票。还算顺利，车票终于抢到了，一颗心又安定了几分。

周六的晚上，同学微信群里，刘倩突然发来一个请柬。是她和博士结婚的邀请，在周日她和博士举行婚礼，在请柬上，他们第一次知道，博士姓张，叫张晓光。刘倩发完请柬后，又发了一条信息做了说明：婚礼只邀请同学，算是一次同学聚会吧。刘倩发完信息后，同学微信群里便热闹起来，有祝贺的，也有调侃的。

刘新没想到刘倩的婚礼还会邀请同学们。几年前，刘倩结婚时，他们去过，见证了她和拆迁户婚礼的盛况。这么久过去了，他们甚至都没有记住刘倩第一任丈夫的姓名，只知道他是名拆迁户，财大气粗的样子。因为这个拆迁户，让许多暗恋系花刘倩的男生心里难过了好久，也是因为如此，刘倩几乎淡出了他们的视线。刘倩虽然还在同学微信群里，但她从来没有说过话。

那天晚上，王建国、李大卫、刘新三个人围绕着刘倩的话题说了好一阵子，最后决定，周末去参加刘倩的婚礼，不为别的，就为了和同学们见一面。他们这届留在北京的同学有二十多号人，有几个坚持不住回了老家。虽然都在一个微信群里，但平时联系并不多，同学过得好坏，也是自己的一面镜子。

周日中午，他们如约来到刘倩举行婚礼的酒店，找到了预订的包间，并不见婚庆的喜色，刘倩和张博士两人站在包间门前和到来的同学寒暄着。

刘倩的婚礼更像一场同学聚会，整个现场不见一点婚庆的喜色，来的人都准备了红包，但都被刘倩婉拒了。

席间，同学们才知道，张博士已经被一家科技公司聘为副总了，年薪还是笔不小的数目。整个聚会，刘倩一直春风得意的样子，带着新婚丈夫不停地为同学们劝酒。聚会结束后，刘倩突然说：诸位老同学，你们还没参观过我们的房子吧。有兴趣的到我家看看，晚上咱们接着聚。当场，有几个同学就响应了，分别打了几辆车，浩浩荡荡地跟随刘倩去看房子了。

刘新、王建国和李大卫没有去，他们直接打车回到了住处。三个人进门，坐在客厅的沙发上，半晌，谁也没有说话，各自梳理着心情。

李大卫抽完一支烟后，突然说：知道刘倩为什么要搞这么一出吗？

两人都望着李大卫。李大卫眯着眼睛说：刘倩在告诉我们这些人，她是混得最好的。

刘倩的确是他们这拨同学中混得最好的。有了自己的房子，虽然离婚了，但并不影响她追求幸福的脚步，又和拿年薪的张博士结了婚。在酒桌上，刘倩重复了几遍丈夫的年薪。这个年薪是他们几年工资都达不到的数字。刘倩从嫁给拆迁户后的低调，到现在又高调复出，这一切都预示着刘倩把自己洗白了。

傍晚的时候，去参观刘倩新居的同学在同学群里发了许多照片。两居室的新房，整洁又温馨，客厅里还摆着绿植，在这单调的冬季里，竟有了些许的生机。

在所有同学眼里，刘倩无疑是最幸福的人。

春节前一天，刘新和苗苗踏上了开往北方的列车。列车上所有的人，脸上都充满了即将迎来春节的氛围。

列车启动，苗苗就把头扭向窗外，新奇地看着掠过的景色。

车一过山海关，车窗外的雪便厚重起来，苗苗就惊呼：呀，这么大的雪。在这之前，她几乎没有开过口，目光一直盯着车窗外。刘新也一直盘算着回家后的种种情景，最好的和最坏的结果，他都在心里梳理了一遍。

从那之后，苗苗的话就多了起来，她瞥眼身边的刘新说：你不会把我卖了吧？刘新笑笑道：你以为东北是黑社会呢。苗苗笑，露出好看的牙齿。

刘新拿出手机道：咱们拍张照片吧，发给我妈看看，不然她会觉得太突然。

苗苗定下来陪他回家后，他就把带女友回家的信息发给了母亲。母亲在语音里自然欣喜万分，同时责怪他，事前一点也没透露有女朋友的消息。母亲又提出发些女朋友的照片给全家人看，他没好意思找苗苗要照片，只是说，要给他们惊喜。

刘新提出两人拍张照片，苗苗配合地倚在刘新身旁，刘新按下了快门，又把这张照片转发给了母亲。母亲很快发来了一串语音：苗苗姑娘真漂亮，你小子要对人家好点。我和你爸正在家打扫卫生，晚上你们想吃什么，老妈给你们做……

苗苗也听了刘新母亲的语音，没说什么，只是抿嘴笑笑，又去望窗外。她情绪的变化引起了刘新的注意，小声地问：怎么了？她没回答，半晌转过头，却红了眼圈，又过了半晌才说：我有点想家了。我这是第一年没在家过春节。

刘新听了，心就沉了沉。想到苗苗父母孤苦伶仃的样子，心里就多了滋味。

四

刘新带着苗苗一前一后地从车站出来，他第一眼便看到了父亲。父亲总是那么与众不同，穿着一件军大衣，笔挺地立在那里。父亲当过军人，在青藏线上开车，后来复员回来进了工厂，十几年前，工厂倒闭，父亲被买断工龄提前退休了。那会儿父亲才四十出头，正值壮年的父亲到处找工作，县城不大，盈利的单位不多，父亲一直没找到合适的工作。因为在部队学会了开车的手艺，便帮人跑车，跑了几年车，攒了点钱，自己买了一辆大众汽车，加入了滴滴车群。不论挣多挣少都没影响父亲挺拔站立的姿态。从当兵开始，父亲就用这种姿态站立，从年轻到老年，一成不变的姿态，让父亲成为了一道风景。

刘新远远见了父亲，热热地叫了一声：爸。父亲的目光越过他，落到了他身后的苗苗身上。目光一点点缩短，到了近前，刘新介绍道：这是我爸，这是苗苗。苗苗就笑着叫了声：叔叔好。父亲应了，从刘新手里接过一部分大包小包，挺着身姿向停车场走去。

刘新带回来的东西被父亲放到了后备厢，刘新帮苗苗拉开后车门，苗苗钻进去，道了声谢。刘新犹豫一下，把车门关上，绕到前面坐到了副驾上。父亲已打着了火，一边开车一边说：你妈在家炒菜呢，咱们回家就吃饭。刘新含混着应了一声。

车驶入了一个不新不旧的小区，小区不大，到处落满了雪，车灯所到之处，到处都是白茫茫一片。车停在一棵树下，三个人从车上下来，苗苗倒吸口冷气，下意识地跺着脚。三个人鱼贯着走进楼门，走进房门时，母亲系着围裙，拉开房门，等待许久了。

刘新又忙介绍道：这是我妈，这是苗苗。苗苗就又笑着叫了声：阿姨。

母亲已笑得满脸花儿了，一边应着一边说：姑娘说话声音真好听，像电视里人讲话似的。

菜已摆在桌子上，很丰盛的样子，散发着香气。

母亲接过了苗苗脱下来的衣服和随身包挂在墙上。苗苗小声地冲刘新说：洗手间在哪？刘新把苗苗领到洗手间门口，顺手还帮忙把灯打开。

母亲这才仔细地把刘新看了，从上到下，眼里还泛起了泪光，虽然隔三岔五地会和儿子通电话，讲微信，但却一年没见了。母亲心软，疼儿子。父亲制止道：别整那些没用的，快吃饭，他们一定饿了。母亲这才抹了眼泪，忙又进了厨房，拿碗筷去了。

席间，母亲坐在苗苗对面，不住地往她面前的空盘里夹菜，苗苗说着客气的话，眼前的盘里已经小山一样了。母亲还不停地问：闺女，你是南方人，吃得合口不？

苗苗只能鸡啄米似的不停地点头。

刘新家是个三室一厅的房间，父母住一间，刘新虽然一年才回来一次，房间还是完好如初地保留着。这是父母的念想，虽然儿子一年只有在春节回来时住上几天，但对父母来说，一年的思念都寄托在儿子留下的气味上了。平时没事，父母总要到儿子住过的房间来站一站，或者坐一坐，看到屋内的陈设，似乎觉得儿子并没有走远。

另外一个房间，平时堆放的是一些杂物，刘新几天前告知父母要带女朋友苗苗回来时，特意关照，要腾出一个房间。父母连夜把这房间收拾出来了，还买来了崭新的床上用品。此时，干净整洁地虚位以待。母亲一边收拾房间一边冲父亲说：两人分开住好，我赞成，毕竟还没结婚，这是对人家女孩子尊重。父亲不说话，挺着身子吸烟。

此时饭已吃完了，母亲拉着苗苗坐到沙发上去聊天，父亲和刘新去收拾碗筷。电视打开了，母亲特意把频道调到一家南方台，正是苗苗家乡的省份，正播放一台综艺节目，很热闹的样子。

母亲就和苗苗聊家常，无非是家里几口人，父母干什么工作的，现在在北京工作累不累之类的。父亲回到了自己房间，刘新端了一盘水果放到茶几上。他也在听母亲和苗苗的聊天，母亲已把苗苗当成了未来的儿媳妇了，聊得深入浅出，详详细细。关于苗苗家里的情况，他也第一次听说。此时母亲已拉了苗苗的手，不明事理的外人看来，是多么其乐融融的场景呀。但刘新和苗苗清楚，他们只不过是逢场作戏而已，刘新看着母亲脸上的笑容，心里就不是个滋味。苗苗似乎是个称职的演员，有问必答，任由刘新母亲拉着自己的手。

终于到了该休息的时候，苗苗洗漱过后，被刘新带到了房间，刘新指着床上的用品小声道：我妈说了，这都是新买的，洗过了。苗苗感激地看了眼刘新。刘新小声道了晚安，便出去了。

苗苗躺在松软的床上，把大灯关掉，打开台灯，拿出手机。直到这时，她的身子才放松下来。她开始回信息，母亲已经给她发了几条信息，有语音也有文字。春节不回家，她早找好了借口，说是和男朋友一起去雪乡游玩了。当初她和女朋友一起约好去雪乡玩时，她就是这么和家里人说的。不回家过年，一家人是理解的，只要和男朋友在一起，全家人就是踏实的。但关于旅行，母亲是惦念的，千叮咛万嘱咐的。即便在女儿上大学，又留在北京工作期间，三天两头的联系是少不了的，儿女就是放到天空的风筝，他们也要牢牢把儿女抓到手中。苗苗正在回信息时，门被敲了一下，最初她以为进来的会是刘新，她忙用被子把自己裹紧。虽然刘新是自己的同事，平时低头不见抬头见，但真正对刘新的了解，也就是最近几天的事。出发前，签了协议，但她心里还是对他有些提防。进来的却是母亲，母亲端了杯水，轻轻放到床头柜上，柔声道：姑娘，这是白开水，别晚上渴了到处找水。母亲的笑容透着温暖，苗苗谢过了，心里就多了些温暖的东西。母亲又伸出手帮她把被子掖了掖，一边说：家里就这条件，姑娘你别在意呀。苗苗此时又想到了自己的母亲。刘新母亲恋恋不舍地离开后，她听着母亲的语音，盯着手机屏幕，眼睛湿润了。从小到大，第一次没有回家过年，她想着此时，父母孤苦伶仃的样子，眼泪终于流了下来。

母亲离开苗苗房间，转身走进了刘新的房间，刘新正倚在床上看手机。母亲坐在儿子床头，盯着刘新的脸说：儿子，你眼光不赖，苗苗这姑娘不仅人长得俊，还懂事，进了咱家门一定能成为好媳妇。

刘新只能用一脸笑回答着母亲。

母亲又说：以后，你要对人家好点，咱家的条件，能有这么好的姑娘看上咱们，这是你上辈子修来的福分。

母亲离开后，他给苗苗发了一个晚安的表情，她回了一个笑脸。

第二天就是大年三十了。

父亲一大早就张罗着去医院看望爷爷。爷爷已经在医院住了好久了，刘新奶奶几年前就过世了，爷爷住在叔叔家。爷爷和奶奶一共生了两个孩子，父亲和叔叔。叔叔结婚后一直和爷爷奶奶住在一起，房产是爷爷奶奶留下的，照顾爷爷奶奶便成了叔叔的责任。

父亲去看爷爷，刘新自然也要去，这次借苗苗做自己的女朋友，一大半原因就是为了爷爷。爷爷这病是老毛病了，一到冬天就上不来气，慢性病，肺气肿，这是许多东北老人常见的毛病。一切都是气候原因导致的。许多老人得了这种慢性病之后，就怕过冬天，天越冷，这病越严重。许多老人都是在冬季离开这个世界的。爷爷从小就疼刘新这个大孙子，他不想给爷爷留下遗憾。这次从北京回来，他给爷爷带来了北京稻香村的点心，爷爷爱吃甜食，以前，他每年回家总会给爷爷带这种点心。

见到爷爷时，爷爷正半躺半坐在病床上，身后用被子和枕头垫上了，爷爷一口又一口地倒着气。刘新和苗苗进来，让爷爷的眼睛亮了。

他浑浊的目光依次从刘新和苗苗脸上扫过。刘新过来，俯在爷爷面前，握住了爷爷的手，爷爷另一只手颤抖着去抚摸他的脸。刘新就湿着声音叫了声：爷。爷爷闭上了眼睛，通过手感受着孙子的温度。久久，爷爷把眼睛重新睁开，目光定在苗苗脸上。

苗苗早有心理准备，刘新这些日子说得最多的就是爷爷，关于爷爷的情况她早就熟门熟路了，见爷爷把目光定在自己脸上，忙上前，蹲在床边。爷爷把手从刘新脸上移开，试探着伸向苗苗，苗苗迎合着爷爷的手，握在一起。爷爷的脸早已是祥和一片了。爷爷喘了一口气，含混着说：你就是我孙子媳妇？苗苗叫了声爷爷。爷爷凝视着苗苗，半晌，眼角流下两滴泪。

叔叔和婶婶从病房外进来，惊惊乍乍地把苗苗打量了，然后啧着嘴，俯在爷爷耳边大声地冲爷爷说：你孙子媳妇真漂亮。爷爷把目光仍定在苗苗脸上，脸上绽出难得的笑容。

爷爷的精神似乎好了许多，把腿放到床下，吃了块刘新带来的点心。整个白天，刘新和苗苗一直是在爷爷的床前度过的。爷爷的精神一直很好，大着嗓门和苗苗聊天，内容不外乎家长里短的一些事。

直到晚上，父亲来换班，刘新才带着苗苗离开医院。两人走到医院门外，刘新才对苗苗说：辛苦你了。苗苗没有说话，只是浅笑一下。刘新侧过脸望一眼身旁的苗苗，心想，若她真是女朋友该多好啊。他只在心里这么闪念一下而已。苗苗这次能和他回家过春节，无论如何他都对她感激不尽。况且，苗苗并没有要他任何费用，没出发前，他一直觉得这一切并不真实，像做梦一样。一路上下来，他心里多了对苗苗的歉意，虽然嘴上没说，心里已经千遍万遍地发过誓：以后，只要苗苗有求于自己，即便赴汤蹈火，也不会有半点犹豫。

五

大年初一的早晨，母亲郑重地来到在客厅看电视的苗苗身边，把一个戒指盒递给苗苗。刘新正在扫地，他被母亲的举动惊呆了，他没料到母亲在事先没和他商量的情况下，会做出如此举动。苗苗也怔了一下，她下意识地去望刘新，两人的目光交织在一起。刘新经过暂短的错愕后，很快便恢复了常态，又低下头去扫地了。在他心里希望苗苗收下母亲的礼物，不论以什么身份。虽然，两人出发前曾签了协议，协议的范本是他在网上找的，让他没料到的是，苗苗并不想要他的任何报酬，仅凭这一点，苗苗就不是冲着挣钱来的，究竟什么原因，他没问，苗苗也没说。

在动了租女友回家过年这心思后，他在网上看到了许多这类故事，为了男方父母赠送给女方的礼物，最后男方要，女方不还，闹得不可开交，甚至为此还打起了官司。刘新不担心这点，不论母亲给苗苗什么样的礼物，他都不打算要回来。苗苗大老远和他来到东北这座小县城过年，又是以他女朋友的身份，付给什么样的报酬都是应该的。

此时，母亲把那只戒指高举到苗苗面前，又小心地打开，郑重又真诚地说：姑娘，这是阿姨和叔叔的一点心意，一定请你收下。苗苗站起来，叫了声：阿姨。她看到戒指盒里是枚白金戒指，从内心里讲，她不想收这样的礼物。在父母心里这不是枚简单的戒指，而是种仪式，象征的意味不言而喻，然而，她此时的身份是尴尬的。想到和刘新的约定，她还是伸出手把戒指盒接到了手中，嘴里一连称谢。

母亲是心满意足的，她坐在苗苗身边，拉过苗苗的手说：闺女，我家啥样你也都看到了，只要你不挑我们家，我们就是一家人了。

苗苗面对刘新母亲，只能一边点头一边微笑。

午饭一过，父亲又张罗着去医院给爷爷送饭，刘新要跟父亲一起去，大年初一要给爷爷拜年，这是多少年养成的习惯。他本想让苗苗留在家看电视，但苗苗想了一下道：我还是跟你一起去吧。

来到医院见到爷爷时，也许是过年的原因，爷爷的精神状态又好了一些。他倚着被子和枕头，半坐在床上，正喜滋滋地看重播的春节联欢晚会。

刘新一进门，忙走到爷爷身边，大着声音说：爷爷，过年好。爷爷的目光很快在刘新脸上扫过，定在他身后苗苗的脸上，苗苗也礼节性地叫了声：爷爷过年好。爷爷应着，伸出手在床底下摸索着什么，很快，找到了一张牛皮纸信封，抖抖地倒出来一件银手镯，手镯上了年头的样子，满是包浆。爷爷拿过来，递给苗苗道：这是你奶奶留下的遗物，你是长孙媳妇，你留着做个念想吧。

爷爷说完颤颤地把手镯递过来，苗苗隔着刘新不知如何是好地立在那。爷爷的礼物和早晨刘新母亲的礼物性质又不一样了。这是遗物，是有传承的意味的，虽并不值钱，意义却非同凡响。刘新见苗苗犹豫，伸手欲接过爷爷手中的镯子。爷爷却没有放手的意思，执意要亲手给她。刘新把身子闪开，碰了下苗苗，示意她接过来。苗苗只能上前一步，伸出手，爷爷仍没有撒手的意思，而是直接戴在了苗苗的手腕上。爷爷见苗苗把手镯戴上，才气喘着道：过去日子穷，这是你奶奶结婚时我送给她的礼物。爷爷说到这，似乎动了感情，喘息半晌又道：你们奶奶看见了也会高兴的。

苗苗望着手上的手镯，觉得似乎还带着另一个人的体温。瞬间，内心又焦虑又不安。她偷眼去看刘新的表情，刘新也是一脸歉然。他掩饰着，一边帮父亲在床头柜上摆餐具，一边叫道：爷爷，咱们吃饭了。

爷爷似乎仍然沉浸在对奶奶的缅怀中，他冲苗苗笑着说：你奶奶年轻时和你一样漂亮。

刘新和苗苗告别爷爷时，爷爷执意要下床相送，最后在父亲的搀扶下，挪到病房门口，父亲立住脚，爷爷喘息着恋恋不舍地望着两个人。刘新认真地看了眼爷爷的脸，喉头发酸地说：爷爷，我还会来看你的。往事便一幕幕在眼前涌现。刘新强忍着泪水，快步向楼梯口走去。在刘新的记忆里，爷爷是年轻的、无所不能的，然而此时，爷爷却倒在了病床上，这次离开老家，下次又何时才能和爷爷相见呢？这么想过了，心便湿了一片。

两人去逛街，县城的街道本来就不大，大年初一更是显得冷清，到处都是积雪，有三两家不大的超市开门了，人并不多，偶有出租车形只影单地在寂寞的街道上驶过。两人转了一会儿，苗苗提出回家，两人便向家走去。父母仍留在医院照看爷爷，刘新把电视打开，屋子里热闹了一些，又倒了杯茶递给她，歉然道：让你受苦了。苗苗笑笑：跟你来是我自愿的。虽这么说，她已经开始想家了，每年过春节，大年初一是热闹的，父母和她一起，一定会去爷爷奶奶家过一天，一家人围在小屋里，说着家长里短的话。她不停地翻手机，看新闻，也发些同学同事之间相互拜年的话，和同学商量着初二以后聚会的话题。这一切都是那么亲切和熟悉。想到这，心中不免凄然。给家里打个电话的愿望便强烈起来。她突然抬头冲刘新说：我想一个人出去走走。刘新愕然地望着她。她意识到了什么，忙又说：我出去给家里人打个视频电话。他只能默默地看着她重新穿戴整齐地走了出去。起初，他俯在窗前看到她走出楼门，又走出小区院子，最后消失在他的视线里。他仍立在窗前，在视线尽头寻找着她的身影。

她找到了一条空无一人的街道，背景都是雪色。她拨通了母亲的视频电话，母亲的脸很快出现在了她眼前。母亲大声呼喊着她的名字，她把摄像头对准白雪覆盖的街道：妈，我已经到了雪乡了，和朋友们玩得很开心。她做出开心的样子，让镜头对准雪多的地方。母亲似乎对雪乡不感兴趣，千叮万嘱的都在她的身上。不一会儿父亲和她讲话，父亲也把手机镜头对准了爷爷奶奶，一家人正其乐融融地吃火锅，最后奶奶把电话接了过来，冲她大喊大叫道：苗芽呀，过年咋不回来看奶奶？奶奶都盼了你一年了。苗芽是她小名，她大了，很少有人再叫她小名了，只有奶奶还在叫。奶奶的头发已经花白了，虽然，以前隔三岔五地总和奶奶通视频电话，却觉得奶奶并没有这么老，今天也许是因为心境，突然觉得奶奶一下子又老了。在那一刹那，她真想哭出声来，奶奶从小到大都是她的保护神，小时候因为学习或者淘气，惹父母生气了，奶奶总是把她拉到身后，反而训斥父亲和母亲道：苗芽这么小，做错事改了就好。从小到大，家里不论发生什么事情，只要一想到奶奶，心便安然了。此时的奶奶仍然如此，奶奶说：苗芽，今年过年没回来看奶奶，是不是你爸妈催你找男朋友，你不敢回来？苗芽你告诉奶奶，奶奶给你做主。奶奶的一句话让她再也控制不住自己，眼泪不争气地流下来。奶奶在电话那端见到孙女这样，一边安慰着她，一边训斥起身边的父母来。电话里传来父亲的争辩声。奶奶一张脸又冲向了她，安慰着：苗芽，莫哭。你的事奶奶给你做主。她擦了下眼泪，冲着镜头里的奶奶发誓道：奶奶，我明年春节一定回去。一定找到男朋友，带回去看您。在那一刻，她突然下定决心，一定找个男朋友，让全家心安。

她在通电话时，没发现刘新父亲的车就停在她身后几步开外的地方。刘新父亲是从医院过来去超市买东西的，却发现了苗苗独自一人立在街角，他原以为刘新和苗苗吵架了，把车停好便想走过来，没料到却听到了苗苗打电话的内容。

儿子第一天把苗苗领回家时，他就看出了哪里有些不对劲，究竟哪里不对劲，他也说不清。晚上睡觉，苗苗回到自己房间时，连同自己的行李箱也拉了进去。然后关上房门，儿子没再进去，苗苗也没出来。两人生疏而又客气。

晚上父亲和母亲有了如下对话：

父亲：我觉得他们俩哪不对劲呢？

母亲：儿子不是说了吗？他和苗苗刚确定恋爱关系，生分点很正常。

父亲：刘新不会是租来个女朋友骗咱们的吧？

母亲听了这话，半坐起来，琢磨会儿道：你这是手机新闻看多了，咱家刘新不是那种孩子。

父亲噤了声，不再说什么，脑子却一直在想着。

之前，父亲一直在怀疑，此时，他真切地听到了苗苗和家人的对话，没想到怀疑竟然成真了。他回到车上，快速地驶离。回到医院后，父亲把看到和听到的悄悄对母亲说了。母亲久久没有说话，半晌道：苗苗也不容易，都没回自己家过年，来的就是客，咱们一定要好好招待人家。

父亲犹豫地又问：那刘新呢？

母亲白一眼父亲：儿子就是儿子，他又不是假的。

在以后的几天时间里，父母一下子对苗苗热情起来，变着法地为她做好吃的，还不停地嘘寒问暖。每天临睡前，母亲都会走进苗苗的房间，用手摸摸暖气片，还给她掖掖被子，见苗苗并没有睡的意思，还坐在床头，和苗苗聊会儿家常，说到动情处，还握住苗苗的手，便感叹道：我年轻那会儿就想生个女儿，可谁承想，生出来的却是个儿子。我为这个还哭了好几天。母亲说的是实话。苗苗只能冲她微笑，结婚生孩子对她来说还很遥远，此时，她还体会不到做一位母亲的心情。

母亲就感叹道：我要是有你这样的女儿该多好啊。

苗苗感受到了刘新母亲发自内心的温暖，安慰道：以后让刘新给你生个孙女。话一出口自知失言了，忙噤了声。刘新母亲似乎并没在意，仍沉浸在自己的心境中道：就不知阿姨有没有那个命了。母亲叹口气，慈祥又悠远。

过完初五，初六就是刘新离开家的日子。晚上临睡前，母亲拿着父亲白天采购来的土特产走进儿子的房间。每年刘新春节回来父亲总会为刘新准备一些土特产，这次不同，父亲准备了两份，母亲一边往箱子里装，一边说：这份是送给苗苗的。刘新过来要帮母亲，母亲拒绝了，执意把儿子的旅行箱装好。抬起头，认真地盯着儿子道：苗苗能和你来咱家过年不容易，这份情你要永远记在心里。

刘新似乎被母亲戳破了，他惊怔地望着母亲。母亲从旅行箱旁站起身子，严肃地说：送给苗苗的礼物不许要回来。刘新知道是大年初一早晨母亲送给苗苗的戒指。他惭愧着低下头，小声地叫了声：妈。母亲嘘了口气，一边给刘新铺床，一边说：妈不该催你找女朋友，你一个人在北京不容易，你要照顾好自己。

母亲第一次和他这么说话，刘新听了鼻子有些发酸，但仍装作举重若轻地说：妈，我没事。他冲母亲笑着。母亲铺好床，没再看他，轻声道：明天一早赶火车，早点睡吧。

母亲离开房间，刘新的心一下子沉重起来，他没有料到母亲会戳破自己。他努力经营的一切，瞬间化为乌有。

第二天一早，两人出发时，还是父亲开车去车站为他们送行，这次母亲也来了。母亲和苗苗坐在后排，一上车母亲就把苗苗的手握住。快到车站时，母亲冲苗苗真挚地说：这几天阿姨照顾不周，请你多担待。苗苗就热热地叫了声：阿姨……不知为什么，此刻，她竟多了一丝感动。

两人走进检票口，刘新回头去望，父母仍站在人群外巴望着他们。母亲挥着手在嘈杂的人群里大声呼叫着：苗苗，阿姨会想你的。

刘新转过头时，眼眶已经发热。对今年过年自己自作聪明的行为，他此时开始后悔了。一直到列车启动，播音员热情洋溢地开始广播：亲爱的旅客朋友们，本次列车的终点站是首都北京……刘新的眼泪再也控制不住，终于流了下来，不知是为父母还是为自己。

六

两人傍晚时分在北京站下了火车，在出站口，苗苗从包里拿出戒指和手镯，这是刘新母亲和爷爷分别送给她的礼物，按两人的协议规定，乙方在甲方家所收的礼物，事后要完璧归赵。刘新却只接过了手镯，这是奶奶的遗物，虽不值钱，却有另一番意义。那枚戒指连同包装还留在苗苗的手中。刘新轻叹口气道：这个你就留下，当作个礼物吧。苗苗把那枚戒指举在手上，沉默地望着刘新。刘新就又说：算是我个人对你的感谢吧。刘新执意不收，她只好重新把那枚戒指连同包装放到包里。一边朝地铁口走一边说：那就等你有女朋友了，再还你吧，算我送你的礼物。

初六的北京站已经人头攒动了，他怕她消失在自己的视线里，忙跟上。两人几乎一同挤进地铁车厢，如果正常走，两人会有几站共同的行程，然后他们分别会再倒地铁。刘新下定决心要送她，一直跟她换乘地铁。离开北京几天，在东北一个偏远县城里的那几日，他们似乎把北京遗忘了，可当他们登上地铁车厢的那一刻，久违的感受便扑面而来，这是他们以前和今后生活的日常，他们像一部机器，需要不停运转才能跟上这种节奏。

他一直跟她走出她租住处的地铁口，她一路没有拒绝，像两个熟悉的陌生人一样，一前一后地从地铁口出来。她立住脚，指着不远处的一片小区说：我就住在那，我到家了。他说：再一起吃个饭吧，这附近你熟，你找个地方。

此时天已黑了，街灯繁华地亮着，身边是匆匆过往的行人。她犹豫了一下，没说什么，拖着旅行箱向前方走去。她把他带到了一家烤鱼餐馆。

他举起倒了半杯的啤酒冲她说：这几天有照顾不周的地方请你原谅。她不说话，埋头吃鱼，一边吃一边说：这家烤鱼是我平时来得最多的地方。他又说：你的情我记下了，以后有需要帮助的地方，你只管说。她抬起头来看着他说：你们一家人都是好人。他笑一笑，有点凄然地说：可惜，都是普通人。她的目光望着远处游离着道：我还有点想他们了呢。说完重新把目光收了回来，冲他浅笑了一下。

两人从烤鱼店出来，他把她送到小区门口，望着她拖着行李箱远去的背影。他冲她背影喊：苗苗，谢谢你，以后有事只管说。她侧过身，并没有回头，只冲他比画出一个 OK 的手势。

他回到租住处时，同居的两个朋友李大卫和王建国还没有回来，进了房门，还是原来他离开时的样子，不同的是，客厅的茶几上已落满了灰尘。他又打开属于自己的那间房门。灯在头顶上亮着，他坐在桌前，突然觉得很孤独。和苗苗在一起的几天时光，点点滴滴又在他脑海里浮现出来。

初八那天，北京又恢复了放假前的样子。地铁还是那么拥挤，人还是那么多，忙碌的城市又开始了新的一天的运转。

刘新到公司的第一件事就是渴望见到苗苗，不知为什么，这次从老家回来，他睁眼闭眼的都是苗苗的身影。经过这几天的接触，他对苗苗有了一个全新的了解，不仅是家乡的风土人情、家庭成员，还包括她的脾气性格，以及一颦一笑的味道。这一切都在他脑海里翻来覆去、挥之不去。他每次拿起手机都强忍住给她发信息的冲动。他无数次点开她的微信头像，她的笑容便又一次走近他。他想把对她的这种感觉放下，他知道，自己不可能和她有什么，如果苗苗不是为了逃避家里的催婚，就不会有这次远行。她有千万条理由找一个更好的男性做朋友。两人签过协议，君子协定，他要做一个坦荡的君子。虽然，千百次地这么劝导自己，可他还是忍不住去想她。他几次走出办公室来到楼道里，希望在这里再次见到苗苗。以前，他们就经常在楼道、电梯口，或者洗手间的洗手台旁相见，可这一天，越是想见她，她就越像凭空消失了一样。虽然，他知道，她就在隔壁办公区里办公，那是一间和他们办公区类似的地方，几十平方米的区域，划分了数十个工位，每个人画地为牢，有一片小区域。他想走过去，推开那间双开的办公室门，但他还是忍住了。

直到下班时分，他比平时晚走了几分钟，却在电梯口看到了她。她正和两个同事等电梯，电梯口还聚了几个其他部门的人，他心跳突然加速，迈着轻飘飘的步子走过去，她并没有回头，仍和两个女同事说笑着什么。电梯门开了，他们一起挤上去，这时，她才看到了他。他顿时口干舌燥，说了声：你好。这是他们平时打招呼的方式，她冲他点点头，用微笑报以回应。两人离得如此之近，中间只隔着一个人，但她的目光再也没和他交集。出了电梯，走出楼门，很快她便湮没在了人流中。他伫立在马路上，开始还能看到她的背影，很快便消失不见了。他摇了摇头，心想，一切都过去了，就像当初什么也没有发生。

一连许多天都是如此，偶尔在楼道里相遇，他们又恢复到了以前的样子。日子复日子，水波不兴。

刘新没有忘记春节时对父母发过的誓言，明年过春节，一定带个真正的女朋友回来。最近，隔三岔五地仍和母亲通话，母亲最初每次都会问一下苗苗的动向，他只能每次千篇一律地回答母亲：她挺好的。他说这话时，不带任何感情色彩，当父母戳穿他们的真实关系时，他心里是难过的。好在父母并没多说什么，父母越不说，他自己越觉得罪恶感不可饶恕。正月一过，马上就进入三月了，大街上，心急的小女生都开始穿裙子了。低头抬头间，年底就又该到了，可自己的女朋友在哪儿呢？他身边不缺女性，公司里认识不认识的女孩多如牛毛，可一个也没有正眼看过他，大都是点头之交。走在大街上，看着身边适龄女孩子更是一拨接着一拨，有的出色有的平庸，不论超凡脱俗还是平淡无奇，都没有目光在他脸上多停留一秒钟。因为在茫茫的人海中，他就是一粒尘埃，有谁会在一粒普通的尘埃面前多停留一秒呢？

毕业这么久了，每年他们都会有几次同学聚会。起初，还有女生参加，渐渐地来参加的女生越来越少了。男生们相互打听，并不时地传播关于某个女生的小道消息。某某结婚了，找了一名公务员；某某嫁给了一个公司高管……只有他们这些男生，水落石出地被晾在那里。后来同学的聚会也少了起来。

刘新先是在手机上下载了一个交友软件，天南海北地和陌生人聊过，甚至不知对方是否是真女性。他自知这种行为不靠谱，可他还是聊着，有两次他也约过对方在某处见过面，可见面后，他又深深地失望了。在网上聊天的那种感觉，在见面时完全不存在了，重要的是，照片、信息和真人风马牛不相及。后来，他把软件卸载了。他又在网上的红娘网站注册成了会员。在网站的安排下，他见过几次网站推送的女孩。当各式各样的女性出现在他面前时，他发现网络红娘也不靠谱，长相奇形怪状不说，就是年龄也很离谱。他悟出一个道理：能在现实生活找到另一半的人，谁还会去网上征友。这么想过了，他把虚空的希望从遥远的地方拉回到了现实。可现实，他却是一个普普通通的北漂中的一员。

事情的转机是从深夜中一个电话开始的。

五一刚过，北京的天气已经有了春天的气息，春困秋乏，那天夜半时分，他睡得很沉，但还是被一阵紧似一阵的语音提示铃声吵醒了。他摸过床头手机，这么晚被电话吵醒还是第一次。当他拿过手机，看到来电信息时，心跳突然加速，本已平静下来的心绪又一次被搅乱了，来电者是苗苗。苗苗在电话里急促地说：刘新，过来帮帮忙，我在中日友好医院急诊室。说完便挂掉了电话。他听到了苗苗语音的急促，还听到了她周边杂乱的声音。

他开始手忙脚乱地穿衣服，在床下旅行箱里还拿出了一张银行卡，那是他在北漂生活中所有的积蓄。他跟苗苗说过，只要她有事，他会义不容辞。在出租车上，他想象着苗苗的危险。不出事，谁会在半夜三更往医院跑。

他下了出租车，急三火四地往医院急诊室里跑，可将急诊室里里外外找了个遍也没发现苗苗的身影。他意识到事态更加严重。他拨通了她的语音电话，她很快接了，带着哭腔道：我在三楼手术室。

他放下电话，没来得及搭电梯，顺着楼道三步并作两步地奔向三楼。在走廊尽头，一间手术室门口的椅子上，他看到了瘫坐在那里的苗苗。苗苗见了他，像见到救星似的奔过来，一下子扑在他怀里。

七

在手术室内接受手术的人是苗苗的好朋友，也是室友，一名年龄和苗苗相仿的女生，叫玲玲。

玲玲下午时发现肚子疼，便提前请假回到了宿舍。苗苗下班时，玲玲卧在床上，一副很虚弱的样子。起初，两人也没把肚子疼太当回事，每次来月事也是这么疼，苗苗还为玲玲熬了红糖姜水，晚餐时，还点了外卖。

苗苗和玲玲一直是同学，从上大一时就是好朋友，毕业后，两人都留在北京。当初留在北京是玲玲提议的，其实在这之前，苗苗是想回老家的，但好朋友留下了，她不想失去友谊，便陪着玲玲一同留在了京城。两人虽然不在一个公司上班，但两人一直租住在一起，是无话不说的好朋友。玲玲工作不久，便爱上了自己公司的一名高管，高管自然年长许多，但却对玲玲无微不至地关爱。起初，玲玲并不知道高管有家室，发现高管有家室是两人恋爱半年以后的事。但高管允诺说，正在办理离婚，因为孩子的抚养权和财产问题，协议离婚遇到了困难。高管还安慰玲玲道，自己正在走法律程序，婚是迟早要离的。玲玲在绝望中似乎又看到了希望。玲玲便开始了漫长的等待和期盼，为这事玲玲没少和高管闹矛盾，争执吵闹自然是少不了的。每每这时，苗苗就会陪在玲玲身边开导劝慰她。为玲玲喜而高兴，悲而忧愁。

今年春节前，两人本来商量好一起去东北看雪。以前，每次过春节，玲玲和其他北漂人一样，都会回老家过年。因和高管的不洁之恋，她并没有和家里人说明这段恋情，父母都是保守人士，她现在这种状态说好听的是恋爱，不好听的是小三。小三在当下人们的眼里就是过街老鼠，她不想让人人喊打，便把自己的恋情控制在只有好朋友苗苗知道的范围内。老大不小的玲玲，家长自然为她的婚姻恋爱操心，便张罗着为她在老家寻找男朋友，就等着她春节回家去见这个男孩。玲玲对高管并没死心，自然不会接受父母的包办恋爱。她的状态和苗苗的状态如出一辙，两人为了逃避这人世间的烦恼，便一致决定，今年春节不回家。

正当两人做旅游攻略时，高管突然和玲玲说，春节可以陪玲玲去泰国玩几天。恋爱是大事，玲玲自然欣然前往，便有了苗苗和刘新的东北之行。

就在前几天，高管突然被公司派到了德国去工作。他们是合资公司，公司人事交流本属正常。高管去德国前，曾答应她早日也把她调到德国公司去工作。玲玲在美好的愿景里憧憬着。

不料就在今夜，玲玲突然大出血。苗苗和玲玲谁也没遇到过这种事，急救车把她们拉到医院，在急诊室里医生诊断为宫外孕导致的大出血，便只能手术了。

苗苗被一连串的意外击晕了，她第一次遇到这种事，手足无措中她想到了刘新。刘新出现在她面前时，她无助地扑在刘新的身上，哇的一声大哭起来，不知是为正在手术中的玲玲还是为惶恐的自己。

两个小时后，玲玲从手术室里被推了出来。玲玲微闭着眼睛，面如死灰。玲玲住院了，早餐是刘新为两人买来的。苗苗就催促刘新道：你快去上班吧，昨晚真的是谢谢你了。他冲她笑一笑，看了眼躺在病床上的玲玲，小声道：有事叫我，我随时过来。苗苗“嗯”了一声。

一上午，他都在想着苗苗，一想起苗苗便想起面色苍白的玲玲。他不知道玲玲得的是什么病，但手术了，无论如何是大病。快到中午时，他为苗苗和玲玲又点了外卖，特意还点了一锅鸡汤，手术流血了就该补一补。他中午去食堂吃饭时，收到了苗苗的信息，外卖已经送到了，她拍了几张摆在病床前床头柜上的外卖，最后还发了一个笑脸符号。不知为什么，那天下午他心里充满了快乐。他问自己，难道是为了苗苗那张笑脸吗？

快下班时，他给苗苗发了一条信息，问她们想吃什么，他下班后买好送过去。半晌，苗苗才回信息说：你别过来了，我们正在办理出院手续。

他不知苗苗说的话是真是假，昨天晚上手术，只住了一天，怎么这么快就出院了。也许是苗苗不想麻烦他才故意这么说的吧，他在心里这么想。下班后他还是来到了医院，找到了玲玲住院的那间病房。果然，苗苗并没有骗他。那张床是空的，似乎还没收拾妥当，仍有些凌乱。

他不解地走到医院门前，给苗苗又发了个信息，告诉她，如果需要随时联系他。这次苗苗很快给他发了个谢谢的表情。

那天晚上，他久久没有入睡，脑子里梳理着从昨天半夜到今天发生的事，想来想去，他得出个结论，苗苗还是把他当成了最亲近的人。大半夜打电话叫他，见到他还扑在他怀里，虽然时间很短暂，也许就一两秒钟，但这就够了，这一切足以说明，他在苗苗心里的地位。得出结论后，心便安然了，一种前所未有的幸福感从心底升起。

第二天上班，他也没见到苗苗，为了证实苗苗是否来上班，他还借故去了一趟苗苗那个部门，推开门的一瞬间，他看到了一个空出来的工位。目光快速地在办公区扫过，他并没有发现苗苗的踪迹。如此，他又得出结论，苗苗一定在陪护玲玲。下班后，他没有马上坐地铁回家，而是在街上走了走，他内心一直在做着斗争，要不要去看看苗苗。苗苗住的小区他是知道的，春节回来时，他把她送到小区门口才分手。他不知怎么坐的地铁，又怎么走到苗苗居住的小区门口，这一系列行为他完全是下意识的。来到小区门口他才醒悟过来。站在马路边他呆愣了半晌，才下定决心给苗苗发了个信息，说别的不合适，他只能试探地问：你还好吗？

苗苗回复了一个不开心的表情。

他又回：需要我说话，我答应过你。

半晌，苗苗才又回复了一个谢谢的表情。

那天晚上他一直没睡好，一直处在半睡半醒间，他知道自己已经爱上了苗苗，他被这种单相思所折磨了，但他又不敢奢望苗苗会爱上他。在爱情的问题上，他们这些北漂男青年是自卑的，在这座城市里，他们没户口，没房产，没车，只有一份工作，这份工作也是朝不保夕的。公司随时裁减人员，他毕业后，到现在这家公司，已经换过三个单位了。这么想过之后，他便更加悲凉了。半睡半醒间，他突然听见微信提示音，他不知这么晚了谁还会给他发信息，他打开手机，看到苗苗先给他发了个位置，然后还有楼牌号。正在这时，语音电话响了，苗苗在电话里说：刘新，你来一趟，越快越好。他甚至没来得及应答，对方便挂断了电话。他立马精神了，用最快的速度穿衣服，冲出门去。一边向小区外跑，一边打开了叫车软件。

他找到苗苗居住的房门，刚伸手敲门，门便开了。他人还没进去，便听到了玲玲的呜咽之声。

玲玲披头散发，以泪洗面地坐在床上，神情是悲恸欲绝的。

玲玲受到了爱情的打击。美好的爱情已经粉碎在她的面前了。玲玲住院后，便不停地给高管发信息、打电话，却怎么也打不通。玲玲便不安了，刚住一天院，便张罗出院。回到家后，她又不断地和远在德国的高管联系，仍然无果。后来，她又联系了公司一个要好的同事，这位同事一直在高管身边工作。她希望在这个同事那里得到高管在德国的联系方式。是那位同事告诉她，高管已经把老婆孩子也接到德国去了。一切都无须再多说什么了，以前憧憬的美好爱情灰飞烟灭了。玲玲开始哭闹，在夜半时分，自己偷偷打开窗子，要从十九楼跳下去，幸好苗苗就睡在她身边，一把抱住了她。然后，才有苗苗向刘新求救的后事。

玲玲的情绪很不好，一副痛不欲生的样子。苗苗这两天折腾得也不成样子，她双眼红肿着，显然，她陪着好朋友已经哭过一次又一次了。

接下来，两人便开始陪护着玲玲，确切地说，是看着她，不让她做傻事。苗苗似乎已经把劝慰的话说完了，嘴里只剩下一句话：玲玲你不要再傻了。她反反复复地把这句话一直说下去。玲玲还是哭，精疲力竭的那种。起初，苗苗坐在玲玲的床上，用手揽着玲玲，后来，她似乎就有些体力不支了，几乎瘫到床上。

刘新劝她回自己房间去休息，照看玲玲的工作交给自己。在这期间，他把她们居住的环境看了，是一套两居室的房子。两人各住一间。他提出这种请求后，她红肿着眼睛，盯了他一会儿。他又说：你这样下去身体会吃不消的。她似乎接受了这个建议，起身慢慢向自己房间走去。走到他身旁时嘱咐道：你得看住了，不能出半点差错。他没说话，用力地点了点头。她回到了自己的房间，没有开灯，门半掩着合上了一部分。

他把身下的椅子搬到玲玲门口，身后是客厅，客厅对面就是苗苗的房间。虽然他看不见，但能感觉到她已经躺在了床上，他心里放松了一些。从门口到玲玲的床前距离，大约也就两步远的距离，要是玲玲有什么，他能在最短的时间里跨过去。此时的玲玲似乎已经把力气耗尽了，歪倒在床上，背对着他，但仍低声抽泣着。他起身把床头灯打开，把头顶上的日光灯关掉。屋内瞬间暗了下来。

时间正是凌晨时分，人在这时是最困的，他怕自己睡着，便拿出手机想打一局游戏，又怕太投入耽误照看玲玲，索性开始浏览朋友圈。他的朋友圈很窄，之前是老师和同学，后来工作了，便又有同事加入进来，大都是和他一样的北漂。朋友圈发的信息也很简洁，加班工作，或者在外面吃了什么的图片，偶尔，也会有人发些周末去哪闲逛发现的好玩的事。以前他很少看这样的朋友圈，因为不用看他也知道是什么内容。他突然看到了苗苗发的一段话：爱情是什么，是欺骗，是背弃，是谎言，为什么偏偏是这些？社会可以复杂，人与人可以不信任，但爱情偏偏又掺杂其中。

看了下发的时间，是晚上八点十五分。他想，也许是她刚陪玲玲哭过吧。这会儿，他还不知道玲玲到底发生了什么，但他能猜到几分了。他望着玲玲低泣的背影，心里多了几许同情。

天快亮时，他倚在椅子上迷迷糊糊睡过去了。突然，他觉察到了一丝异样，是一缕风扑在他脸上让他清醒过来。他睁开眼睛，看见玲玲已经把窗子打开了，一只脚已迈上了窗台，他几乎是下意识地扑过去，他和玲玲跌倒在床上，发出沉闷的声音。

苗苗光着脚奔过来，玲玲躺在床上浑身颤抖，双眼紧闭，他从玲玲的脸上看到了绝望。

苗苗俯在玲玲的眼前，又一遍遍地说：你为什么又干傻事？

玲玲似乎已经没有哭泣的力气了，似呻似唤地说：让我死吧，活着还有什么意义呀？

他插不上嘴，不知说什么，只能有力无处使地立在床前。

苗苗语言苍白地劝慰着玲玲。也许是因为他在场，她不想透露更多关于玲玲悲伤失望的信息吧。

早晨，他出去为两人买了早点，豆浆和小笼包。两人却没有吃的意思。他只能劝说苗苗，苗苗在他的劝说下，勉强喝了几口豆浆又吃了一个小笼包，便再也吃不下了。抬头冲他说：你该上班了。

他没有动，下楼时他已经想好了，今天无论如何都要陪着苗苗。昨晚发生的事，他想想都后怕，自己哪怕再晚两秒钟，玲玲就会从窗口飞出去了。

他执拗地说：你再去歇会儿，玲玲交给我。此时的玲玲似乎已经睡着了。

她看他一眼道：昨天晚上我还睡了会儿，你回去歇会儿吧，你真想帮我，下午再过来。

他走到客厅，那里有一组三人沙发。他倚在沙发上，他要一步不离地陪在这里。他短暂地在沙发上打了个盹。睁开眼睛时看到苗苗坐在玲玲床前黯然神伤的样子。他走过去，用商量的口吻道：我出去买点菜吧，玲玲不吃不喝可不行。她望着他，没点头也没摇头。

他从超市回来，不仅买了牛奶还有排骨、鸡蛋……他走到厨房，准备做一顿丰富的午餐。他下厨的手艺也是做北漂之后学到的。午餐很快做好了，他把饭菜隆重地摆放在玲玲房间的床头上，示意苗苗把玲玲叫起来吃饭。

苗苗叫了，玲玲一声不吭。

他也帮着劝：你刚做完手术，身体还在恢复，不吃饭怎么行？

玲玲还是不应。

他又说：哪怕就喝几口汤。排骨汤对恢复体力有好处。他说完还把一小碗盛好的排骨汤端了起来。

苗苗伸手去推玲玲的身体，推了两下玲玲仍然没有动静，她惊怔地望他。他放下汤碗，也试着去推玲玲。他惊呼一声：她昏过去了。

又是一辆救护车把玲玲拉到医院，医生诊断结果是，病人悲伤过度，还因几天不吃不喝，病人脱水了。然后就是输液。在医院走廊里，苗苗征求地问他：这事要不要和玲玲家人说？他想了想说：还是说吧，她这个样子，万一真出点事……

苗苗犹豫着拨通了玲玲家里的电话。

很快，玲玲的家人坐飞机来到了北京，又打车来到了医院。玲玲父母赶过来时，已是当天的夜半时分了。

玲玲的床前多了两个亲人，苗苗才嘘口气道：你回去吧，辛苦你了。苗苗望着他的目光是真诚的。

他担心地说：你也要休息好。他看到了她眼里布满的血丝。

她笑一笑，很勉强的样子。她目送他从走廊里走出去。

两天后，他在公司里见到了苗苗，苗苗似乎自己大病了一场。她告诉他，玲玲被父母接回老家养身子去了。他听了，嘘了口气，为玲玲也为苗苗。

八

又是一天晚上，他接到了母亲的电话，电话很简短，告诉他爷爷不在了。他一夜没睡，第二天一早就乘上了回家的列车。

春节见到爷爷时，他就有了预感。心情是沉重的，只是当时有苗苗在，他才没过分表现出自己的难过和悲伤。儿时和爷爷的往事又清晰地浮现在他的眼前，他在上小学时，爷爷刚退休不久，身体还很硬朗，每到周末爷爷就带他去县城郊外一条河里抓鱼。爷爷先把河道堵上，让下游的水流小起来，没多一会儿，下游的鱼便在河床里乱跳起来，抓鱼时就省事多了。还有时他逃学，母亲追着要打他，每每这时，爷爷都会及时出现在他眼前，张开手臂，像老鸡护小鸡似的把他保护在身后，冲母亲哀求着：他还是个孩子。每每这样，母亲都会住手，气咻咻地离去。爷爷在他儿时不仅是他快乐的玩伴，还是他的保护神。上大学时，是他第一次离开家门远行，那会儿的爷爷身体还好，一直把他送到火车站，又送上站台，一直看着他和火车一点点远去。他在车窗里看着爷爷被风吹起的花白头发，心里百感交集。上大学期间，他每次回来，爷爷都要去车站为他送行，离别时总是拉着他的手，看了又看，直到列车员催促发车的信号，爷爷才恋恋不舍地放开他的手，说一句：上车吧，记得给爷爷打电话……爷爷真的老起来，是在他参加工作以后，他每年春节回家时，爷爷更多的是坐在一个角落里打量他。后来奶奶去世了，爷爷的老便更加迅速了……

从昨晚接到母亲的电话，他满脑子里便都是爷爷了。此时，他望着车窗外，想起春节时回家已经是几个月前的事了，那会儿的窗外还是冰天雪地，一片肃杀。然而此时，却是一片葱绿了。他又想起了苗苗，上次回家时，苗苗坐在他的身旁，他们一路的话题，都是他在讲东北的风土人情，以及小时候留下的童年记忆。想起苗苗，他拿起手机给她发了条信息：爷爷不在了，我今天回老家了。发完信息，他看了一眼时间，已经是上午十点十分了。他想，苗苗这时一定在工作了。很快他收到了苗苗的回信：愿爷爷一路走好（流泪表情），祝你平安回来（玫瑰）。

苗苗简单发来的一句话，让他翻来覆去地看了一路。自从玲玲事件之后，两人的关系突然微妙起来，每次见面，苗苗看他的目光和平时有了些许不同，变得柔顺了许多，他担心玲玲的事件会在她心底留下阴影，他和她说：玲玲会好起来的。她笑一笑，目光悠长地望着远方说：玲玲就是太痴情了，也太傻了。她突然想起什么似的说：玲玲让我转告你，她谢谢你。他只能冲她笑了笑，玲玲和他素昧平生，帮助玲玲其实就是在帮苗苗。

处理完爷爷的后事，他便又匆匆乘上了回北京的列车。临走时，母亲一边给他行李箱里装要带的东西，一边问：苗苗还好吧？他“嗯”了一声。他理解母亲的心思，他不想在这个敏感话题上多说什么，母亲叹口气才又说：她是个好姑娘，懂事，有教养。他看了母亲一眼，母亲在忧伤中带着一丝惋惜。

还是父亲把他送到了车站。在检票口的人流里，父亲立住脚，他走过检票口，回望了一眼，仍看到父亲立在原地向他张望。他突然有种时空错觉，父亲就像当年上大学时为他送行的爷爷，他回头时，眼里又蒙上了一层泪。他想起了以前在书上看到的一句话：只有亲人离你而去时，你才真正开始成熟。

他回到北京的那个周末，突然接到了苗苗的信息，她要约他吃饭。他如约来到了苗苗指定的地点，这位置介乎于他和苗苗住处的中间位置。走进餐厅，他一眼看见了苗苗。这是一家东北菜馆，他坐到苗苗对面，苗苗的目光从菜单上抬起来，正经地说：我想吃东北菜了。

他听了，心顿了一下，认真地看了眼苗苗。苗苗躲开他的目光，望着餐桌上某个角落道：家里的事处理好了吧？他又“嗯”了一声，爷爷的后事有父亲有叔叔，他只是个参与者，好多事情并不用他操心。

两人吃饭时，他小声地说：我妈还向我打听你呢。说完抬起目光观察她的神色。

她夹了口菜道：这道菜还是你妈做的好吃。

他来时，双肩背包里装了几样坚果，这是母亲装到他旅行箱里的。此时，他打开背包拿出来，递给她道：这是我从老家带来的。她没说什么，默默地把坚果收下，放到自己一侧空着的椅子上。她靠在椅子上：你老家现在还有雪吗？他笑一笑道：都六月了，怎么会还有雪？她也笑了，半晌才又道：今年春节是我这辈子见过最多的雪。他突然想起了玲玲，问：玲玲什么时候回来？她情绪一下子低落下去，叹了口气道：她不会回来了，两天前，她让我把她的东西都快递回老家了。他听了一时无话可说，在心里重重地叹了口气。他们这些在北京这座城市里漂着的人，就像一片片树叶，不知被一阵风吹往何处。虽然，他在北京生活十年了，仍没有扎下根的感觉，经常有种无依无靠的感觉。

从那以后，他经常把她约出来坐一坐，两人聊一会儿天，然后乘不同方向的地铁各自回家。在公司某些场合也经常见面，打个招呼，或说上三言两语。

他很满足这样的现状，两人关系不近也不远，友好客气地来往着。有时他在晚上上床后，想起了她，便发个晚安。有时她也回个晚安，有时不回。早晨，他被闹铃声叫起来，第一件事便是给她发一个早晨好的符号。有时她回个早安，有时不回。两人白天再见到时，依旧是老样子，说几句天气，说几句关于公司的话题，然后又各自忙去了。

一转眼又到了秋天，北京大街上的树木开始变黄，一阵秋风之后，叶子就开始飘落了。秋天一到，春节就不远了。他又想起去年春节时立下的誓言：今年春节回去一定带个女朋友回家。可大半年过去了，他仍然一无所获，在这期间，他登记过的征婚网站，给他安排了几次约见的机会，他去过两次，见了两个不同的姑娘，最后都无果而终。为了找女朋友的事，他半夜里经常会醒来，望着漆黑的房间，想：那个她此时在哪个角落呢？每每这时，他都会想起苗苗。

在一个周末，他终于下定决心，给苗苗发了一个约请她去香山看红叶的信息。他这个想法已经酝酿好久了，可一直鼓不起勇气，犹豫来犹豫去的，树上的叶子都快掉光了。信息一发出，她很快响应了。

在深秋的周末，两人爬上了香山，虽然叶子掉得都差不多了，游人还不算少。两人站在山顶，望着山脚下不断爬上来的人流，她突然说：去年看红叶时，是我和玲玲一起。他知道她又在想念自己的好朋友了。

想起玲玲绝望的表情，他也在心里为玲玲叹了口气。

中午两人在香山脚下一家饭店吃的饭。下山后，他们又去了趟植物园，在里面又闲逛了一会儿。傍晚时分，他们才回到城里，在地铁口他们分手了，乘上了开往不同方向的地铁。

两人就这么平平常常地来往着，就像两个好朋友，不深不浅，不疾不徐，互相道着晚安，早晨也互相问候。

又一晃，春节又临近了。

突然在一天下班前，他接到了她的信息，约他下班后见上一面。她主动约他的次数不多，除了爷爷去世那一次之外，好像就没有过了，他不知她又遇到了什么困难。猜来想去的，在下班时，两人在公司门口见面了。他以为她会马上把她的主题告诉他，没料到，她只说了句：跟我走。他只好跟上，坐了几站地铁，她轻车熟路地把他带到那家烤鱼店。这是两人去年春节回来第一次吃饭的地方。两人坐下后，熟练地点菜，还点了啤酒，就像去年一样。做完这一切，她才望着他说：还记得去年，我们在这里。他笑笑道：当然记得。她把身子向后靠了靠，莞尔一笑又道：还记得你说过的话吗？他们之间说过很多话，他不知是什么话，搜索了下记忆，突然想起，去年他们从老家回来，吃完烤鱼之后，他对她说：以后，只要你需要，我随叫随到。他想起来，一定是这句话，便正经起来道：说吧，让我干什么？

她说：去年我陪你回家过年，今年你要陪我，这才公平，是吧？

他没料到，她会提出这样的要求，心又一次加速，很快地说：当然。

她从包里拿出一张纸，递到他面前，是那张协议，去年他给她的协议，她居然一字不差地又打印了出来。

她看着他：有什么问题吗？

他忙摇头。

她说：那就签吧。

他想说：不用了吧。但看到她坚定的眼神，还是走到前台向服务员借了纸笔，恭恭正正地把自己名字签上。一式两份，他们分别把那两张纸装到自己的包里。

又是在二十九那天，两人一同乘上了开往南方的列车。两人并排坐着，各怀心事地向窗外望着，所不同的是，车越开温度越高，后来他们都能看到窗外田地里的葱绿了。

又一个传统佳节，又一个人生故事。

特务037

引　子

公元1949年春，陆城解放前夕。解放军四野的大军兵临城下，城外遍地是红色的旗帜，口号声、歌声一波又一波地传到城内。解放陆城的战斗一触即发。城里的百姓知道要打仗了，连夜扶老携幼，掮了全部家当，仓皇着往城外逃去。驻扎在陆城的国民党守军，在四野的部队还没出现时，就在陆城显眼的位置打出了标语、口号——国军誓与陆城共存亡等。这不过是一句口号罢了，当四野的大军真的出现在陆城郊外时，国军的气势只剩下那些标语在风雨中飘摇了。

城内的百姓一乱，守军也乱了。守军是有命令的，不许城里的百姓外逃，城里没了百姓，守军就是活靶子了，无论如何是守不住陆城的。

刚开始，守军还把想出城的百姓往回赶，后来出城的人多了，赶都赶不及了，许多无心恋战的士兵，把军服脱了，换上百姓的衣服，裹挟在出城的人流里，逃出了城外。那几日，陆城上下鸡犬不宁。

守军司令部也是一片狼藉的景象，文件该烧的烧了，该打包的也打了包，乱哄哄一片。昔日威严的指挥部，此时一副混乱的样子，溃退在所难免了。

司令部特工科中尉参谋于守业，就在这时被人带进了一间神秘的办公室。办化室其实并不神秘，只是司令部的一间普通办公室，而此次谈话的氛围是神秘的，门口有士兵持枪而立。特工科科长于守大亲自将于守业带到神秘的中统局上校面前。

于守大是于守业的哥哥，是中校科科长。在与中统局上校谈话前，于守业很想知道这次谈话的内容。于守大始终一字未提，只是说：一会儿你就知道了。

中统局的人找于守业谈话还是第一次，特工科一直归中统局管辖，搜集情报，也盯梢自己的人，发现情况及时汇报，至于如何处置，由总统的人定。虽然是上下级的关系，但直接打交道的时候并不多，特工科只是中统局的耳目和喉舌。上校的表情很神秘，戴着深色的墨镜和雪白的手套。

于守大带着于守业走进来时，上校只微微点了点头，又扬了扬手。于守大立正后，转身走了出去。

于守业盯着上校。上校从随身的公文包里拿出一张委任状，推到于守业面前。于守业看清楚了，那是一份关于自己的委任状，上面写着委任于守业为陆城地区少将专员，陆城特别行动组组长。

血就是在那一瞬冲上头顶的，于守业感到眼前猩红一片。从中尉到少将，瞬间就完成了，二十七岁的于守业现在是少将专员了。他的脸先是红了，然后又白了，由红转白的过程中，他的头脑也清楚了。他明白，这是中统局的人开给他的一张支票，这张支票眼下是无法兑现的，解放大军攻城在即，少将专员将意味着守军撤走后，他要留下来坚守陆城，然后等待国军有朝一日收复失地。只有陆城收复了，他少将专员的身份才能兑现。眼下，不管他愿意不愿意接受这样的委任，他都得服从，因为他是军人。他是怀着报效国家的心情入伍的。入伍前，他在南京上学，当时的哥哥于守大已经是军人了。南京失守后，哥哥的队伍撤退了，他就提出要跟哥哥一起走。在南京城外数月的抗战中，已经有许多青壮男女入伍从军。那是一场正义的战争，面对着日本侵略者，南京的军民可以说是同仇敌忾，和日本人展开了一场拉锯战。几个月下来，南京沦陷了。也就是这几个月的战斗，唤醒了于守业沉睡在心底的正气，就在国军撤出南京城时，他毅然投笔从戎。

家里只剩下父母了，队伍撤出南京城时，父母和城里的百姓一道，目送着队伍中的兄弟俩渐行渐远。随后，日本鬼子进城了，震惊中外的南京大屠杀开始了。父母就是在那场血腥中死去的。消息传来时，兄弟二人的眼睛都红了，他们不明白，国军的指挥员为何不下令在南京城外和日本人决一死战，哪怕是战斗到最后一兵一卒，他们也心甘情愿。他们不怕死，他们是军人，军人就要保卫国家。国破山河在，报效国家、为国捐躯的豪情就是在那一刻注入了于守业的生命里。

后来，日本人投降了，内战全面爆发。和共产党的部队作战时，于守业无论如何也找不到当年抗日时的豪情和悲壮了，军人的职责告诉他，只能是各为其主了。不曾料到的是，国军在内战的战场上节节败退，先是丢了东北，接着又失了华北，眼下华中也岌岌可危，国军大势已去。这仗不知道是怎么打的，稀里糊涂地就败了，于守业感到压抑和窝囊，但仗还是要打下去。此时，中统局对他的这份委任容不得他多想，他也没有时间去多想，只能接受。在黄埔军校时，他举起右手，曾面对着青天白日里的军旗发过誓：我愿为党国捐躯。

上校表情阴冷地看着他道：你的代号是037。国军撤走是暂时的，不久还会回来的，到时候你老弟就是劳苦功高的功臣，国军会为你重重地记上一笔的。

说到这儿，这次神秘的使命，就算委任完了。于守业嘘了口气，双腿并拢，认真地向上校敬了个礼。上校笔挺地立起，回了个礼说：037，你现在是少将专员，应该是我给你敬礼。

上校虽然这么说，但他一点也没有找到少校专员的感觉。他像刚进来时一样，规规矩矩地退了出去。

他还没看到少将军衔是什么样的，便脱下了中尉的军服。一切都准备好了，他换上了一件长衫，由兵转民的仪式眨眼间就完成了。此刻，他的面目更像是一个知识分子，地道的教书先生。

离开司令部之前，哥哥于守大把他邀到了家里。于守大的家安顿在司令部后街的一个巷子里，嫂子是南京城里逃出来的学生，后来嫁给了哥哥。他们的孩子已经一岁多了，名叫陆生。哥哥的家此时也是一副逃亡的样子，该收该扔的，早已收拾妥帖，随时准备出逃。嫂子紧紧地抱着陆生，似乎不留神，孩子就会丢了似的。

哥哥和他喝了一杯酒。此时的哥哥不仅是他的哥哥，还是他的上级。哥哥从始至终没有说一句话，只是闷头喝酒。后来，哥哥抬起头来说：你好自为之吧。

他抬眼望着哥哥，想说点什么，又没想好的样子，索性就闭上了嘴巴。后来，他也说了句：哥、嫂子，你们也多保重。

国军撤退之际，一切都是生离死别的样子。

离开司令部后，他在一户人家的门前停了下来。一个四十多岁的汉子打开门，看了看他，只说了句：跟我走吧。

他就随在汉子身后，转过几条街。街上冷冷清清的，只有国军的队伍一列列地跑过。

汉子带他来到了一所学校。学校显然已经停课了，不见一个学生。校长和一个看门的老头儿等在那里。校长五十多岁的样子，落寞得很，不冷不热地冲着他道：学生都逃到城外去了。

于守业看着眼前空落落的学校，他明白，自己以后的身份就是这个学校的教书先生了。少将专员和037这个代号，他会深深地埋藏起来，连同他的过去。

校长又说：老师也逃了，等不打仗了，老师和学生还会回来的。

于守业点点头，冲校长笑了笑。

校长深一脚、浅一脚地带他在学校里转转，最后在一间宿舍前站住了：兵荒马乱的，你就先将就着住吧。

他深吸了一口气，望着未来的“家”，心里乱七八糟的。最后他点了点头，又冲校长笑了笑。

在陆城解放前夕，他以一名流浪的教书先生的身份到了陆城这所学校。在以后的岁月里，这所学校将伴随他一生，这在当时，是他做梦也不会想到的。

小　莲

十几天后，四野的大军开始攻城了。守城的国军在城外和四野的部队稍有接触，便一溃千里。四野围城之时，守军便做好了撤退的准备。内无战将，外无援兵，国军只能溃退了。当守军潮水般地从陆城撤走时，于守业站在学校门口，心里一下子就空了。这是他曾经效力、追随的国军，眼前却是溃不成军，作鸟兽散。他的心脏“怦怦”地跳着，不知是为了自己，还是为了这支部队。

后来，他看到了哥哥和嫂子，他们坐在一辆吉普车里，裹挟在溃退的大军中，车鸣着喇叭，缓慢地在队伍中穿行。可能是哥哥于守大特意安排了这次诀别。哥哥面色苍白，朝他这边望过来，还不易觉察地举起了手，隔着车窗向他摇了摇。车座后排坐着嫂子，嫂子怀里抱着陆生，嫂子毕竟是女人，心软，早就哭得不成样子了。

车渐行渐远。这是他最后一次真切地看到了自己的亲人。他想起了从南京城逃出时的场面，鼻子一酸，扭过脸去，想抹去眼里的泪。回头时，看见了校长。校长袖着手，立在那里，望着远去的队伍，一脸的茫然。他含在眼里的泪，冷不丁就干了。眼睛涩涩的，他打了个冷战，然后哑着嗓子说：这风真大啊！

校长没有看他，目光越过他的头顶，望着很远的地方说：都过去了。

真的都过去了，随后解放军的队伍骑着高头大马进城了。一切都不一样了，陆城解放了，这是1949年春天的某一天。

几天之后，沉寂了多时的学校热闹了起来。一群红红绿绿的女人被送到了学校里，稍有些常识的人，一眼便可以看出这是一群什么样的女人。这是一群从怡湘阁、小红楼里解放出来的女人，人都很年轻，也算得上漂亮，穿金戴银的，脂粉的香气弥漫了整个学校。

他轻而易举地就看到了女人堆里的小莲。小莲不论站在哪里，都显得卓尔不群，头发烫过了，柔软地翻翘着，面色有些苍白，一副病西施的模样。神色忧郁，却透着一种不屑，是那种见多识广的高傲。小莲也看到了他，穿长衫，一副教书先生的打扮。她的眼神略略有些惊诧，但很快又回到了先前的冷漠表情。

当初，他认识小莲就是被她身上的那股劲儿吸引了。小莲是怡湘阁的姑娘，他第一次见到小莲是一年前的事。陆城的商界他有一个朋友，姓李，人称李老板，做些和军火有关的生意，像“红药”“烟土”和弹药什么的，做生意嘛，什么挣钱做什么。李老板带他来过一次怡湘阁。在这之前，他知道陆城有大、小“红楼”和怡湘阁，可从来没去过。

就是那一次，他认识了这位小莲姑娘。也可能是小莲的忧郁让他很好奇，走近小莲后，他才发现小莲是个有品位的姑娘，吹拉弹唱、琴棋书画样样都能拿得起来。怡湘阁的姑娘分两种，一种是卖笑，也卖身；

另一种是只卖笑，不卖身。小莲属于后者。她每次接待客人，都是将客人引进一室，室内有书有画，隐隐地飘散着丝丝缕缕的墨香。沏好的新茶，被客人有滋有味地啜着，客人若没有别的要求，小莲就会操琴弄弦，不疾不徐地为客人吟上一曲。若客人想说话了，小莲便取来棋子，一边与客人下棋，一边聊天。声音温软，绵若游丝，加上她天然的忧郁气质，更是别有韵味。只那一次，于守业就被小莲深深地吸引了。以后，不用朋友相陪，他自己到了怡湘阁，点名就要小莲。逢小莲有客，他就等在一边；等不及时，下次再来。

时间长了，他对小莲就有了了解。小莲是江南水乡人，父亲做过官，后来经商，日本人来后，兵荒马乱中，一批货被日本人截了。从此，家道中落，一股心火顶上了，人就死在了异乡。母亲去寻父亲，再也没了音信。无依无靠的小莲，来到陆城投亲，亲戚没找到，却流落到怡湘阁挂牌接客。

于守业每次来，都换了便装。国军也是有纪律的，不准随便出入风月场所，他又是特工科的人，平时上司对这些参谋要求也很严。纪律归纪律，却挡不住小莲的诱惑。他一次次地来，偷偷地和小莲会上一面，哪怕只喝杯茶，看上小莲几眼，再匆匆地离去，他也心满意足。

小莲是个体贴客人的姑娘，每次来只称他“于老板”，他不详说，她也不多问，但俩人相似的口音，还是隔不断他们之间丝丝缕缕的乡情。时间久了，两个人就有了一种心照不宣的感觉，一壶茶、一支曲后，他们就用家乡话闲聊起来，说的都是些童年往事，说得多了，才发现彼此的童年竟有许多相似的地方。一方水土养一方人，就连儿时的游戏也是大同小异，一对快乐的男女，仿佛回到了无邪的孩提时代。看着面前桃花般吟笑的小莲，一股火苗“腾”地便燃着了。一年前，哥嫂就在为他张罗婚事了，二十六岁的他正是血气方刚，一心只想着军人的出生入死，而部队不停地调防，也让他少了谈婚论嫁的心思。而眼前的小莲，如一粒炭火，点燃了他内心的干柴。

那些日子，他一有空就来找小莲，不论白天晚上。小莲见了他，总是会心地一笑。然后，起身泡茶，弹琴，他心里所有的阴晴雨雪，便什么都没有了，干干净净、清清爽爽。他静静地望着她，偶尔，两个人的目光会碰在一起，她便红了脸，忙低下头说：于老板，您喝茶。

有一次，他忍不住，捉了她的手。她先是忸怩着想抽回，却被他用力握住，就不再挣扎了，任由他握着。半晌，又是半晌，他们开始说话了，两只手却仍是那么握着。那次，她送他出门时，她突然在他身后说：于先生，这些客人中，你最好。

他回了一次头，看见她眼里有种晶亮的东西，一闪就不见了。这句话，让他在心里回味了许久。又一次见面时，他笑着问她：我哪里好了？她红着脸，却不回答他的话。

那会儿，他就动了娶小莲的念头。有一次，他跟哥嫂说了，当哥嫂知道小莲是怡湘阁的姑娘时，嫂子没说话，哥哥冷着脸，拖长声说了句：这样个姑娘啊——

哥哥的后半句话没有说，但他明白哥哥后半句话的意思，心就凉了一半。这个世界上，父母不在了，只剩下哥嫂是他的亲人了，他不想让他们失望。

后来，他还是去找小莲，却没勇气和她谈婚论嫁。

再后来，解放军兵临城下，靠着守军是挡不住的，何况守军也没有阻挡的打算。解放军一到，他们就做好了逃的准备。那会儿，他还没有接受这项特殊任命，想到自己要走时，也就想到了小莲，心里一时空荡荡的。那几日，他像只没头苍蝇似的绕着怡湘阁转来转去，他割舍不下他的暗恋。

中统局的上校授命他重任时，他一下子就想到了小莲，甚至再没往后去想下面的事。应该说，他庆幸自己领受了这一使命，这样就可以名正言顺地留在陆城，可以见到小莲了。他是怀着幸福的心情接受了这份任务，那时他还没有意识到，未来的命运意味着什么，037 这个代号对他来说又意味着什么。

现　在

小莲这些姑娘们由进城的解放军统一管理，男军人或者是女军人们，给她们开会，宣传政策，讲新政权的伟大。

于守业可以说是这一事件的亲历者。陆城刚刚解放，学生们还没有复课，解放大军进城了，到处都是喜气洋洋，红旗和标语布满了整个城市的大街小巷。为了逃避战争的百姓又一窝蜂似的回来了，进城的解放军有许多事情需要忙，建立新政府，恢复工矿企业的生产，天是晴朗的，这些穿军装的解放军忙碌地穿梭着。看热闹的百姓，袖着手，看到一天天变化中的新陆城，满脸的喜气和期待。

陆城欢腾的景象，在当时只是解放初期全国的一个小小的缩影。当解放军带着那些姑娘们走进学校时，于守业心里一凛，下意识地往腰间摸去，那是他平时挂枪的地方，摸到了，却空空荡荡的。回过神来时，他看见了自己穿着的长衫，意识到自己已经不是国军的中尉了，现在的身份是这所学校的一名老师。

于守业扶了扶戴在眼睛上的眼镜，在一扇玻璃窗面前看到了自己的样子，头发有些乱，眼圈有些发暗，半新不旧的长衫，让他很难找到昔日中尉的身影。尽管这样，他看见眼前的解放军，心里仍然一紧一缩的，这就是昔日战场上的敌人啊！虽然，他还没有在阵地上和解放军交过手，但解放军毕竟是和国军对立的，国共第二次合作时，眼前的解放军叫八路军，虽说是国共合作，共同抗日，但也是井水不犯河水。即便入伍后，他也没有真正打过仗，先是在师部当了一段时间的文书，后来就去了军校学习，毕业后分到特工科时，日本人已经投降了，昔日的八路军，变成了眼前的解放军。内战爆发后，国共两党终于彻底决裂，战场上就是你死我活的敌对方了。

这次，他还是第一次近距离地观察解放军的队伍。这的确是一支纪律严明的军队，脸上的笑容是可亲的，讲起话来一套一套的，很动听，也很耐听。一个妇女干部在给那些姑娘们上课时，许多的姑娘听了，都哭了。

这些姑娘大都是一些苦出身，阴差阳错地从事了这样的生计，笑在脸上，苦在心里。说到苦难、心酸处，姑娘们很容易动容。有人上台讲起了自己的经历，一下子就勾起了众人的回忆。往事不堪回首，姑娘们的经历大同小异，别人讲的苦难，就是自己的不幸遭际，说者、听者一时间有了共鸣，纷纷抱了头，痛哭失声。这一哭，原本裹在她们身上的那层抵触情绪顿时烟消云散，她们终于反省了，自己仍是个人，该有着女人应有的尊严，然而苟且的营生，让她们忘记了自己做人的尊严。以前的日子哪里谈得上尊严呢？幸与不幸、痛与不痛，都要将笑挂在脸上，不仅卖笑，还要出卖身体，取悦着男人。那是她们的营生，也是奋斗的目标，平日里穿金戴银地粉饰自己，就为讨得男人的一笑。

此时，她们在解放军和新政府工作人员的帮助、教育下，重新找到了作为一个正常女人的自信。她们鼻涕一把、眼泪一把地把自己的辛酸一股脑地倒出来，接着，又把身上的首饰摘下来，换上了普通妇女的衣服，她们的样子就又是良家妇女的形象了。

于守业看见小莲捧着换掉的大红旗袍时，眼角滚下两滴清泪。这段时间，于守业一直把注意力放在了小莲的身上，别人上台发言控诉，小莲始终静静地听着，却不曾上台。别人抱头痛哭时，她仍一副淡定的样子。只在换下旗袍时，她落泪了。他还看见，小莲很仔细地把那些首饰取下来，包在手绢里。然后，她抬起头，望着很远的地方，眼神是空空荡荡的。

在这之前，于守业和小莲曾有机会单独接触过。这些姑娘们来到学校后，就吃住在学校里。一些无事可做的老师，就被政府工作人员动员着做些后勤工作，给姑娘们上几堂文化课，或者买菜，给后厨打打杂。

一次打饭的时候，小莲抬起了眼睛，在这之前，小莲一直低垂着头，不看别人，只看自己的脚尖。大多数的姑娘都是这个样子，她们听别人说话，却不看别人的脸，目光只停留在对方腰以下的部位。那是她们自卑的心理造成的。

确切地说，她的目光是顺着他举着菜勺的那只手，爬到了他的脸上。她怔了一下，一副吃惊的样子，嘴唇动了动，却没有发出任何声音。然后又低着头，匆匆地在他面前走过去了。自从发现他之后，他发现小莲的头会经常地抬起来，匆匆地在寻找着什么，看到了他，目光又匆匆地溜掉了。许久也不看见她再抬起头来。

他却一直在留意她，观察她。在他和小莲交往的日子里，刚开始他有逢场作戏的成分，但也是因为喜欢她，被她的特别气质吸引。渐渐地，他发现自己离不开小莲了，一有机会就往怡湘阁跑，只有看到她，他的一颗心才踏实下来。他搂过她，甚至也亲过她。他发现每次这样的时候，她也是动情的，双眸含露。就在他被她蛊惑得不能自持时，想再进一步时，她却推开了他，异常清醒地说：你要娶我，我就应了你。他听了小莲的话，就怔在那儿，不知是进还是退。

从内心讲，他真有娶了她的打算。后来，他又跟哥哥提了几次小莲的事，哥哥不仅是他的领导，还是他在这个世界上唯一的亲人。哥哥背着手看了他许久，然后长嘘一口气道：别再提这件事了，怡湘阁的姑娘配不上你。

他涨红着脸解释说：小莲是干净的，她卖艺不卖身，真的。

哥哥听了这话，立马虎起了脸，咆哮道：你是国军的中尉，前途无量。你要娶这个姑娘进门，哥的脸往哪儿搁，你的脸又往哪搁！

从那以后，他再也没敢在哥嫂面前提过小莲。也就是从那时起，哥嫂更是马不停蹄地为他张罗婚事，有医院的护士，也有读书的学生，还有师长的千金——他被哥哥逼着见了，却一个也没有看上。他不停地见这些姑娘时，眼前总是晃动着小莲的样子。他的婚事还没有下文，解放陆城的大军就兵临城下了。

那些日子里，为了小莲，他是在痛苦中煎熬过来的，想着小莲为别的男人弹唱、吟诗，甚或被人强行拥抱，他的心里就火烧火燎的。他对小莲是又爱又气，个中滋味无以言表。

一次，在学校里，他与小莲正好走了个迎面。小莲低着头走路，见到她，他停下了，小声地叫了声：小莲。

她抬起头，脚步停了两秒，目光和她的目光交流了一瞬。小莲走过去时，丢下一句：你怎么会在这儿？

他的心又忽悠一下，看来小莲并不相信他此时的身份。以前，他出现在怡湘阁时，姑娘们都唤他“于老板”，小莲也是这样喊的，后来俩人熟了，她就称他“先生”了。记得有一次，他抱着她时，她曾问过他：你到底是做什么的呀？他没有正面回答，只是笑笑道：到时候你就知道了。小莲叹口气，他当时还没做着娶小莲的梦，虽然梦已有些朦胧。

此时的小莲又一次旧话重提，看来她并不相信他是这所学校的老师。他的心在那一刻“咚咚”地狂跳着，小莲都不相信他，又怎保解放军、新成立的政府不识破他的身份呢？那些日子里，他如坐针毡。他试着走出学校，在大街上转了转，发现并没有人注意到他，新成立的政府有千头万绪的事情要忙，街上的行人也都是脚步匆匆，一派百废待兴的样子。

不久，大部队又开拔离开了陆城，继续南下，只留下一小部分部队维持刚刚建立的新政权。他走在大街上，总爱低着头，他怕人认出他来。虽然，他以前只和军营打交道，但在军营里进进出出的，保不准会有老百姓对他有印象。过了一段时间，见并没有人认出他来，他的心总算安稳了一些。

上校交给他的委任状，就在他的床下放着，每天睡觉时，他的手都会伸到床下摸一摸那张委任状，硬硬的，有些扎手。于是，他就做噩梦，梦见解放军发现了委任状，一声大喝：他是国民党特务，把他抓起来。他一惊，就醒了。在黑暗中，他张大嘴巴，惴惴地喘息着。他在夜深人静时就想，委任状无论如何不能放在自己身边了，于是他爬起来，推开门，看到有哨兵在学校的院子里走动，就又关上了门。他背靠着门喘息一会儿，越来越觉得自己危险，在小莲的眼神里看到了对他的质询，这里虽然只有小莲认识他，但他一次次地往怡湘阁跑，肯定会露出点儿蛛丝马迹的。看来只能在自己住的房子里想办法了，他一遍遍地打量着房子的角角落落，终于发现了脚下铺着的砖头。那张委任状，终于被他封好，藏在了砖下。再躺到床上时，人却睡不着了。这时他想到了小莲，又从小莲想到了自己。此时的自己，是担负着特殊任务的国军中尉，眼下是中尉，但如果有一天国军再次杀回来，他就是陆城的少将专员，从中尉到少将，一个天上，一个地下。想到这儿，他就了无睡意，浑身上下竟冒出一层冷汗。解放后的陆城，到处都是喜气洋洋的，陆城的报纸上也都是解放军作战的消息。说到解放军，就不能不提到国军，报纸上说，国军全面溃退，已全部过江了。江南的南京就是国民党的总统府。报纸上还说，国民党想凭借长江天堑和我军决一死战。报纸上又说了，蒋介石提出和谈，想以长江为界和共产党分而治之。往后的报纸还陆续报道了解放军要打过长江去，解放全中国——

报纸上的消息，让于守业的心里乱七八糟的。他希望国民党有朝一日打回来，那时他就是少将专员了。如果国民党一败涂地，他所做出的牺牲和努力，将一文不值。他在心里期盼着奇迹的发生。报纸上关于国共两党的消息，他想看到，又怕看到，毕竟报上关于国军的好消息几乎没有。

他也曾亲眼看见，新政府召开的镇压大会，那些罪大恶极的资本家或者是汉奸走狗，脖子上挂着牌子，游完街就被正法了。他悬着的心一次次地又被提了起来。那几日，他经常做噩梦，梦见他被五花大绑地押着游街，最后在一棵树下被正法。人一惊，就醒过来了，发现是梦，心“突突”地跳着，又是一身冷汗。他望着暗夜，后悔接受中统局派给他的这项任务，但在当时的情形下，他不接受能行吗？他是军人，服从命令是军人的天职。

姑娘们从学校里走了，有的被送回了老家，有的嫁了当地人，总之，她们又重新回到了社会，不过这对她们将是一个崭新的社会。她们要学会重新做人，安分守己地做贤妻良母，至于过去的经历会给她们日后的生活带来怎样的变故，只有她们自己知道了。

小莲自然也离开了学校。她离开学校的那一天，早已是一副普通妇女的模样了，身上背了一个包袱，手里还提着一个。她站在学校门口，神色有些茫然，举止也有些踟蹰，但这样的时间很短。她回头望了一眼，这一眼，让于守业实实在在地看见了。他一直在关注着小莲的一举一动。他是隔着宿舍的窗子望着这一切的，自从他从小莲的眼神中看到了那一丝怀疑，他就害怕见到小莲。小莲是他美好的记忆，同时也是埋在他心底里的一颗定时炸弹。他不知道小莲对他的过去了解多少，他想她，却又怕她。

小莲最后的回望，似乎想看到他的身影，却不知他正躲在窗后望着她。

小莲走了，他的心就空了，虚一会儿，又实一会儿的，他不知道小莲去了哪里，也许小莲带走了他过去的一切。

姑娘们走了，学校又恢复了往日的宁静。新政府号召学校复课，教育是社会的根本，不论什么党派执政，都不会忽视教育。老师回来了一些，还有逃出城外的老师没有回来，老师不够，就新招了一批。一切准备就绪，学生们又回到了教室。在晴朗的天空下，校园里又传来了朗朗的读书声。

于守业被校长安排教小学一年级的语文和数学。对于教学，于守业很陌生，但对初级的语文和数学，他还是能胜任的，何况不管他愿意与否，他也只能这么做，毕竟他眼下的身份就是个老师。

陆城经历了刚刚解放时的喧闹和纷乱，现在一切都走上了正轨，稳定的陆城百废待兴，人们忙着属于自己的那份工作，所有的一切都显得有条不紊。

于守业的老师职业是稳定的，但心却从没有踏实过。他一直关注着国共两党的消息。终于有一天，他在报纸上看到了一条特大新闻——百万大军冲破长江天堑，把革命的红旗胜利地插在了总统府的城门上。他看到报上的标题时，几乎不敢相信眼前的一切是真的，但看到那张新闻照片，他相信了，心就凉了一大截。国民党把南京大本营都丢掉了，真的是一溃千里。他原本指望国军能调整兵力，养精蓄锐，有朝一日杀回来。可眼前的一切，国军离他越来越远了，有种被人遗弃的感觉。他想哭。

那阵子，校长经常会找他。校长四十多岁，戴眼镜，穿中式服装，让人一看就知道是个知识分子。校长姓刘，叫刘习文。刘习文校长每次找到他，都是一副喜笑颜开的样子，然后和他交流报纸上的新闻。刘校长总是把解放军称作“我军”。刘校长笑着说：我军冲过了长江天堑，解放了南京，老蒋这回连个窝都没有了。

于守业忙应着说：那是，那是，看来国军真的不行了，一打即溃。

刘校长就哈哈一笑，重重地拍一拍他的肩膀，丢下一句：安心当你的老师，混口饭吃吧！

他是在陆城解放前夕，被人介绍给刘校长的。刘校长当时二话没说，就收留了他。来到学校后，他才听说，刘校长来到这个学校也没多长时间。原来的校长，在解放军兵临城下的时候，带着家眷出城了。前校长据说是个商人，后来投资办起了这所学校，他是怕共产党打土豪，才溜走了。于是，刘校长就来了。听了解刘校长底细的人说，刘习文校长以前在陆城的政府里当差。

刘校长这么说，仿佛看出他并不想安心工作似的，他这么一想，心里又是一紧。他来学校时，带他来的人介绍他是个学生，兵荒马乱的，想找个混饭吃的地方。介绍人他也不认识，听说和刘校长是熟人，把他领来后，就借着夜色走了。那会儿，他只知道，这一切都是中统局的人安排的。

后来，他发现刘习文校长总是有意无意地观察他，有许多次，他的目光和刘校长的目光碰到一起，刘校长就像什么也没有发生似的，慌乱地躲开了。从那以后，不论他在干什么，总觉得有一双眼睛在看着他。这一发现，让他一惊，有时会惊出一身冷汗。刘校长到底是什么人？他这么自问时，当然也没有答案。但一想起刘校长，心里就不踏实。平时刘校长和他的交往与别人并没有两样，背着手走过来，笑眯眯地问他工作和生活上的事。有一次，刘校长还拍着他的肩说：小于呀，你也老大不小了，在陆城该有个家了。

一说到家，他就又想到了小莲。小莲还好吗？她去了哪里？想到小莲，他的心一紧一抽的，往昔的情景又一幕幕地浮现在他的眼前。

037 的 10 月 1 日

现实中他叫于守业，是陆城一所学校的老师，然而他还有着另外一种身份——代号037，那是中统局赐予他的代号。在陆城刚解放那阵，兵荒马乱的，他并没有接收到有关特殊任务的指示，仿佛被中统局给遗忘了，除了那份白纸黑字、大红印章的委任状外，没有任何与中统局有关系的证据。恍惚间，他觉得所有发生的一切都是一场梦，那么不真实，还有一种荒诞的味道。他为了让自己走出这样的梦境，在夜深人静时撬开地上的砖，拿出委任状，借着手电筒的光亮，一遍遍地看着，甚至还用手狠狠地去掐自己的大腿，才发现这一切都是真的。于是，他又口干心跳地把委任状深藏在地砖下，然后只剩下惴惴不安的期待了。

他第一次接到任务，是在一个夜里。

那天的夜晚和所有经历过的夜晚没有什么不同，外面有风，吹得树木沙沙作响。后来，他听到有脚步声停在门前，接着“叭”的一声轻响，有什么东西从门缝里塞进来，落到地上。

他蹑手蹑脚地下地，轻轻推开门，借着月光探出头来，结果什么也没有发现，门外只有风响和满地的银辉。他怀疑刚才听到的，以为是错觉，当他关上门，就发现了地上的信封。他拾起信封，心“怦怦”地跳成一团。手电筒下，他看清了信上的内容，信是用小楷写的，内容如下：

037，勿必于10月1日前，赶到北京前门大栅栏旅店。具体任务到京后，有人安排。

信中没有落款，没有时间，尚存着一股墨香。他的手在抖，心在跳。作为代号037的特务，他还是第一次领受这样的特殊任务。孤独的他，此刻初次感受到自己并不孤单，原来还有和他同样肩负着特殊任务的人，在与他并肩战斗。此时，他有了种神圣和使命感。

他关掉手电筒，把那张散着墨香的信，揉成一团，塞到嘴里，用力地嚼着，最后狠狠地咽了下去。这时，他的脸上有了一层泪光。

当前的时间为1949年9月中旬，他就要去北京执行特殊任务了。那一阵子，人们都在议论着新中国的开国大典，庄严的1949年的10月1日已经不再是秘密了。共产党知道，国民党也知道，老百姓们也都清楚。

他要去北京，首先就要到刘校长那里去请假。当然，他决不能说是去北京，那样敏感的日子，他去那里做什么？他找到刘校长时，刘习文正在看报，是那篇著名的文章——《将革命进行到底》。标题是大红的，刘校长见他进来，放下报纸，冲他笑了笑，然后关心地问：小于老师，有事吗？

他说：我要去看一个朋友，想请几天假。

刘习文校长很为难的样子，扶了扶眼镜，又挠了一下头说：于老师，你不会不回来吧？

刘校长似乎无意的一句话，让他的心又"怦怦"地跳了起来，他此时的身份是老师，干吗不回来呢？这段时间，学校很不稳定，老师有的去投亲靠友，有的另谋职业，刚解放的陆城，有着许多的机会。来的来，走的走，学校很不稳定的样子。

刘习文校长见他很窘迫的样子，就笑了，他呷了一口茶道：看朋友很重要，我还是希望你早点回到学校，我和学生们等着你。

校长说完，意味深长地看了他一眼。他的心平静了下来，冲宽厚的刘习文校长道：那是自然，陆城是我的家。

他又想到了那份委任状，委任状上明白地写着他是陆城的少将专员。为此，他必须在这里坚守，并战斗下去。

那天，校长还主动给他开了一张介绍信，介绍信相当于一张路条，上面盖着学校的印章。有了介绍信，他就是一个可以信赖的人了。他把介绍信揣好，对校长说：谢谢校长。

校长在他身后又说：于老师，早点回来啊。

校长的声音和样子，仿佛是位家长，他就像是一个孩子。他的心里有了一份感动。

于守业出发了。这是他作为037第一次执行特殊任务，忐忑焦虑自然是少不了的。他先坐汽车，又乘火车，终于赶在10月1号之前到了北京。他站在北京的街道上，看着陌生的城市和陌生的人，一时不知自己要去哪儿。那封神秘的信上并没有交代他具体的任务，只让他赶到北京。他现在人已经在北京了，按照信上的要求，他应该去大栅栏旅店。

一辆三轮车停在他的面前，拉车的汉子热情地招呼道：先生，您是住店还是探亲啊？

不熟悉地形的于守业，只能上了三轮车，冲拉车的汉子说：那就住店吧。

他说出了旅店的名字，拉车的汉子喊了声：走了您哪——

他就被拉到前门那家小旅店里，住下了。他在等待任务。

那张纸条是在夜半时分被塞进门缝的。

他是在第二天早晨发现的纸条，纸条上的字迹和在学校看到的相同，也是小楷写的。纸条上说，让他10月1号在天安门广场东南角，见机行事。

什么叫见机行事？他不知道10月1号会发生什么？他的任务又是什么？他搞不清如何见机行事。但既然有人这么命令，他就只能见机行事了。

这一次，他没有焦灼和忐忑，也许是环境变了。他从容不迫地把纸条撕得粉碎后，一扬手，扔到了窗外。

他盼望着10月1号那一天，奇迹的发生。

10月1日，正是后来被人大书特书的这一天，于守业和北京的市民一样，一大早就来到了天安门广场的东南角。那里聚着数不清的陌生人，人们的脸上是欢欣鼓舞的表情，有的是为了看新鲜，袖着手，向前张望着。

前方就是著名的天安门城楼，城楼上插满了红旗。他试图在人群中发现熟悉的身影，就一个又一个地看过去，结果让他大失所望。周围的人大都是操着北京话的普通市民。他们凑在一起议论着，期盼着那个历史时刻的出现。

当伟人毛泽东操着湖南普通话向世界喊出：中华人民共和国成立了——声音通过扩音器传向广场四面八方时，整个广场达到了高潮，人们喊着、跳着，有人还激动地流下了泪水，一遍遍地喊着：新中国万岁——

037在等待着，他的任务是见机行事。在这一历史时刻，他仍没有忘记自己的任务，可从始至终，也没有发现机会；没有机会，就不会有行动。

当中共领导集体出现在天安门城楼上时，广场上响起风一般的掌声，那会儿，他以为机会来了。他想象，这时的天安门城楼会发生惊天动地的爆炸声，或者不知从什么方向，飞来几发准确的炮弹，落在人群里。这时，他就会跳出去，说不定自己的人就埋伏在人流中，一阵枪响，新中国就夭折在生命的摇篮里。可这一切都没有发生，他看到的是欢乐的海洋和人群中灿烂的笑脸。

不知过了多久，人群散去了。华灯初上，他孤单地站在天安门广场上，一遍遍地问自己：机会呢？没有机会，就不能行事。

他一直等到很晚，才怏怏地回到大栅栏旅店。后来，他三天都没有离开旅店，也再没有人给他传达新的任务。下一步，他不知何去何从？

三天后，无路可走的037，又回到了陆城。回到学校，他又是于守业了。

他回到学校便得到了一个惊人的消息，校长刘习文在北京被捕了，刘习文是国民党特务，要在新中国的庆祝大会上制造事端，被公安人员当场拿下。

于守业是在回到学校后的第二天得到这个消息的。一时间，他有些发蒙，难道自己收到的两张纸条，都是刘校长送来的？那刘校长会不会供出自己？一连串的问题一起闯进他的大脑，他一时呆怔在那里。

一个同事问道：于老师，你怎么了？

一连问了三遍，他才醒悟过来，苍白着脸说：我没事，就是有点累了。

接着他就坐在自己的办公桌前，心里一遍遍地在想：我完了，我暴露了。

一遍又一遍地想了，他就又想：谁来救救我？我是037，谁来救我啊？

那些日子里，他像梦游一样，身在学校，灵魂却不知飘向了何方。

他开始做噩梦，梦见自己被穿制服的人抓走了，一次次醒来，结果都是梦境。他躺在床上，如同一条即将干死的鱼。

于守业和小莲

过了一阵，又过了一阵，却并没有人来找于守业。他还是学校的老师，提心吊胆的日子让他日夜不得安宁。关于刘习文校长的消息众说纷纭，有人说刘习文在北京被共产党正法了，也有人说是被关进了监狱。不论哪种说法，都让于守业心惊胆战。刘习文是国民党的特务这一点是无疑的，他被捕时身上还带着炸药呢，他想破坏新中国的成立，就凭这一点，他就是人民的敌人。

关于刘习文的种种传闻，并没有让于守业安定下来，他的突出表现就是不停地翻找出深埋地下的委任状，这里藏几天，那里埋一阵，不管放到哪里，都觉得不安全。他的身边如同埋了一枚定时炸弹，不知何时就会突然爆响。那些日子里，于守业的生活可想而知。

报纸上说，国民党要员从陪都重庆逃到了台湾，接下来海南岛也解放了，只剩下了孤岛台湾。解放大军化整为零，在各地开展了一场声势浩大的剿匪战斗。这里的剿匪，有民间的土匪，更多的是国民党的残渣余孽。于守业知道，用不了多久，国民党这些残余武装，就会土崩瓦解。号称几百万的国民党正规军都阻挡不了解放大军的攻势，何况这些残兵败将了。

国军真的大势已去了，人民这么认为，于守业也这么认为。他想到了哥嫂，身为中校科科长的哥哥此时是去了台湾，还是被解放大军歼灭了，他不得而知。陆城一别，便是天各一方。想到亲人，就想到了自己，此时的他仿佛是被人弃到了一座孤岛上，以后的日子注定要单飞了。那份深藏起来的委任状在他的心里贬值了，陆城的少将专员，看来只能是梦想罢了。如果国军现在仍与共军战斗，至少胜负难料的局势会让他燃起许多希望。可现在这种态势一去不复返了，他只剩下空空的失落和无奈。他还不到三十岁，未来的生命还很长，此时的于守业想到了自己的未来和以后的生活。

他和小莲的邂逅完全是种偶然。

那天，他去理发店的路上，迎面就看到了款款走来的小莲。小莲似乎刚买完菜回来，两个人在一条胡同里，不期而遇。

他吃惊地瞪大眼睛。他做梦也没想到，会在这里碰上小莲。小莲从学校里走出去，他以为那就是诀别。以前的那些姑娘们，经过教育后洗心革面，有的嫁人，有的回了老家，还有一些自食其力，真正地回归了社会。小莲的去向，对他来说一直是个谜。刚开始，他还不停地想起小莲，最后刘习文事件搅扰得他自身难保，对小莲的念头也只有偶尔才会想起。和小莲曾经有过的一切，仿佛是一场梦，醒了，就空了。

小莲的样子比他镇静得多，没有吃惊，也没有慌乱，倒是她先开口说了句：是你呀，最近好吗？

他一迭声地说：好好，还好，你呢？

她冲他莞尔一笑。他在她的这一笑中，又看到了他曾经熟悉的小莲，以前在怡湘阁见到她时，她也总是冲他这么笑。那一笑里包含了很多，是问候，也有期许，一切都在这一笑中了。

久违的微笑再一次在他的生活中绽放，他似过了电般地被击中了。终于，他抖抖颤颤地叫了一声：小莲。声音里明显带有了哭腔。

小莲仍然冷静地面对着他，唇红齿白地说：前面就是我家，有空来坐坐吧。

说完，不等他有所反应，一闪身，走进了一间院子。门“吱呀”一声，关上了，又传来清脆的落锁声。

那天，于守业站在胡同里，呆呆地想了许久。

从那以后，小莲就占据了他的整个身心。如果说陆城还没有解放，他仍是国军的中尉，小莲仍是怡湘阁的姑娘，他们的游戏还会继续下去。此时，他已经不是国军中尉了，他只是陆城一所普通学校里的一名老师，如果和国军还有些牵连的话，也只有那个037的代号和那张深藏于地下的委任状。所有的一切，让他感到极不真实，犹如水中望月。

闲暇的时候，他脑子里便会顽强地想起小莲，想起小莲的过去和现在，曾经拥有过的一切是那么美好。小莲是他第一个近距离接触的异性，他在情不能自抑时拥抱过她，是小莲“你能娶我吗”的一句话浇灭了他的激情。小莲说话时的表情像极了良家女子，可怡湘阁并不是良家女人待的地方，他为此矛盾、困惑着。

此一时，彼一时，现在的小莲已经是良家女了，身上的旗袍不见了，明晃晃的首饰也褪去了，一身布衣，清清爽爽、一尘不染地又出现了。这次的邂逅，给于守业最强烈的感觉是小莲更可人，也更亲近了。由此，他对小莲的思念变得空前绝后、魂牵梦萦。

在一天的傍晚，他终于出现在小莲门口。在拍门的那一刻，他有些犹豫，毕竟不知道小莲现在的生活状态——她是嫁人了，还是一个人在生活，但思念的欲望还是战胜了他的犹豫，终于举起手，拍响了门。小莲似乎早就等在门边，很快门就开了。她看见了他，冲他笑了一下，仿佛知道他一定会来，而她也早已等在那里。小莲的微笑让他有些不能自持。

他心旌神摇地跟着她走进院子里，才看清有着三间房的小院，有树有花，收拾得干净、清爽。小莲在那天的傍晚，用一壶香茶招待了他，他们坐在一株玉兰树下。正值又一年的春天，白玉兰正开得热烈，阵阵淡香沁人心脾。

于守业在那一刻，仿佛又回到了怡湘阁。小莲温言浅语地告诉他，院子是她买下的，别的姑娘都回了老家，她老家没人了，就打算在陆城待下去，好歹也习惯了这里。说话时，她的目光迎向他，表情却是恬淡的。在他的记忆里，这一年的小莲应该是二十一岁。

他看着小莲，心里的什么地方“轰隆”地响了一声，心就化了。他伸出手，把小莲拥到了怀里。小莲没有推拒，身子却有些僵硬，毕竟离开怡湘阁很久了，对这一切有些不适应。但她的内心里，却是期待已久了。

于守业吻小莲的时候显得有些狂躁，甚至还有些迫不及待，但还是尽可能地小心翼翼着。毕竟不是从前，他对小莲无论怎样，都是合情合理的，因为她是怡湘阁的姑娘，而他是客人，是花钱进来的。那时，他心里是有着许多优势的。

很快，小莲就在他的怀里软下来了，似乎是一泓水。他掬着这一泓水，极尽呵护。她轻声喃喃着：于先生，你怎么才来呢？

她的一声“于先生”，瞬间让他又强大了起来。他抱起她，向房间里走去。这时，她在他的耳边清晰地说了一句：你得娶我。

看着臂腕里的小莲，他在心里说：我娶你，一定。

那天晚上，于守业和小莲结合了，结合的过程生疏而又惊心动魄。后来，她躺在他的身边，轻声而坚定地说：你得娶我，你是我的第一个男人。

他的样子有些激动，气喘吁吁地说：我娶你，我一定娶你。

平静下来后，她忽然问道：你怎么没走啊？

他一怔，望着她，半晌才说：你让我去哪里？

她笑了一下，道：我还以为再也见不到你了。

他伏下身，又把她压住了。他庆幸那份委任状，还有那个037的代号，如果没有这一切，他肯定和小莲天各一方了。

那天晚上，他对舍与得又有了精辟的理解。

于守业的通俗生活

接下来的故事就很通俗了，在对方身上尝到甜头的一对男女，开始了频繁的约会。小莲让于守业乐不思蜀，他再也不愿意回到学校那间宿舍了。在小莲的床上，他找到了“家”的感觉。当他静下来的时候，望着天棚会呆想上一阵子，想身边的小莲，想眼下的日子，“忽悠”一下，他又想到了深埋于地下的那份委任状，心“怦怦”地跳着，就有了心事。

一旁的小莲抱住他的一只胳膊，脸贴在上面，轻声道：我们结婚吧。

他仍没从那份委任状的惊惧中醒过来，小莲的话让他冒出了一身的虚汗。见他没有反应，小莲甩开他的胳膊，猛地坐了起来：你不愿意?!

又是一惊，望着眼前娇羞的小莲，他忙起身拥住她说：愿意，马上就结。

此时，于守业的生活一边是幸福的，一边是惊惧的。刘习文校长的案件刚刚过去，浓重的阴影包裹着他，让他想起来就感到后怕，如果那次他在北京有什么异常举动，他还能平安地回到陆城吗？他不敢想。那个两次给他送信的人又是谁呢？是刘习文还是其他的什么人？他不知道，也说不清楚，他在明处，人家在暗处。这种感觉，让他生出了许多的恐惧和不安。

现在他拥有了小莲，和她在一起，他暂时有了一种安全感。他现在就是一个普通的老师，能和小莲结婚是他高攀了。小莲虽然是怡湘阁的姑娘，却一直守身如玉，在和他之前，她一直是清白的姑娘身。这一点大出他的意外。眼下的他没有理由对小莲挑三拣四了，他唯一的出路只能是和小莲结婚。

他和小莲的婚礼异常简单。两个人去政府登记了一下，回来的时候在饭馆里买了几样菜，小莲还打开了一瓶香槟酒。小莲说这瓶酒是怡湘阁的一位客人送的，她一直保存着。于守业来不及多想，也不容他想什么，一瓶酒喝完，他就有了醉意。他抱着小莲说：来，给我唱一个。

此情此景，他仿佛又回到了怡湘阁。小莲在大喜的日子里，也就依了他。抱着琵琶，唱了一曲《春日流水》。浓浓的酒意中，他想到了秦淮河，想到了南京和哥嫂，于守业流泪了。

婚后的一天，依偎在于守业身边的小莲忽然一脸不解地问他：哎，我说你怎么就当了老师呢？

这一问，让他大吃一惊，结结巴巴地说：我、我以前是商人，陆城解放了，我就当了老师。

她仍一脸疑惑地问：你真的是商人？

他呼吸急促起来，半晌才道：我不是商人，又是什么？

说完，他死死地盯着小莲看，担心她真的知道什么。

小莲摇了摇头，叹了口气。她不再说什么了，走过来，坐在他的腿上，撒娇地说：我现在都是你的人了，你以前是干什么的和我没关系。

他死死地抱住小莲，不是为了她的话感动，而是庆幸她一直吃不准他以前是干什么的。这时，他又想到了委任状，看来它也该换个安全的地方了。

他把委任状取出，带在身上，趁小莲出去买菜的时候，在院子里挖了一个深坑，把委任状埋了进去。一颗不安的心暂时平静了下来。

幸福的日子总是过得很快，1951 年势如破竹地就来了。这一年对于守业来说，发生了两件大事，第一件是小莲怀孕了，春天一过，小莲就显了腰身，无遮无拦的样子。另外一件事情是巨大的，美国人出兵朝鲜了。这是一个信号，共产党一直想解放台湾，那边的国民党也没闲着，派飞机沿着沿海一带侦察，冷不丁丢下几颗炸弹，虽然对解放了的大陆构不成任何威胁，但是毕竟有了反攻大陆的姿态。有了这样的姿态，于守业似乎就看到了希望，他的期盼来自那份委任状。如果国民党反攻大陆的话，他就是陆城的少将专员，整个陆城就是他说了算了。这么美好的事情让于守业的生活鲜活起来。他不停地研究报纸，也收听广播，他在那些新闻里捕捉着令自己惊心动魄的消息。一高兴，他还吹上了口哨，脚也跟着一颠一颠的。他的情绪直接地影响了小莲。小莲腆着肚子，凑过来，娇嗔着：你也该给孩子起个名了吧。

他正在兴头上，不假思索地说：就叫于定山。

小莲摇晃着他的一只手道：要是个女孩呢？

也叫于定山。

说完了，他自己都吓了一跳，“定山”这个名字意味着什么，那是一份野心，也是一份决心。吃惊之余，他又想到了美国发兵朝鲜，看眼前的局势，美国人拿下朝鲜指日可待，接下来，美国人就会出兵大陆的东北，这是美国人配合国军要收复大陆呢。他暗自思忖着，虽然嘴上没说，心里却整日洋溢着兴奋。看着美滋滋的丈夫，就要做母亲的小莲也是喜形于色。

在这大好形势下，于守业有了干点什么的冲动，可是一直没有接到这方面的指令，他只能按兵不动。自从刘习文校长被捕，便再也没有人给他下任何指令了，难道和他联系的真的就是刘习文？那刘习文被抓后，为什么不把自己招供出来？这一切在他眼里都成了谜。

于定山在秋天出生了，果然是个男孩。于守业看着出生的儿子，豪情万丈地想着：小子，将来的定江山，就看你的了。

他高兴的心情没有持续多久，一条惊人的消息传到了他的耳边——中国组成了中国人民志愿军出兵朝鲜，打响了保家卫国的战斗。

那些日子里，保家卫国的情绪也传到了陆城，大街小巷各种标语铺天盖地，上面写满了保家卫国，把美国鬼子赶出朝鲜的口号。

学校的墙上也贴满了红红绿绿的标语，走到哪里，人们都在慷慨激昂地议论着这场战争。

于守业的情绪很不稳定，他不知道这是一件好事还是坏事，最终是美国人胜还是中国人胜，他看不透也说不清。

台湾派出的飞机，一拨又一拨地侵扰沿海城市，上海首当其冲。美国的第七舰队进入台湾海峡，这一切都意味着美国人已经全面介入台湾反攻大陆的态势中。一场大战即将爆发。虽然“二战”刚刚结束，但说不定在朝鲜半岛会引发第三次世界大战，到那时，鹿死谁手，真的就不好讲了。

于守业在自家墙上挂了一张亚洲地图，没事就站在地图前望着朝鲜半岛发呆，身边的收音机里说着：志愿军在朝鲜取得了第一阶段的胜利，逼迫美军后撤了一百多公里——还说，又有一批美国援军在仁川登陆——这些消息让于守业心里一会儿晴，一会儿阴。

小莲不明就里地抱着刚满月的于定山也在一边看着，忧心忡忡地问：你说这场战争是美国人胜还是咱们胜呢？

他在鼻子里哼了哼。仿佛站在这幅亚洲地图前，自己俨然就是一位少将，正在指挥着这场扑朔迷离的战斗。

小莲一边摇晃着孩子，一边说：可别再打仗了，咱们的孩子刚出生，还没过上几天太平日子呢。

他突然高声大笑起来，以悲悯的目光俯视着头发长、见识短的小莲，此时，只有他自己明白当下的心情。

河东　河西

于守业并没有想到，他如此美好的心情并没有持续多久，中国人民志愿军和朝鲜人民军在朝鲜并肩战斗，把美国人打到了谈判桌上。朝鲜战争结束了，他的期望落空了，不可一世的美国人原来也没有弄出多大的动静，神圣的鸭绿江依旧流淌，美国人不仅没有迈过鸭绿江一步，而且被赶到了朝鲜的三八线以南。

儿子于定山三岁那年，中国人民志愿军凯旋。随着朝鲜战争胜利落下帷幕，全中国人民投入到了建设新中国的运动中。

小莲就是那时候被动员参加工作的。小莲在针织厂做了一名普通女工。她心灵手巧，又有绘画的功底，很快就成了设计室的一名技术员。许多棉毛织品的图案都出自小莲之手——盛开的牡丹高贵雍容，怒放的蜡梅冰清玉洁，小莲在工作中找到了属于自己的快乐。

整日里，小莲都是眉开眼笑的，她在新生活中又找到了第二次生命。以前在怡湘阁，她的眉心总是含了淡淡的忧怨，此刻，所有的愁云烟消云散。每天一大早，她就把三岁的儿子送到托儿所，然后乐颠颠地奔向针织厂上班。下班后，接了儿子，径直回家，她要烧好一桌饭菜，等待着同样下班回来的于守业。

于守业依旧当着老师，他现在不仅教数学和语文，还当了班主任。从特工科的中尉到老师的转变，他似乎已经很适应了。现在，他经常是脸上粘着粉笔末回家。小莲怪他粗心，拧了把毛巾给他擦脸。小莲一边笑，一边说：瞧你，一看就是个教书的，粉笔末都带回家来了。

他嘴上不说什么，但还是感受到了生活的那份温馨和美好。他弯下腰，把儿子抱在怀里，叽叽咕咕地逗着孩子，透过孩子的一张小脸，感受到了孩子的童真的快乐。有时候，他的目光越过儿子的头顶，望着忙碌的小莲，小莲依旧那么年轻、漂亮，生了孩子后更是透出一种成熟的妩媚。看着眼前的一切，他有些走神，然后想：要是自己仍然是国军中的一员，生活又会怎样？倏忽间，他“突”地就醒悟过来，被自己的想法吓了一跳。他又想到了埋在院子里的委任状。他抱着孩子来到院子里的那棵树下。此时，那份委任状就在树下埋着，如同埋着的一桩心事。他庆幸眼下平静温馨的生活，他能拥有小莲和儿子，他很知足。

他依旧在报纸上看新闻，隔三岔五地就会见到关于国民党特务的新闻，说破坏新中国建设的国民党特务如何又一次被公安部门抓获，云云。看到这样的新闻时，他总会惊悚上好几天。

当时，盘踞在台湾的国民党反攻大陆之心不死，不仅分批派遣特务潜入大陆，还发动已经潜伏的特务进行破坏活动。于是，就有一拨又一拨的特务出来活动，然后落网。有的被政府宣判，有的被正法。

一天晚上，于守业听收音机时调到了一个台，一个声音低沉的女人在电台里呼号，内容是呼叫那些特务代号，让他们马上行动，不要辜负国军的期待等。他听清了，马上换台，心里猛一阵狂跳。他真怕自己听到037，更怕这种遥控指挥。他一方面满足于眼下拥有的这份宁静生活，同时，他仍有所期盼，希望有朝一日，这个世界会颠倒过来，那时他就是少将专员了。然而，从内心里讲，他并不想让自己去冒这个险。他明白，这个时候跳出来，等于以卵击石，自己必将粉身碎骨。此时，就是自己跳出来，把陆城翻一个底朝天，也解决不了实际问题。大陆这么大，有那么多像陆城一样的城市，他又如何能改变现实呢？国民党几十万军队，最后不还是逃到台湾去了？于守业聪明地意识到，凭着一些隐藏下来的特务，赤手空拳想弄出一番动静，那是做不到的，就连美国人也是无可奈何的。他承认了这一现实。

那段时间，他的心并不轻松，他怕有人会突然和他联系，就像当年那两封神秘的信。他在明处，而与他联系的人则在暗处，人家想找他，他根本无法阻拦。每天早晨，他都是第一个起床，屋里屋外地看了，发现并没有异样，才长嘘一口气。在学校里，他努力完成自己的工作，很少和人接触，工作上的事说完，就回到自己的办公室备课、批改学生的作业。他努力把自己埋藏起来，越深越好。他怕别人重视他或者是注意上他，平时和同事说话也尽量轻声，走路也是弯腰低头，溜着墙边走，像只怕见光的老鼠。

星期天，小莲张罗着带孩子去公园，他也陪着去了，但他走路的姿态引起了小莲的不满。小莲说：你才三十出头，怎么就跟个小老头儿似的？

他意识到了自己弯腰弓背的样子，忙挺了挺腰板，无奈地笑一笑。他笑得有些虚，也有些苍白。

又一个晚上，他再次拨到了那个台，还是那个低沉的女声。他一听到这个声音，浑身的毛孔就炸起来了，仿佛那声音是从地狱里发出的，他刚要去换台，却听见那个女人在唤着自己：陆城的 037，你还好吗？你的哥哥要和你说话。接下来，果然是哥哥的声音，哥哥说：弟弟，不知道你过得怎么样？我和你嫂子挺好的，请放心。你要保重自己，将来为党国的大业服务。

哥哥的声音隐去了，那个低沉的女声又说：037，你听到哥哥的问候了，千万不可辜负党国对你的信任，抓紧行动吧。

他呆呆地坐在黑暗里。没想到无意中知道了哥哥的下落。这几年来，他对哥哥的结局有着若干种猜想，想得最多的就是哥哥和自己一样隐姓埋名，生活在一座他不知道的城市里；或者是还没有来得及撤走，被解放军俘虏、镇压了。他也想过哥哥会去台湾，却没想到，哥哥的声音竟通过电波传了过来，一切是那么不真实。在这无边的暗夜里，如同一场虚无的梦。有一刻，他竟有了一丝感动，台湾并没有忘记他，通过电波仍然在呼唤着他。同时，他又生出一种无端的恐惧，电波会让很多人知道陆城潜伏着一个代号 037 的特务。这么想过了，他就怕冷似的哆嗦着身子，摸索着把收音机关掉，然后长久地坐在黑暗里，想着过去和现在。

第二天，当他睁开眼睛，真切地看着眼前的世界时，他又什么想法都没有了。他只想平静地生活着。

在儿子于定山上小学那一年，炮击金门开始了。福建沿海成了前线，这是他从新闻里知道的，看来共产党拉开了解放台湾的序幕，他开始为哥哥一家担心了——台湾解放了，哥哥被俘后命运将会怎样？他不清楚，哥哥是不是仍在军界工作，还是已经成了一名百姓。那些日子里，他异常地关注福建和金门的消息。

炮轰了一阵，变成了双日打，单日不打。又打了一阵，后来就停了。两岸依旧对峙着，他揪起的心才松了下来。

平静的日子总是过得很快，一批学生毕业了，又来了一批。

小莲依旧在针织厂上班，依旧描绘着各种图案。她现在画得最多的是金灿灿的向阳花，正当烂漫，晃得人睁不开眼睛。此时的向阳花与社会融合得很紧密，那一年正是“大跃进”，国人正欢欣鼓舞地准备迎接共产主义的到来。那些怒放的向阳花正是当下国人心情的完美体现。

美丽一生

平静而通俗的日子，常常让于守业感到不真实。他时常陷入回忆之中，回忆特工科那个年轻的梦想，有时还会想起怡湘阁。这一切都如同梦一样，在他眼前溜走了，恍惚中，觉得是那么的不真实。

他站在院子里的那棵树下，树下埋着那张委任状，而委任状也时常让他感到莫名的虚假。他有时会问自己，真的有这样一份委任状吗？

白云苍狗。儿子于定山上中学了，儿子的唇上已生出了一层绒毛，再过几年，就是一个堂堂的男人了。做特务的日子里，一切都是水波不兴，没人与他联络，他也无法和别人联络，只能忐忑地等待着。有一阵子，他曾惧怕有人联络他，这时他就会想到刘习文校长，他不想落得那样的下场。起初，他还做着少将专员的梦。随着时间的流逝，这一切都不存在了，所有的梦想只是一个梦了。偶尔的，他借着给树浇水的机会，偷偷地取出委任状，匆匆地看上一眼，又埋了。这么多年过去了，委任状还在，他的心境却是另一番模样了。三十年河东，三十年河西，于守业只是今天的于守业了。他现在的身份是陆城中心学校的一名资深老师。

如果没有 1966 年的到来，于定业一家的生活肯定会是另外一种情形，但是随着 1966 年的来临，于守业就有了新的故事。

那一年，于定山初中毕业，怀着少年的梦想升了高中。1966年迈着坚实的脚步走了过来。于是，一切都乱了，先是红旗和标语布满了大街小巷，口号声此起彼伏，人们的脸上绽放着早春二月般的气色。

学校停课了，红卫兵的袖章戴在了于定山这帮孩子的手臂上。停课后的孩子们没事可干，便给老师贴大字报，还把老校长剃了阴阳头，推到街上游斗。在这些激进的学生中就有着于定山。

一直低调过日子的于守业，预感到这个世界要变了。他心里一阵阵地发抖、发冷。他搞不懂眼前的一切对自己来说意味着什么，他只能冷眼旁观。

他看到老校长被儿子于定山从人群里伸出的一只腿踹在屁股上，倒剪着双手的老校长一头栽在地上，眼镜掉了，鼻子里流出了血。于守业看不下去了，他闭上了眼睛。

老校长是在刘习文被捕后来到学校的，是新政府派来的。在于守业的印象里，老校长是个好人，再有一年就该退休了。刚来学校的时候，他的头发乌黑，讲话很有底气，对人也很好，见面就握手。他的手很大，也很温暖。校长很关心老师们的生活，平时没事就会找人聊聊，搬一张椅子坐老师跟前，聊会儿家常，又说些闲话，很可亲的样子。校长也找于守业聊过，问了生活，又问身体，每次都拍着他的肩说：小于啊，有什么困难就提出来，咱们有组织，一定帮着解决。

每次，于守业都摇摇头，笑一笑，心里挺舒服的，就想：校长是个好人。

看见老校长被儿子踹倒了，他浑身哆嗦着，咬了咬牙。

晚上回到家，他看到意气风发的于定山也从外面回来了。他盯着儿子，又咬了咬牙道：你不该那么对待老校长。

儿子梗着脖子道：他是封资修，我们就要把他砸烂。

儿子的话噎得他半天没有喘过气来。他哆嗦着身子，用手指着儿子说：你、你这么做伤天害理。

儿子挥了挥手，不屑一顾地说：你少管，我要革命。

他真的怒不可遏了，竟挥起手，扇了儿子一个耳光。手从儿子的脸上落下来时，他感到五指火辣辣的，半边膀子都在发麻。儿子从小到大没让他费过什么心，一直都很乖巧。这一耳光惊动了正在厨房做饭的小莲。她甩着手跑出来，看见儿子捂着半边脸，不认识似的盯着于守业。小莲毕竟是女人，看到两个男人这副样子，一脸的惊慌：你怎么打孩子？

打完于定山，于守业就后悔了。他蹲下身子，抱住了头，一抬眼就望见了院里的那棵树。他在心里一遍遍地想：我是特务，我是特务啊，我怎么就打人了？

也就是那一巴掌，儿子于定山从此不再与他说话，每天梗着脖子在院里进进出出，臂上的袖章依旧光彩夺目。也就是从那以后，于守业很少去学校了，反正学校也停课了，去不去都一样。他经常蹲在院子里晒太阳，然后眯着眼睛看院子里的那棵树。

他做梦也没有料到，厄运会发生在小莲身上。

一天傍晚，小莲披头散发，神情低落地从外面回来了。回来后的小莲，跑到卧室趴在床上大哭了起来。他不知道发生了什么事，手足无措地站在一旁，问：怎么了？

小莲一边哭，一边说：他们说我在旧社会干过不干净的营生。

说完，又呜呜地哭。他一时不知如何是好，搓着手立在一边，心里说：怎么会是这样？

小莲忽然不哭了，坐起来，一张泪脸望向他：你知道我干净不干净，你给我去做证明，告诉他们我是干净的。

他愣在那里，想自己又能替她证明什么呢？

小莲曾是怡湘阁的姑娘，这是事实。他们这样讲小莲，是冲着怡湘阁来的，干不干净并不重要。他不解的是，这么多年过去了，还有人记得起怡湘阁，他都快把它忘记了。

从此，小莲便成了靶子，很快被人剃了头，标准的阴阳头，还在脖子上挂了一串不知从哪里弄来的旧鞋子。针织厂的“造反派”和一群红卫兵举着拳头，喊着口号随在小莲的身后走街串巷。他们还让小莲一遍遍地重复着：我是怡湘阁的妓女，我不干净——

小莲一边流泪，一边说着自己是妓女。“妓女”的字眼，在那个年代是那么的新鲜和刺激，很快就引来了众人的围观，人们指指点点，兴奋地议论着。

梗着脖子的于定山，一下子就蔫了。他已经被学校的红卫兵组织开除了，失去了革命的权力。前些日子，他还踢出了革命的一脚，没想到，转眼就被革命了。

那年秋天，于定山报名下乡了。其实不报名也会轮到他下乡。临走那天，他一句话也不说，狠狠地看了母亲，又看了父亲。小莲从床上爬起来，扯着儿子的衣角说：孩子，到了乡下给爸妈来个信儿。

于定山狠狠地把母亲的手甩在一边，丢下一句：这个臭家，我再也不回来了。说完，背起背包，重重地摔上门，头也不回地走了。

小莲趴在床上，捂着嘴，压抑着哀号起来。他立在床边，看着小莲，不知怎样去安慰她。

如果事情到此为止，日子就还会是日子。没想到的事情发生了，纺织厂工宣队的人，来找他的麻烦了。他们把他带到工宣队，让他交代是怎么和妓女小莲勾搭上的。这个问题一经提出，他整个人就垮了，更不知如何招架。如果从头说起，他就要从特工科说起，那样的话，他还能有活路吗？

那些日子里，“特务”的字眼遍大街都是，许多“特务”被五花大绑地捆了，胸前挂着牌子，写着特务的名字，走街串巷，以示众人。有许多被指认的“特务”，原因只有一个，就是偷听敌台广播，或者在家里翻出一些老东西。这些老东西和敌人有着千丝万缕的联系，这样的不是特务，谁又是特务?!

于守业感到吃惊，一夜之间怎么冒出这么多同类埋伏在各个角落。他望着被称为“特务”的这些人，竟发现一个也不认识。是真是假，鱼龙混杂，只有天知道了。

“特务”们的下场很惨，革命者和特务是敌我矛盾，于是下手就特狠。鼻青脸肿算是轻的，重者当街被打得骨断筋折，然后交给人民政府去宣判。量刑自然很重，轻则十几年，重则无期。

杀鸡给猴看，于守业已经感受到了这种触目惊心。从工宣队回来后，半夜里，他摸到那棵树下，把委任状挖了出来。委任状被他保存得很好，外面先是裹了塑料布，里面又用几层牛皮纸包了，虽然长年在地下深埋，却仍是完好无损。

他几把撕碎了委任状，纸裂的声音在暗夜里听起来惊心动魄。他一边哆嗦着，一边汗如雨下，然后，一口吞下撕碎的委任状。陈年旧纸的气味和墨水味道，让他鼻涕眼泪都流了下来。少将专员被他吃到了肚子里，碎纸残屑滑入食道进入胃部的瞬间，一个幻想破灭了，生的欲望占据了他整个身心。

每天，小莲被拉出去游街，他就在工宣队员面前反省。他低眉顺眼地站在一边，沉默着。这时也只能沉默了。他无法面对过去，只要一张口，暴露自己的身份，他就会死无葬身之地。这时，他想到了好死不如赖活着的老话。工宣队员们的忍耐也是有限度的。他们让他交代认识小莲的过程，而他不说，就表明是对抗，对抗的后果就是受皮肉之苦。只简单的几个回合，他就被撂倒了，鼻青脸肿，浑身上下哪儿都疼。

他又一次被放了回来，明天还要去工宣队报到，彻底交代他的问题。

走出工宣队的大门，他被一个人叫住了。那个人喊了一声：老于。

自从到了工宣队，还没有人这么客气地称呼过他。他循着声音望去，就看到了一张熟悉的脸，呆怔片刻，他认出来了，眼前站着的这个人是他多年前教过的一个学生。在他的记忆里，这个学生可能姓赵，也可能是姓李。

那个学生就说：老于，别死扛着了，没用！他们会把你折磨死的。

他茫然、无助地望着昔日的学生，嘴动了动，却什么也没有说出来。

学生又说：和你老婆离婚吧，只要离了婚，和她划清界限，你就没事了。

学生说完，左右看看，匆匆地向前走去，走了两步又回头，叮嘱道：老于，信我的话，我知道你是个好人。

学生最后说的这句话，一下子让他热泪盈眶了。这时候，还有人说他是好人，那一刻，他心里的滋味真的是无法形容。

他脚高脚低、头晕脑涨地回到了家里，一头栽倒在床上。他扯过被子，蒙住了头，呜呜咽咽地痛哭起来，内心既惊惧又难过，还有着委屈。这一切，他只能用痛哭来发泄心中复杂的情绪了。

不知过了多久，他平静下来，一把掀开了被子。这时，他就看到了一张脸，那是小莲的脸，脸上没有任何表情，是麻木的。她的头发被狗啃似的剃了，样子人不人、鬼不鬼的。他望见小莲这般地看着他，他战栗地惊叫起来。以前那个文静秀美的面庞没有了，取而代之的是如此凄惨的容颜。

小莲说话了。她说：老于，是我连累了你。

她说这话时，他察觉到她的眼角有泪光在闪。

小莲用双手捂住了自己的脸，哽咽着说：是我配不上你，从一开始就配不上你，我是个婊子。

他听着耳边女人的哭声，不知如何是好，只是木呆呆地坐在那里。

她一边哭，一边说：我不仅连累了你，还连累了咱们的孩子，我不是人哪，我该死。

说完，她疯了似的用手去抽自己的脸，皮肉的击打声，惊心动魄。他惊醒过来，去劝小莲，小莲顺势扑在他的怀里，撕心裂肺地叫了一声：老于，我对不起你——

哭过了，一切都平静下来。她仍然伏在他的怀里。两个人就那么静静地拥着，谁也没有说话。

天慢慢黑了下来，他们一动不动，地老天荒的样子。他的心里荡漾着一层暖意。他想到了过去，他们曾真心相爱过，又阴差阳错地走到了一起。这么多年过去了，他没有后悔过。虽然，她是怡湘阁出来的姑娘，可她在他的心里是干净的，只有他知道她是冰清玉洁般的无瑕。倒是自己配不上她，以前他曾担心自己的身份暴露了会牵连小莲和孩子，于是他慎之又慎地生活，生怕说漏了嘴，引起别人的怀疑。这些年来，他是在担惊受怕中过来的。没想到自己没出事，却是小莲出事了。

她突然在他怀里挣扎出来，抹了一把脸上的泪痕，说：你饿了吧，我这就给你做饭去。

她起身的时候，甚至还冲他笑了笑。他目送着她走进厨房，这一刻，他觉得自己离小莲很近，无论如何，他离不开她。她是他的伴儿，是他的支柱。孩子离家出走，下乡去了，他要和她风风雨雨在一起，即便是死。他这么想过了，竟为自己的决心，有了一点点的感动。

那天的晚饭很丰盛，小莲一直在厨房里忙了许久。当小莲出现在他面前的时候，他吃惊地看到，小莲用一条蓝色白花的头巾把乱糟糟的头发蒙上了，还换了一身旗袍，那是她在怡湘阁时最喜欢的一件旗袍。这么多年，她的身材依旧没什么大的变化，旗袍穿在身上还是那么得体。他呆呆地看着她，不明白眼前发生了什么。

她甚至冲他嫣然一笑，开玩笑地说：怎么，傻了？

他的眼里又有了泪。小莲还开了一瓶酒，倒在两只杯子里。他记得她从来都不喝酒，即使当姑娘的时候，也只是喝茶。

她冲他举起了杯子，说道：来，咱们高兴才是。

几口酒下肚后，他的身子有些飘，头也有些晕了，可他感觉从里到外很放松，从来没有的放松。于是，他抓过杯子，主动地说：来，小莲，咱们干杯。

后来，一切都变得虚幻起来。她款款地站起身，回到里间，拿出了那把琵琶：我给你弹一曲吧，很久没弹了。

一曲轻柔的弹奏不疾不徐地响了起来，他醉眼蒙眬地望着她。恍然间，仿佛又回到了怡湘阁——小莲低头弄琴，他倚在那儿闭目聆听，一动一静，如梦似幻。一瞬间，他忘记了现实，灵魂倏忽间飘然远去。

半晌，又是半晌，他喃喃道：小莲，你真好。他想伸手去拉小莲，自己却轰然歪倒在床上。接下来，他似乎看见了小莲的一张泪脸，一点点地向他伏过来，然后在他耳边说：老于，下辈子我还给你当女人。小莲还说：老于，你不是商人，也不是老师——他一惊，想去捂住小莲的嘴，可手还没有伸出来，脑子一沉，他就醉过去了。

第二天，他睁开眼睛的时候，觉出了一些异样，忙爬起来，叫了声：小莲。

没有回应。

他推开厨房的门，看见小莲坐在那里，手里还抓着一截裸露的电线。接着，他大叫了一声：小莲。人就晕了过去。

许多年过去后，他仍记得小莲最后对他说的话：老于，你不是商人，也不是老师。每次想起小莲最后留下的这句话，他的心都会颤抖。看来小莲从一开始就知道他的身份，但这么多年过去她一直守着这个秘密，临走时，她才说出了心里的疑问。

小莲预谋了自己的死亡，从他认识小莲那天，一直到小莲离去，她在他的心里，一直是美丽着的。

李大脚

小莲就这么过去了，于守业自己仿佛也死了一回。他原以为小莲死了，儿子会回来看看，哪怕就看上一眼。可儿子一直没有露面。有好心的邻居给儿子拍了电报，又捎了信。在料理小莲后事的整个过程中，儿子于定山一直没有照面，于守业最后的那一缕幻想，也破灭了。

后来，有人告诉于守业，在殡仪馆见到了于定山，他正对着骨灰盒在哭。在得到这个消息后，于守业躺在床上，蒙着被子，扎扎实实地大哭了一场。浑身的力气，随着那场眼泪似乎流尽了，人瘦了一圈，走路也摇摇晃晃。

针织厂的工宣队员并没有因为小莲的死，而放过于守业。小莲死后还不到半个月，工宣队员又把他押去审问了。工宣队员们不信，能娶妓女的人身上榨不出一点油水来。解放前就能和怡湘阁的妓女勾搭上的人，能是一般的人吗？怡湘阁这个有名的风月场所，解放多年后在陆城仍然是很著名的，可见怡湘阁在陆城人心中的分量。

于守业已经心如死灰了，小莲活着时，他没什么可说的；她死后，就更没什么可以说的了。他可以胡编乱造一些谎言，可他不想这么做，认为这是对死去的小莲的污辱。在他心里，小莲是圣洁的，他要为最后的爱情坚守着。

不论工宣队员如何软硬兼施，他就是一言不发，只说了一句话，那唯一的话是：小莲是我的老婆。他说这话时，两眼会冒出炯炯的光来。工宣队员只能在他身上撒气，抡他耳光，踢他的裆部。他忍受着。工宣队员这次吸取小莲的教训，他们不再对于守业掉以轻心，每天回家都要派专人押送，还把他家里的电闸拉了，认为万无一失，才安心离开。

一天，工宣队员又押着于守业往回走时，胡同口的东方红副食店里就闯出一个女人来。这个女人叫李桂芬，但很少有人叫她的大名，都喊她李大脚。她的一双脚出奇的大，穿四十三码的鞋，一般的女人鞋她穿不上，就穿男式鞋，走起路来一阵风，震得地面“咚咚”的。于是，人们就打趣地喊她李大脚。

李大脚“扑通扑通”地几趟赶过来，拦住了于守业的去路，也拦住了工宣队员们。她叉着腰，冲那几个工宣队员说：咋地，还有完没完了？小莲都死了，她当过妓女不假，可和她男人有什么关系？于老师又不是妓女。

几句话噎得工宣队的人面面相觑，不知如何是好。

她又跳着脚道：我告诉你们，事情哪儿说哪儿了，你们把于老师放了，这事就到此为止了。

李大脚的样子，似一个断案的法官，大手那么一挥，双脚又那么一跺，果然就把那几个工宣队员给镇住了。

于守业对李大脚是了解的，她是烈士的遗孀，丈夫叫王大力，在志愿军里当排长，抗美援朝的第四次战役中，为救师长光荣牺牲。被救的师长现在已经是军长了，仍隔三岔五地坐着小车来看李大脚。就在前不久，李大脚的女儿马媛媛高中毕业后，被军长亲自接到部队当了女兵。这在这条胡同里是绝无仅有的。

李大脚也住在这条胡同里，门口上醒目地挂着烈属的牌子。李大脚在胡同里打个喷嚏，都会让整个胡同山摇地动。

于守业和李大脚是有些接触的。她的女儿马媛媛和自己的儿子一般大。马媛媛出生时，父亲已经去了朝鲜，从女儿出生到自己牺牲，当父亲的都没有看过女儿一眼。按李大脚说，孩子半岁时，倒是照过一张照片寄给了朝鲜的丈夫。在丈夫牺牲后，看着眼前日渐长大的女儿，李大脚多少有了些慰藉。

李大脚的丈夫牺牲那一年，马媛媛刚一岁出头，当烈士证书送到李大脚手里时，她当街就晕了过去。醒来后，就一直哭天抢地，她的另一半天空塌了，她不能不悲恸欲绝。悲痛的结果是，她原来充足的奶水一下子就没了。马媛媛正是吃奶的时候，突然没了奶水，饿得“哇哇”大哭。什么糕干粉、米糊啊，她都拒绝吃，一吃就吐。

小莲那会儿的奶水很旺。她听着因饿而彻夜啼哭的马媛媛时再也坐不住了。从此，在一年多的时间里，小莲同时用自己的奶水喂养着儿子于定山和马媛媛。两家人也就是在那个时候，有了很深的交情。李大脚人虽然长得粗糙些，却也是有情有义的人。她在胡同口的副食店工作，隔三岔五地就给小莲送来一些不易弄到的吃的。小莲不要，推三阻四的样子。李大脚就不高兴了，重重地把东西一放，沉下脸道：看不起俺咋地，别以为这是给你们的，我这是为了我女儿，你不补补身子，我女儿哪有奶吃呀？

很好的理由，让小莲无法回绝了。于是，就心安理得地把这些东西接受了。

儿子和马媛媛一起断奶后，李大脚并没有忘记这一段友情，依旧会隔些日子送来一些东西，小莲这回就不要了。李大脚就说：妹子，你这是瞧不起你姐，你姐就这点能耐，想让我给你背来一座金山银山，我还做不到。你认我这个姐姐，你就收下；不认，你就扔出去。

又是一条让人无法推绝的理由，小莲只好收下了。

按理说，小莲和李大脚是两种不同类型的女人，但两个人的交情却很好，从那以后更是以姐妹相称。

小莲自杀了，别的邻居都吓得远远地跑了，唯有李大脚天不怕、地不怕地站出来，帮助于守业料理小莲的后事。要不是李大脚的帮忙，于守业就垮掉了。

此时的李大脚杀将出来，果然把那帮工宣队的人给镇住了。他们你看我、我看你，最后就把于守业丢下了。

李大脚"咣咣"地回身走进副食店，包了半斤猪肉，强行塞给于守业。她说：老于，你看你熬苦的，补补身子吧。小莲不在了，咱还得过呀。

她说完这话，眼圈竟然红了。于守业麻木地接过纸包，梦游似的走回去。

工宣队为了钓住于守业这条大鱼，又来过两次，一定要把于守业带走，继续调查。李大脚真的急了。她风风火火地从副食店里冲出来，这次手里握了两把刀，明晃晃地在当街站住了，高声喝道：把人给我放了，还没王法了？你们不了解于老师，我清楚。他解放前就是个老实巴交的教书先生，解放后也是。教书犯啥法了？他老婆当过妓女，这我们都知道，可于老师干过啥见不得人的事了？给我把人放了。要是不放于老师，我就剁了你们这帮小兔崽子。爷们儿革命的时候，你们还穿着开裆裤呢，来，让我教教你们啥叫革命——

说完，舞着刀向工宣队员冲去。那些年轻人哪见过这架势，一窝蜂似的散了。

历经了李大脚的拔刀相助，于守业对李桂芬有了新的认识。在以前的印象里，李大脚只是一个粗俗的女人，孤儿寡母的很不容易，而他，不过是她女儿的老师。

他一直教马媛媛到初中毕业。马媛媛和她母亲截然相反，生得很秀气，人也聪明，说话轻声细语。因为小莲奶过马媛媛，他对马媛媛也就有了一种特殊的情感，就像看自己的孩子一样。马媛媛是个懂事的孩子，很依赖她的老师，有什么心里话也愿意对他说。媛媛没上学前，经常跑到他家找于定山玩。一次，媛媛趴在他的耳边悄悄说：我没有爸爸，你给我当爸爸吧。

孩子的一句话，让他的心里五味杂陈了好多天，就是媛媛长大了，他一见到媛媛，仍会想起她当年说过的话。他的心就“怦怦”地跳上一阵子。

李大脚的爱情

从那以后，热心的李大脚几乎每天都要光顾于守业的家。小莲不在了，这里就不能称之为家了，院子里长满了荒草，屋子里也是乱糟糟的，很是凄凉。儿子于定山头也不回地去下乡了。受到如此打击的于守业，已经没有心思过日子了。他衣衫不整、蓬头垢面地坐在院子里。

李大脚一来，就一惊一乍地说：这个家算是毁了，这是过的什么日子啊！

一边说，一边忙碌起来。她不把自己当外人了，俨然就是这个家的主人，地很快就扫了，屋里屋外也收拾得清清爽爽。走到待在院里的于守业身边时，她还伸出手，在他的额头上试了试温度。做完这一切后，她仍意犹未尽的样子，又钻到厨房，忙活起来。不一会儿，饭做好了，菜也炒好了，热气腾腾地端上桌。

于守业没心思吃饭，他现在是茶饭不思，只想呆呆地坐着。

李大脚就很着急，把饭碗往于守业面前推了推，说：咋地，是嫌我的饭做得不好？

于守业失魂落魄地望她一眼，摇摇头道：我吃不下。

李大脚就喘开了粗气，“腾腾”地在院子里来回地走，一边走，一边说：于老师，你是个爷们儿，咋这么不经事呢？小莲没了，日子就不过了？告诉你于老师，我家男人老马死那会儿，我就哭了一个晚上，转天，我一睁开眼睛，该咋地就咋地了。日子总得往前走，人死不能复生，你总不能跟着去死吧？

听她这么一说，于守业“呜哇”一声，哭号开了。自从小莲离去，他还从来没有放声大哭过。前几日，他都是蒙着被子压抑着哭过几次。这次不同了，仿佛被李大脚捅透了这层窗户纸，一下子敞亮了，他干干硬硬地大哭起来，声音像狼嚎一样。

李大脚在一旁看了一会儿，又看了一会儿，见于守业哭得差不多了，便拍手打掌地说：这回好了。

她又走上前去，像对待孩子似的拍着于守业的后背。干惯粗活的李大脚，下手有些重，手敲在他的后背上“嗵嗵”的，于守业的哭声就变了音，一颤一抖的。

于守业的哭声在李大脚的敲击下，已经奄奄一息了。

李大脚看着眼前已经凉了的饭菜，又跑到厨房里热了一次。

于守业看着重新冒着热气的饭菜，含着眼泪说：我还是吃不下。

李大脚就挥挥手说：今天吃不下，就明天吃。

她风风火火地把饭菜又端了回去。

第二天，李大脚又如约而至。这回她还带来了猪蹄，凉凉热热的菜摆了一桌，粥也热腾腾地端到于守业的面前。

经过昨天酣畅淋漓的痛哭，于守业的心里透亮了不少，现在多少有了一些食欲。在李大脚的再三催促下，他拿起了碗筷，有滋没味地总算把一碗饭吃完了。一旁看着的李大脚，长嘘了一口气，这才拍拍手道：这就对了，这才是个爷们儿干的事。你是个爷们儿，咋能倒下呢？往后的日子还长着呢。

从那以后，李大脚每天都要来给于守业做饭。早晨上班前，她风风火火地过来，把早点放在于守业的床头，就“嗵嗵”地走了。晚上，她有时间也要给于守业做一顿合口的饭菜。

时间久了，于守业就很不好意思，站在李大脚的身后说：别，你别忙了，我自己行。

她不回头地说：于老师，别忘了俺家媛媛可没少吃小莲的奶水。我帮你这一点儿，算啥？

她这么一说，于守业就不好说什么了。他又踱到院子里，想起了小莲。心里一阵发堵，无着无落的样子。

他毕竟还是学校的老师，虽然学校停课了，他隔三岔五地仍会到学校里看一看，在自己落满灰尘的办公桌前发会儿呆，想一想昔日有课上的日子。近二十年的时间里，他已经习惯了老师这份职业，教书、备课，批改作业，忙碌而又充实。他在发呆的时候，目光就看到了墙上的那些大字报，许多老师的名字都在大字报上面，目光所及之处，就看到了自己的名字，这才知道自己早就上了大字报。大字报上说，他来路不明，并且娶了怡湘阁的妓女为妻，这一切都要他交代清楚。他看着大字报上自己的名字，头上的冷汗就冒了出来，直觉得四面楚歌、草木皆兵。他以为工宣队不找他麻烦了，事情就到此为止了。没想到，学校仍有人在盯着他，让他说清楚过去。他想到了那份委任状，虽然他把委任状撕碎，吞到了肚子里，可他毕竟是特务，代号037。这一点是事实，别说是特务身份，就是查他的从前，曾当过国军的中尉，就足以让他死无葬身之地了。他呆呆地坐着，不知过了多久，才头重脚轻地离开了学校。

回到自己家时，就看见李大脚怀抱着一只瓦罐等在门口。她看见了他，便惊惊乍乍地说：你咋才回来，我给你炖了一只鸡，让你补身子。

他听了，猛然清醒过来，发现此时天已黑了下来。李大脚正在路灯下，用一双发亮的眼睛望着他。此刻，他望见她，心里的委屈一下子就冒了出来，所有的担惊受怕都变成了委屈。他还没有打开门，泪水就不可遏制地流了下来。

她忙问：咋地了？在外面受欺负了，是谁？你告诉我，我找他算账去。

他终于忍不住了，突然放声大哭起来。他莫名的号哭让李大脚手忙脚乱地放下手里的东西，又是替他捶背，又是抚胸的。面对着此时的李大脚，他仿佛看见了自己的亲娘。小时候，他在外面受了欺负，一定是回家抱着母亲哭上一场。他真想钻进面前温暖的怀抱，让她去替自己遮风挡雨。也许是晕了头了，他在无措和惊慌中，真的把头扎进了李大脚的怀里，肝肠寸断地哭了起来。

她先是怔了一下，马上就把他抱住了。一股巨大的亲情占据了她整个身心，她也“哇”的一声大哭起来，一边哭，一边说：老于，咱俩都是苦命的人哪，我没了丈夫，你没了小莲，你说，咱们的命咋就那么苦啊——

片刻，她甩干了脸上的眼泪，死死地抱住他的头，突然破涕为笑了，一边笑，一边说：是老天可怜咱们俩，让咱们往一块儿堆里走哪。老于，你是知识分子，我是大老粗，以前我连想都没敢想，你不嫌弃我，这是我上辈子修来的福哇。

听她这么说，沉浸在幻觉中的于守业醒过神来，他的头从她的怀里挣脱出来，怔怔地望着她。此刻，她在他的眼里一点也不丑，甚至还有一种光辉。他错误地把她幻化成了娘亲，没想到却引来了这戏剧般的变化。他有些发怔，脑子一时没有转过弯儿来。

李大脚似乎看出了他的心思，顿时红了脸，张皇地问：咋，你不愿意？

他盯着她，很怕失去她，此时的她无疑是他的救命稻草，他别无选择了。突然，他狠狠地冲她点了点头道：我愿意。

李大脚先是张大了嘴巴，然后猛地抱住他，眼泪又一次流了下来。她喜极而泣地说：老天爷呀，俺的苦日子奔到头了。

那天晚上，她把他的头抱在怀里，像对待孩子似的抚着他，说了许多的体己话。她说：于老师、老于啊，你放心，小莲不在了，我以后就是小莲。我保证比小莲还疼你。我用我的后半辈子照顾你，谁敢动你一根指头，我就和他拼命。

他靠在她的怀里，一边流泪，一边听她叙叨着。他想到了小莲，也想到了那份委任状，还有代号 037 的特务身份，一时间想了很多，却从未感到这么踏实过。很快，他竟在温软的怀里睡去了。

新生活

李大脚果然是风风火火的。两天之后，她把自己的铺盖搬了过来。当然，也没有忘记把那块烈属的牌子带过来。她找来凳子，亲手把那块牌子钉在了于守业的家门前。从凳子上跳下来，望了眼那块牌子，拍拍手说：好了，看以后谁还敢来闹事。然后，她牵着于守业的手，揣着两个户口簿，风风火火地去街道登了记，又请副食店的同事到家里吃了顿饭。她和于守业的新生活就此名正言顺地拉开了序幕。

于守业就这么稀里糊涂地和李大脚结婚了。婚后的很长时间里，小莲的阴影仍在他的眼前挥之不去。他看到风风火火的李大脚，就想到了温婉的小莲，如果不是惧怕胆战心惊的日子，他不可能这么快就投入李大脚的怀抱，他会伴着小莲的阴影，孤独、寂寞地挨着岁月。然而，李大脚毕竟势如破竹地走进了他的生活，他只能被动地接纳了。

自从和烈士的遗孀李大脚结婚后，果然没有了麻烦，工宣队再也没有纠缠过他。学校墙上写着他名字的大字报，又被新的大字报遮盖了，他的名字终于在大字报上销声匿迹了。从此，于守业过上了踏实、稳定的日子，但这种踏实和稳定只是表面现象，他时不时地还会冷不丁想起自己的身份。报纸和广播里隔三岔五地就会播报“文化大革命”的最新战果，那些战果中就包括又挖出了国民党特务若干名，都有名有姓的，而且人赃俱获。他走在陆城的大街上，经常可以看到一些弯腰弓背的人，胸前挂了牌子，上面写着特务某某某。看着那些“特务”，他总觉得他们与常人无异，怎么就是特务了呢？于守业暗自有些吃惊，当年他接受委任状时，原以为陆城就潜伏了他一个，没想到会有这么多的特务被挖了出来。他有些后怕，万一自己被这些特务咬出来，下场就和眼前的这些特务一样，弯腰弓背地接受人民的审判。他浑身冒了一层又一层冷汗后，他庆幸自己的命好，没有被人民挖出来，还找李大脚当了老婆。毕竟根红苗正的李大脚让他从此过上了表面平静的日子。

李大脚是个能干的女人，家里家外一把好手。她一回到家，这个家就热闹了起来。她院里院外地忙活，把日子弄得风生水起。闲了一天无事可干的于守业，想过去帮帮她，被她又按回到椅子上：当家的，你是识文断字的人，这粗活哪里是你干的？我粗手大脚干惯了，你读书写字吧。

自从结婚后，她就不再称呼老于或于老师了，而是亲切地喊他“当家的”。于守业第一次听到这样的称呼时还红了脸。虽然喊起来粗俗，却也准确，把他当成了家里的顶梁柱，他心里热乎乎的。不像小莲，人前喊他先生，私下里叫他的名字，让他有一种客人的感觉。李大脚一下子就把他拉近了，粗糙的生活，却让他感受到了人间烟火的味道。

李大脚从心里往外地尊重他，道理只有一个，就因为他是知识分子，是为人师表的老师。她大字不识几个，结婚后给女儿写信的任务就落到了于守业的头上。她在一边说着，他在纸上写着。

李大脚婚后给女儿的第一封信是这么写的：

闺女，俺和于老师结婚了。于老师就是教过你的那个于老师。你小时候说喜欢于老师，想让他给你当爸爸。你这个梦，妈替你圆了，闺女，高兴不？

她是这么口述的，于守业自然不会这么写，而是把她的意思消化了，理解了，变成了文字通顺的书面语言，娓娓地传递给李大脚的女儿马媛媛。

媛媛的回信，自然也都是于守业来读。媛媛字里行间地祝贺母亲的新生活，并一次次地向昔日的于老师（信里称呼的于叔叔）问好，并汇报了自己的生活和学习情况。

于守业读着媛媛的信，就想起了媛媛小时候趴在他耳边说过的话，那种感觉至今仍挥之不去。

李大脚似乎从来没有闲着的时候，忙了这儿，又去忙那儿，还没忙活完，天就黑了。

于守业在灯下看书，“哗啦”一页翻过去，又“哗啦”翻过去一页，李大脚有时就会走神，把一缕温暖的目光投向他。于守业感受到了，抬起头说：你看我干啥？

她有些羞怯地笑了，然后低下头，喃喃道：你们读书人真好，会认那么多字，知道那么多的事。

说完这些，她就一脸幸福的样子。

这时，他会冷不丁地想起小莲来。在和小莲生活的日子里，小莲从来不忙活李大脚眼前的这些事，缝缝补补之事小莲从来不干，她可以绣花，把一朵玫瑰或牡丹绣得玲珑有致、楚楚动人，然后就是弹起丝弦，清吟一曲，院子里就高山流水般充满诗意。他的思绪也会随了琴音，一飘一荡。

眼前的李大脚是那么的实实在在，周到体贴。有时候，他竟觉得自己就是眼前这个女人的儿子，生活起居间早已习惯了她的呵护，就连她宽厚、温暖的怀抱都让他兴奋不已，仿佛又回到了母亲的身边，甜丝丝的，让他有一种想哭的欲望。

她的身子一挨向他，就火一样地热了。她急煎煎地说：当家的，俺都要被烧死了呢。

此时的她，在他心目中的角色又一次被颠覆了。她动情地揽紧他，眼里甚至流下泪来。她娇喘着说：这些年俺都快苦死了，当家的，你以后可要好好待俺啊！

稍事休息后，她会爬起来，给他冲上一碗红糖水，热热地端过来，疼爱地说一声：当家的，来，喝碗红糖水，好补补身子。

每当这个时候，恍惚间，他又觉得自己成了她的孩子。

在他们结婚后，那位姓牛的军长曾坐着小车来过一趟。牛军长是念旧情的人，从马媛媛嘴里知道李大脚结婚的消息，就驱车来了，还带了贺喜的礼物——一对印了鸳鸯的脸盆和暖水瓶。

牛军长一下车就说：好哇，小李子，你早该再成个家了。

说着，牛军长一抬头，又看到了门口那块写着烈属的牌子，眼睛就湿润了。然后，他把于守业的手抓过来，乱摇一气道：小李子是烈属，这么多年吃了不少苦。你们以后要相互帮助，共同进步，把生活搞好。

于守业第一次如此近距离地和解放军的高官打交道，他心里一阵乱跳，话都不会说了，只觉得口干舌燥。半晌，他才平心静气下来。他望着眼前的牛军长，觉得这军官身上有着一股咄咄逼人的英武之气。他就想，怪不得国军在解放军面前总打败仗。他似乎在牛军长的身上找到了答案。

牛军长来看望李大脚时，吉普车就停在胡同里，司机和警卫员分别站在门的两旁，两个士兵的身上都挎着短枪，雄纠纠的。人们一看到这种情景，就知道牛军长来了。

牛军长坐了一会儿，聊一会儿家常，就风风火火地走了。

牛军长不知道，他隔三岔五地出现，如同张开了一把巨伞，把于守业和李大脚严严实实地罩在了里面。各“造反派”在这把巨伞面前，都是望而止步。牛军长的出现，让于守业度过了那段风雨飘摇的日子。

父　亲

女兵马媛媛在当满三年兵后，风风光光地回家探亲了。马媛媛的回来，在这条胡同里成了一件大事。那个年代，当兵是热闹话题，普通人家能有人去当女兵，那是鸡窝里飞出了金凤凰。马媛媛重新出现在胡同里时，一下子就把窄窄的胡同照亮了。马媛媛今年已经二十岁了，青春、朝气，穿着军装的马媛媛已是今非昔比，吸引了胡同里的众多目光。邻居们一窝蜂似的来看她，落落大方的媛媛，冲所有人一律地微笑，叔叔阿姨亲热地叫着，还拿出糖果和香烟给大家。

母亲李大脚更是容光焕发，招待了一拨，又送走了一批。她热情地招呼着：孩子她姨，有空再来啊。她还说：孩子他叔，快里面请，桌上有糖有烟，随便用。

终于安静下来了，马媛媛第一次面对这个新家，虽然在这之前，她数次地来过于老师的家，但那会儿自己的身份毕竟是客人，也从没有认真打量过这个家。现在不一样了，母亲嫁给了于老师，这儿就是自己的家了。虽说同住一个胡同里，但她和母亲原来住的房子与这间小院不可同日而语。

马媛媛显然对这个新家感觉很好，而对母亲嫁的于老师也更是满意。她小的时候，于老师一家就是她心目中的偶像，特别是小莲身上与众不同的气质，常常迷惑着还是小女孩的媛媛。更为特别的是，于老师一家总喜欢站在院子里刷牙，这在当时的胡同里成了一道新奇的风景。在那样的年代，许多胡同里的人，为了节省牙膏，有时候十天半月才刷上一回牙，而于老师一家则不同，每天都要刷上两次。

于老师毕竟是文化人，不只是胡同里唯一戴眼镜的人，穿着也总是干干净净的。偶尔，衣角或袖口粘着些粉笔末，也显得卓尔不群，与众不同。

最为吸引媛媛往于老师家跑的原因是，于老师的小院里总会传来琴声，和着小莲的浅唱，不知醉倒了胡同里的多少男女老少。那会儿，媛媛就愿意和于定山玩。于定山比她大一岁，每次约于定山出来玩，总能出其不意地见到许多新奇的小玩意儿。总之，那会儿于老师家的每一个人，都让马媛媛着迷。

后来，她上学了，又成了于老师的学生。她坐在教室里，望着讲台上风度翩翩的于老师就想：我要是有这么个爸爸该多好啊！等再长大一些，她又想：以后我要是能嫁给于老师这样的人，那才叫幸福。这么想过了，兀自红了脸，心跳如鼓般地擂着。

于老师终于如愿以偿地成了她的继父，继父也是父亲。在邻居们散尽以后，她羞涩地冲于老师喊了一声：爸——

从马媛媛走进家门的那一刻起，于守业的心里就五味俱全。他从马媛媛身上看到了小莲年轻时的影子。媛媛虽然是李大脚的女儿，可无论从相貌还是气质上，都和她的母亲大相径庭，身上却有着小莲的味道——轻浅的笑容，间或隐藏着的一缕忧郁之气。总之，一见到媛媛，他就不自觉地想到了年轻时的小莲。

媛媛叫他“爸”时，他心里热了一下，那股炙热又汇成一股流淌的东西，蹿到了胸口，最后又蹿到了喉头，转成一汪泪，含在眼眶里。

他想到了儿子于定山。小莲事件，让儿子绝情地转身离去，再也没有登过家门。儿子已经和这个家划清界限了，连他这个父亲也不认了。

儿子毕竟是他亲生的，这个世界上唯一和他有牵连的人就是儿子了，此时的儿子成了他唯一的心事。看着身边的马媛媛，他就想到了于定山。媛媛对他的一声轻唤，让他热泪盈眶，他应了一声，别过头去，眼泪不可遏止地流了下来。

媛媛这次探亲，在家里住了十几天，最高兴的还是李大脚了，她变着花样地为女儿做好吃的，把一家人所有的副食票在这十几天的时间里都用完了。一有时间，母女二人就亲亲热热地说话。在女儿面前，李大脚异常温柔，不再粗声大嗓地说话了，而是变成了窃窃私语。每到这时，于守业都会有意躲开，背着手在院子里走一走。

树还是那棵树，一切如昔，却物是人非了。他仰起头，喟叹一声，目光越过枝头，飘飘荡荡的，一直望得很远。

媛媛有时也会和他聊上一会儿，话题都是她的那些同学。两年多的时间里，发生了许多的变化，有关媛媛同学的情况，他知道的也不是太多。

媛媛要走时，突然提出要去乡下看望一个同学。母亲李大脚和于守业也都没太在意，回部队前看看同学，这是很正常的事。媛媛去了，直到很晚才回来。

回到家的媛媛很是兴奋。李大脚问：看到同学了？

媛媛点点头。洗漱的时候，媛媛一直在哼着歌儿。剩下的两天时间，媛媛一直处于兴奋之中。粗心的母亲始终没有意识到女儿的异常，在女儿归队那天，她一直把媛媛送出胡同口，难舍之情，溢于言表。当她松开媛媛的手，看到她小鹿一样跳开的身影，李大脚哭了，她一边抹着眼泪，一边哽咽着：闺女，妈等你回来啊。

媛媛走了，只几天，李大脚就恢复了常态，她把旺盛的关爱和精力又投入到了于守业的身上。

于守业突然就有了心事，他要见见儿子于定山。这个想法一冒出，就不可遏止了，他要去知青点看看，见到于定山后，他要和他谈一谈，说说小莲，说说自己，也说说现在的家。

儿子的知青点他是知道的，就在郊区，离城市并不远。他坐了汽车，又走了一截土路，终于到了儿子的知青点。

知青点坐落在村头，房子的墙上用白灰写着标语和口号——广阔天地、大有作为等流行语录。

于定山去劳动了，还没有回来，知青点一个正在做饭的姑娘接待了他。当那个姑娘得知于守业是于定山的父亲时，惊愕地睁大眼睛说：于定山不是和家里划清界限了吗？你还来干什么呀？

他冲这个多嘴的姑娘笑一笑，勾下头，准备安心地等于定山回来。

姑娘像想起什么似的说道：前几天有个漂亮的女兵来看过于定山，说是于定山的同学。于定山和那个女兵在村头的林子里坐了好长时间呢。

女知青没心没肺地说着，他这才意识到，媛媛去乡下看望的那个同学就是于定山。媛媛为何去看自己的儿子，他还没有想明白，知青点的人就收工了。

这时，他看到了儿子，于定山也看到了他。怔了一下，勾着头，想在他面前走过去。他叫了声：儿子，爸看你来了。

于定山立住了，但并没有看他，低声说：你来干什么？

他望着儿子，就想到了小莲。他又有了哭的欲望。

他把儿子扯到一边，吸溜着鼻子说：你妈都死了，你下乡我不反对，但你总该回趟家吧。

于定山似乎也动了感情，眼圈红了一下，但很快就平静了，望着天边说：我和家庭决裂了，已经给组织写了保证，我不会回去的。我和你也没有什么关系了，你回去吧，不要影响我的进步。

说完，于定山扬长而去。

他望着儿子的背影，还有许多话没说，儿子就绝情地走了。他想到儿子那句“不要影响我的进步”的话，心里仿佛被一记重锤狠狠地敲了一下。他蹲下来，用手捂住脸，眼泪顺着指缝流了出来。半晌，他想到了自己，想到委任状、还有那个 037 的代号，他吸了口冷气，没有在知青点过多停留，弓着腰，缩着身子，逃也似的离开了知青点。

他为自己见儿子的荒唐举动有些后悔，毕竟儿子还有很长的路要走，自己就是死也不能连累了儿子。在以后的很长一段时间里，他把对儿子的思念深深地藏在心里，只在梦里呼喊过儿子。

一家人

媛媛在当满四年战士后，光荣地复员了。据牛军长说，媛媛在部队很有发展前途，如果再坚持一年，她就有提干的希望。可媛媛不同意，硬是要求复员，于是揣着退伍证和党员证，硬气地回到了陆城。

按母亲李大脚的意愿，是希望媛媛在部队能出息，排长、连长地干下去。但媛媛还是回来了，母亲毕竟是母亲，见女儿毫发无损地回来了，心里还是真心实意的高兴。当时，国际国内的形势还很紧张，美苏两霸一直虎视眈眈地注视着中国的动态，备战备荒的口号一浪高过一浪。李大脚在战争中失去了丈夫，她不想再失去亲爱的女儿了。盼女儿出息是一回事，如果女儿有个三长两短的，那就是另外一回事了。女儿回到陆城，虽然没有提干，但仍然让母亲欢天喜地地高兴了一阵子。

媛媛复员没多久，便被安排到针织厂的工会工作。那个年代里，针织厂是朝阳产业，景象也是热火朝天的。以后，媛媛便经常组织针织厂的广大女工大唱社会主义的歌曲，歌咏比赛搞得如火如荼。

媛媛回来后，就住到了老房子里。她坚持要住老房子，李大脚没有反对，于守业也默认了。反正房子空着也是空着，媛媛到了女大当嫁的年龄，也该给她留出一个属于自己的空间。

媛媛一回来，于守业就又一次想到了儿子于定山。儿子仍然在广阔天地里大有作为，果然是说到做到，再没有回来过一次。于守业无奈地想：只要儿子高兴，不回来就不回来吧。

媛媛平日里朝气蓬勃地在针织厂上班。每天早晨，于守业看着媛媛从胡同里远去的身影，就会想起小莲。小莲在时，也是在这个时间走出胡同去针织厂。媛媛的背影与小莲有几分相似，都是那么耐看，有时他甚至把媛媛当成了小莲。望着远去的身影，不免怅然一番。

也许是天意，陆城有那么多的单位，媛媛恰巧就去了针织厂——小莲生前工作的地方。

学校复课后，于守业每天都要去学校上课，人们又可以看到消瘦的于老师夹着几本书匆匆地走，又匆匆地回，衣角上又可以看到白白的粉笔末了。人们在胡同里遇到他，又称他于老师了，他谦逊地回应着，把微笑一直挂在脸上。

媛媛在周末的时候，经常早出晚归，李大脚咋咋呼呼地问过女儿，女儿每次都说是去看乡下的同学。一边的于守业就想到了于定山，他知道，媛媛一定是去看儿子了，但对儿子的事，他一点信心也没有。

不久，儿子于定山突然回城了。儿子回城，并没有在这条胡同里现身，而是住在了同学家。是媛媛到于守业这儿取户口簿，说于定山返城了，正在安排工作，需要用户口簿办手续。直到这时，于守业才知道儿子回城了。

又是一个不久，于定山被安排到陆城邮电局，当了一名投递员。后来，在陆城的大街小巷，经常可以看到身穿邮递员制服的于定山，骑着自行车，驮着两只丰满的信袋，意气风发、兴高采烈的身影。自行车的铃声被他一路摇得清脆、悦耳。

儿子返城了，又有了工作，这是于守业梦寐以求的。夜晚，他躺在床上，蒙着被子流下了激动的泪水。悬着的一颗心终于放下了，他想：自己和小莲总算没有连累儿子一辈子。

不久之后，于守业才知道，儿子能够返城完全归功于媛媛。媛媛有一个老连长，转业后在陆城的知青办公室工作，媛媛就是通过这位老连长，帮助于定山返城。

当他得知这一切时，心里不免又阴晴雨雪了一阵子。

再几个月后，又一件让他和李大脚大吃一惊的事情发生了。

那天晚上，媛媛突然来到李大脚住的院子。她站在院内那棵树下，招呼着：妈、叔，你们过来一下，我有事对你们说。

李大脚从厨房里走出来，她手上还沾着水。于守业也放下手里批改的作业，走了出来。媛媛两眼放光地看着两个人，嘴里却轻描淡写道：告诉你们，我要和于定山结婚了。

她轻轻的一句话，还是让于定业和李大脚的头顶响了一个炸雷。两个人都睁大眼睛，吃惊地望着媛媛。于守业的心里多少有些铺垫，知道媛媛和儿子一直来往着，但没想到两个人会真的走到一起。最为吃惊的是李大脚，她双手拍了一下大腿，绕着那棵树，分不清东南西北地走了好几圈，才立住脚，看了看于守业，又看了看媛媛，才惊慌地说：闺女，这是真的？

媛媛一副平静的样子，她又轻描淡写地说：我是回来取户口薄的。说完，径直进屋，轻车熟路地把两份户口簿拿在了手里。

虽然，于守业和李大脚结婚了，但户口并没有迁在一起，还是各用各的。马媛媛手里拿到了户口簿，头也不回地向外走去。走到门口，回了一次头道：我们明天就去登记。

媛媛走后，李大脚才醒过神来，她看了眼于守业说：这是什么事呀！

于守业此时已经冷静下来了，他抬起头，看见当院的一钩残月，心里喟叹：这一切都是天意啊！儿子能娶马媛媛，他一点也不反对，甚至还有些庆幸。媛媛让他想到了小莲，这么多年过去了，他一直没有忘记她，那毕竟是他值得留恋的岁月，种种美好和期冀都深深地植在了心里，根深叶茂。儿子娶媛媛，是在替他完成一种情绪。

晚上，他和李大脚躺在床上。李大脚仍沉浸在错愕之中。她一遍遍地说：这是什么事啊？老子娶了妈，儿子又娶了闺女，你说这是什么事呢？

于守业一句话也不说，望着天棚想心事。他想到了怡湘阁里的小莲，也想到了新婚时的小莲，想到小莲的惨死时，他痛苦地闭上了眼睛。

李大脚还在黑暗中说着：好事都让你们爷儿俩占了，看来我们娘儿俩都犯了一个命啊。

不管李大脚如何喟叹命运，马媛媛和于定山还是顺利地领了结婚证。喜事新办，没有铺排，也没有张罗，两个人就把婚结了。家就安置在李大脚的老房子里。

新婚的那天晚上，媛媛拿来了半口袋花花绿绿的糖，送到于守业和李大脚的院里。她亲亲热热地说：爸、妈，这是我们的喜糖。

李大脚不明就理地说：于定山呢，咋不进屋叫我一声妈，我这闺女养了二十多年，就算白养了？

媛媛侧过身子，冲母亲递眼色。李大脚看到了，便不说什么了。于定山和家里划清界限的事，李大脚是知道的，但她并没把这事太当真，一个小屁孩儿，一时心血来潮，离家出走一段时间，过去也就过去了，咋还能当真呢？她知道于守业为这事心里很苦，虽然他嘴上不说，但她和他一张床上睡了几年，这一切，她心里还是有数的。她觉得于定山这么对待自己的亲爹有些过分了，她不管媛媛如何递眼色，她还是忍不住冲到院子里，不管不顾地冲门外喊：于定山，你给老娘进来，见见你爹，也见见你娘。

她喊了一阵子，外面仍没有动静，便推开了门。门外已经空无一人了，只有一杆孤独的街灯立着。

李大脚无可奈何地转身回来了。她仍愤愤地说：还反了他了，以前我不说啥，现在是一家人了，这事我不能不管！

说完，仍气哼哼的样子。

媛媛在一边替于定山找了种种牵强的理由，最后也讪讪地走了。

那天晚上，李大脚在床上一把抱住了于守业，哽着声音说：老于，我知道你心里不好受，想哭，你就哭出来吧。

于守业却并没有哭。几年了，李大脚说了许多话，唯有这一句说到了他的心里，他就势把李大脚抱住了，似呻似唤地说：咱们真的是一家人了。

风雨轮回

公元1976年，“文化大革命”终于谢幕了。接下来的日子里，社会的变化用眼花缭乱来形容一点也不为过。阶级斗争没有了，全民皆兵抓敌特的时代也一去不复返了。以往许多溜着墙边走路的人，也可以挺胸昂头，走到光天化日之下了。

于守业在这样的日子里，从来没有感到如此的轻松，盘桓在心头的阴影“呼啦”一下子，也缺掉了一大半。许多人被平反昭雪，有的走出牛棚，有的走出监狱，这些以前被打倒的人，又活蹦乱跳地回到了生活中。

学校里许多靠边站的老师，也回到了老师的队伍，重新执起了教鞭。于守业一直关注着刘习文的消息，之前也有传被正法或是投进监狱的，但没有得到证实，他的一颗心也始终悬着。这一年，于守业已经五十有七了，再有三年，他就该退休了。整整三十年，他一天也没有安心、正常地生活过，隐隐地总感到有什么事情要发生，他一直在忐忑地等待着。如今，他可以在暗中长出一口气了。

在于守业长嘘一口气的时候，改革开放的脚步悄然而至。陆城和全国各地一样，为了改革的需要，成立了针对台湾工作的办公室（也称对台办）。当时已经有许多台商试探着来到大陆，准备投资。也有许多寻访亲友的信件，从台湾辗转香港，飞到大陆的各个角落。

一天，一个陌生人提着公文包，悄悄地敲开了于守业的家门。陌生人介绍道：我姓韩，是陆城台办的。

一提起“台办”，于守业的心就悬了起来，他开始呼吸急促，手心冒汗。韩同志不急不慌的样子，点了支烟，慢条斯理地吸，然后很温和地问：于老师，你是不是有个哥哥在台湾？

于守业差点晕倒。他白着脸，望着韩同志，不知说什么好。这么多年，没人了解他的过去，更不了解他的哥哥于守大的事，怎么突然就有人打听他的哥哥？这事没人提起，他就打算烂在肚子里，带到天堂了。他手足无措地望着韩同志，一脸的茫然。

韩同志又笑了，讲了一通眼前的大好局势，最后强调了港澳台工作对目前改革的重要性。总之，一句话，让他消除顾虑，现在不比过去，如果谁能招商引资成功，他就是陆城的功臣，政府是要奖励的。

韩同志说到这儿，从公文包里拿出一封信，慢慢地展开，然后说：你哥哥是不是叫于守大，你还有个嫂子叫王迎花？

于守业无路可退了，他睁大眼睛，盯着韩同志手里的信，天旋地转，分不清南北了。那是哥哥寄给陆城台办的一封寻亲信，不仅讲了自己的情况，对于守业的情况也讲得一清二楚。哥哥在信上说，1948 年时弟弟就在陆城当老师。哥哥不知是有意还是无意，并没有说明他留在大陆的真实身份。信里还夹了几张哥嫂一家的照片，看着照片上的亲人，一条时间的河流仿佛在眼前穿过。他摩挲着手里的照片，浑身颤抖着，眼泪就流了下来。三十多年前的那个雨夜，他站在街边目送着哥嫂一家离去，便再也不曾相见，只在电波里听到过哥哥唯一的一次呼唤。从此，关于哥哥的信息被他深埋在了心里。只有在夜深人静，突然从梦中醒来时，才会想起哥哥一家，然后就是长久的空落，无边无际。他原以为这辈子再也见不到哥哥了，兄弟天各一方，只剩下无尽的思念。没想到，哥哥的消息竟奇迹般地浮出了水面。

韩同志看了照片，又看了他，长舒了一口气。不用他承认，韩同志也能确信他就是他哥哥要找的人了。韩同志兴奋异常地告辞了，走时还拉着他的手说：你哥的地址已经知道了，以后你们就单独联系吧，请他回来看看，大陆毕竟是生他养他的地方啊。

接下来，退休的于守业就繁忙起来了。陆城的台办经常组织台属搞一些活动，讲国内的形势，宣传政策，希望台属们把大陆的亲情传达给海峡那一边的亲人。

李大脚早就从东方红副食店退休了，昔日的东方红副食店已经改成了一家超市，仍然红红火火地经营着。李大脚做梦也没有想到，老实巴交的于守业还有海外关系。改革开放初期，谁家要是有海外关系，那是比别人要高出一头的。风水轮流转，现在不比从前了。她望着于守业，

“咦”了一声，又“咦”了一声，然后就拍着大腿说：老于，你行啊！我跟你生活这么多年，从来没听你说过，你还有个哥哥在台湾，看来俺这么多年没白跟了你。

于守业就苦笑着，摇摇头说：那会儿我要说有个哥哥在台湾，你还敢嫁给我？

于守业哥哥的出现，让李大脚比于守业还要兴奋。她坐在院子里的那棵老树下，畅想着说：老于啊，啥时候你带上我，咱们也坐回飞机去台湾看一看，让俺也开开眼。

于守业就笑，他和李大脚一样，心里洋溢着一种前所未有的幸福感。他现在不停地和哥哥保持通信，他在哥哥的信中得知，五十年代末哥哥就离开了军队，拿了一笔转业费做起了小买卖，后来又办起了工厂，现在是一家电子元件公司的董事长，总经理就是于陆生。哥哥还说想家，想回大陆看看。他也把自己的情况告诉了哥哥，当写到小莲时，他的心又疼了一下，眼泪在眼圈里含着。回头再去看李大脚，见她正热切地望着他时，他把眼泪咽了回去，客观地写了自己的情况。他情真意切地在信里说，这么多年，亏了老婆桂芬的照顾才平安地生活到现在，她是自己的贵人。也许他的这句话，只有他和哥哥才明白其中的潜台词。

哥哥在信中喟叹人老了，总是想老家，想亲人，叶落还知道归根哪，何况人乎？

他看了哥哥的信，就唏嘘了一阵又一阵。一旁的李大脚听于守业读了哥哥的信，没心没肺地说：你哥想回来，那还不容易！买张机票飞回来就是了。

终于，哥哥在信中告诉他，自己想好了，无论如何要在最近回来一趟。

于守大要回来的消息，风一样地在胡同里传开了。老邻居们不停地过来打听消息，样子显得比于守业一家人还要急迫。

于定山已经和于守业来往了，昔日梗着脖子的儿子随着时间的流逝，原谅了自己的出身，正视了现实。清明节的时候，他捧着母亲的骨灰盒声泪俱下地哭了一场，媛媛在一旁也抹着眼泪。于守业背过身去，强忍着眼泪，哽着声音说：儿子，你母亲终于能闭上眼了。

于定山和媛媛也是做父母的人了，他们的孩子于展望已经三岁了。做了父母的于定山和马媛媛，看开了很多事，也解开了许多的疙瘩，于是给孩子起了名字叫展望。

叶落归根

哥哥于守大终于辗转着回到了陆城。不仅哥哥回来了，还有嫂子和陆生。亲人再次相见了，见面的那一刻，兄弟俩呆呆地对视着，他们从对方的身上看到了岁月的痕迹。几乎是同时，他们想起了1948年陆城分别的那个雨夜——哥哥是中校科科长，才三十出头，弟弟是中尉参谋，二十六七岁的样子，风华正茂。此时他们的头发花白了，眼睛也浑浊了。他们相望着，还是哥哥先伸出了手，痛楚地叫了声：守业啊，三十多年了。兄弟俩就拥抱在一起，老泪纵横。积攒了三十多年的话，东一句、西一句地拼凑在一起，勾出了历史的轮廓。

一家人终于相见了。李大脚和嫂子也搂抱在一起，两个老女人相互打量着，一副相见恨晚的样子。嫂子说：弟妹呀，这么多年让你受苦了。

李大脚抹了一把老泪，哽咽道：受苦的不是我，是小莲啊，俺是半路上嫁到你家来的。

提起小莲，所有人的心情都复杂了起来。在这之前，于守业已经把家里的情况在信里告诉了哥哥，于守大忙打断李大脚的话：一家人不说两家话，你进了我们于家，就是我们于家的媳妇。

吃饭的时候，一家人团团圆圆地围坐在一起，跳跃着把这三十多年的历史又重新细致地梳理了一遍。

于守业看着哥哥一家，再看看自己一家，日子就有了白云苍狗的感觉。他觉得一切都是那么的不真实，如梦似幻般。回想起这三十几年的日子，流水似的，说过去就过去了。

晚上，于守业陪着哥哥一家住在宾馆里。他和哥哥同住一间，关上门，就剩下兄弟两个人了。于守业呆怔地望着哥哥，哥哥也泪水涟涟地望着弟弟。于守大哑着声音说：守业，这些年苦了你了。

于守业听了哥哥的话，眼圈又红了。他摇着头说：没啥，真的没啥。

于守大又道：1948 年把你一个人留在陆城，哥真是不放心，本想带上你走，可当哥的做不了主啊。

于守业的眼泪终于流了下来，他哽着声音说：你们走了，我一直担心你和嫂子，那时候国军可是节节败退啊。我以为再也见不到你们了。

兄弟俩说到动情处，又一次抱在了一起。

半晌，于守业说：我在收音机里听到了你的呼唤，才知道你们安全地去了台湾，我的心才算落了地。

于守大瞅着于守业说：我并不想说，是中统局的人逼我说的。我不想给你招惹麻烦，就想让你好好生活，反攻大陆在当时根本是不可能的事。

两个人边说，边唏嘘感叹。

于守大抬起头问道：这么多年，你就一直没有暴露自己的身份？

于守业摇摇头，叹口气：小莲出事的时候，我以为自己挺不住了，多亏了你弟妹桂芬，是她保护了我。

保护他的又何止李桂芬一个人呢？想起小莲下决心离他而去前说过的那些话，他的眼泪又止不住地流了下来。小莲应该是知道他的真实身份的，但她却一字不漏，就是到死，也是守口如瓶。

于守大感叹道：现在没人再追究我们的身份了，我这不是也回来了吗？大陆对我这么友善，我这次回来，就不打算回去了。让陆生也过来，在陆城办厂。

于守大说到做到。第一次回来待了几天，在台办工作人员的陪同下，参观了蒸蒸日上的陆城，然后匆匆返回了台湾。

不久，他果然偕全家又一次回到了陆城。带来了在台湾几十年的积蓄，声势浩大地在陆城开了一家电子元件厂。

于守大的年龄大了，便把所有的事情委托给了陆生，陆生又动员于定山和马媛媛下了海。当时下海的人趋之若鹜，大大地掀起了经商热潮。

改革开放之后，针织厂已经大不如前，有时连工资都开不出来。媛媛正在为自己的工作发愁呢，于是毫不犹豫地辞了工作，死心踏地帮助陆生筹办工厂。于定山做投递员的工作，也有几年了，刚开始知青返城时，能有个工作就已经不容易了，可转眼几年之后，他就不安心自己的工作了。三十来岁的人，整日里骑着自行车，风里来雨里去的，看不到前途，也看不到未来，他的心里早就长了草。陆生回来办厂，他的心里有些痒痒，陆生找他一说，他马上办了停职留薪。不久，他又把工作彻底地辞了。

上阵亲兄弟，电子元件厂很快就红火起来，刚开始是生产半导体收音机的元件，在台湾时，于守大就是靠这个起家的。两年后，收音机不吃香了，他们又生产电视机的元件，后来又组装电脑。总之，什么流行就做什么。原来叫厂，后来又叫了公司，不管叫什么，生意都是红火的。

于守大和于守业真正地赋闲了。他们没事就遛遛鸟，钓钓鱼，过上了幸福的晚年生活。

最近这段时间里，不知为什么，原本已经踏实下来的心复又鼓噪起来，弄得于守业寝食难安，还不停地发火、摔东打西的。李大脚对老年的于守业的这种做派，十二分地不理解，她拍手打掌地数落道：你个该死的，年轻那会儿老实得屁都不敢往响了放，你老了老了，这是咋了？看这也不顺眼，那也不舒服的，你还想把我休了咋地？

于守业也说不清这股无名火是从哪里来的，总之，他难受，憋得慌，总想找个出气的地方。他一发火，李大脚就对他不依不饶的，有一次还扯着他的衣领子说：你个老东西，你说说，是谁惹你不痛快了，俺帮你找他算账去。

李大脚这么一激他，他“呼啦”一下子，清醒了，陡然想到了三十多前的那份委任状，还有一直跟着他的那个 037 的代号。他终于明白，让他寝食难安、莫名发火的原因了。这么多年，没人了解他的历史和往昔，包括自己的老婆和孩子，人们只知道他是个老实巴交的教书匠，谁又了解真实的他呢？以前，他是身不由己地用两张脸活着，那是为了隐藏自己，藏得越深越好，最后的结果是，连老婆孩子都不知道真实的他是谁。他需要面对真实的自己，哪怕让组织再给他定一次罪，让他去坐牢，他也心甘情愿。他太想真实地做一回自己，让人们看清楚，他到底是个什么样的人。只有这样，他的心才能安定下来，真实地过完自己的余生。

他仍关注着国内国外的大事，这是多年养成的习惯。他看到报纸上，许多人都平反了，由组织给了一个公正的评价和定位，就是死去的人，也有了一个正确的身份。一切都水落石出。而他现在还无法心安，这么多年过来了，仿佛是另外一个人在那儿生活着，他早已游离于生活之外。他把自己的想法跟于守大说了。于守大怔怔地望了他半晌，才说：守业，你都这把年纪了，这么多年都过来了，台湾早把你们这些人忘了，你这是何苦啊。

他听了哥哥的话，眼泪唰地下来了，他悲泣着说：别人忘了，那是别人的事，我自己没忘，连老婆孩子都不了解我，我这辈子活得冤啊！哥，我死都不会闭上眼睛的。

于守大哀叹一声：守业呀，现在人们正事都忙不过来，谁还关心这个呀。

他火气很大地说：别人不关心，我关心。这么多年，我把自己都弄丢了，老了老了，我要找补回来。

在一个周末的日子里，于守业把一家召集起来，包括三岁的小孙子展望也没落下。他郑重地坐在家人的中间，清了清嗓子，威严地说：今天，我要告诉你们一件大事。

所有人的目光都投到他的身上，李大脚忍不住了：老于，有事你就说，有屁就快点儿放，你不是要宣布跟我离婚吧？

他狠狠地瞪了眼李大脚，突然从椅子上站了起来，冲着所有的人，一字一顿地说：告诉你们，我是国民党留在陆城的特务，代号是037。

一家人在经过短暂的惊怔之后，一下子就泄气了。儿子于定山跑过来，摸了摸他的头说：爸，你没发烧吧？

三岁的小孙子展望也稚气地问道：妈妈，什么是特务啊？

媛媛笑道：爷爷逗你玩儿呢。

李大脚如释重负地笑了，她拍着大腿说：你这个老东西，编派点儿啥不好，我跟你生活了这么多年，你是特务？！好呀，我的老天爷，你笑死个人了。

真的，我说的都是真的！他仍然一脸正色地说：1948年解放军攻城，我留了下来，原来我是特工科的中尉，委任状写着我是少将专员，代号037。

于定山和马媛媛望着父亲，一脸的焦灼。他们对望着，媛媛低声说：爸这是真的有病了。说完，用手悄悄指指自己的头。

于定山过来就把父亲抱住了，然后说：爸，你上床歇着吧。明天咱们去医院看看。

混账！老子没病，是你们脑子有病。他挣脱开儿子，咆哮道。

李大脚在一旁突然“哇”的一声，哭了。她一边哭，一边拍打着手说：老于呀，俺本想和你安度晚年，这日子多好啊，不愁吃不愁喝的，老了老了，你咋得了这个病啊？

他呆呆地注视着自己的亲人，无话可说，他们没有一个人能相信他。他颓然地坐在椅子上，伸出的手抖颤着：你们、你们都糊涂啊！

能证明自己身份的就是那份委任状了，可早让他给吞掉了。就是委任状还在，他们又能相信吗？

李大脚偎过来，拉住他的手说：老于，你放心，不管你得了啥病，后半辈子我都会照顾你，绝不把你一个人丢下。

他暴躁地甩开她的手，拼命喘息着说：连你都不相信我？

李大脚一脸认真地说：你说你是特务，你的电台呢，你的委任状呢？我跟你一个锅里吃，一个床上睡这么多年，我还不知道你？！

李大脚的一句话，就给于守业定了性。

于定山和媛媛还有许多事情要忙，他们跟李大脚交代几句，让有事给他们打电话，就忙自己的去了。

家里只剩下于守业和李大脚了。李大脚拍着于守业的脸道：老于，现在没别人了，你说句真心话，行不？别再撒呓挣了。咱们刚过上几天好日子，别闹了，行不行？

他无力地闭上了眼睛。他不明白，怎么连自己的亲人都不能相信他说的话？

寻　找

于守业一腔热情地想让亲人们知道真实的自己，也就是另外一个不为人所知的于守业，不承想，却给亲人们带来了极大的震动。他们怀疑父亲的脑子出了问题，最轻也是得了老年痴呆症。于是，李大脚从此与他形影不离，并发誓要照顾好他的晚年生活。李大脚虽说也六十多岁了，但身体还算硬朗，能吃能睡的，看护个病人应该不成问题。她终日恪尽职守，严密监视着于守业的一举一动，一有风吹草动，就向于定山和嫒嫒汇报。李大脚出于对于守业的爱护，就连他上个厕所，都要在旁边守候。

刚开始，于守业对李大脚的百般看护很不习惯，力争摆脱她的亲密接触，不承想，他越有这样的想法，李大脚越是提高警惕。万般无奈的他，干脆不闻不问了，她爱看就看，爱跟就跟，随她去。但从此他变得沉默了，没事就坐在院子里发呆，只有那棵老树和他厮守、相望，这棵老树是他人生的见证人，当年他的一举一动都是在老树下进行的——把委任状挖出来，埋上；埋上，又挖出来，最后也是在这棵树下撕了委任状，吞进了肚里。这一切，唯有这棵老树最清楚，但树就是树，不是人，无法给他证明什么。他望着树，就流下了两行浑浊的老泪。忽然，他想起哥哥于守大还可以给他做证，看来也只有哥哥能证明自己了。

又是一个周末，两家人聚在一起时，他突然冲于守大说：哥，你说我到底是什么人？他没头没脑的话，让众人一下子哑了口。

最先反应过来的是李大脚。她惊呼一声奔过来，想扶住于守业，仿佛眼前的病人会随时晕倒。他用力地把她甩开，直眉瞪眼地冲于守大说：哥，你今天把话说明白了，我是不是特务？

于守大不明白弟弟为什么要这样问，他以为过去的事就如同一场荒唐的游戏，过去也就过去了。他当年逃到了台湾，如今不也回来了？弟弟留下，也就留下了，和普普通通的人一样。他们现在老了，要安度晚年的幸福生活，没想到，弟弟又旧话重提了，当着家人的面。他看着弟弟，想把过去的事情抹平了，便淡淡地说：守业，过去的事就过去了吧，还提它干什么？

他抓住了哥哥的胳膊，突然感到万分委屈，眼泪也流了下来，然后说：哥，你不知道，我心里堵得难受啊。

于守大叹了口气，才说：你是当过几天国民党的兵，1948 年陆城解放前，你留下了，我们随部队去了台湾。

于守大并没有提他特务的身份，不知是有意还是无意。

那后来呢？他似乎抓住了一根救命稻草，死死地拉住哥哥的胳膊。

于守大又说：哪还有后来。咱们现在一大家子聚在一起就是后来。

我当特务的事你不知道？他急得涨红了脸。

你是不是特务，当时只有中统局的人知道，我怎么知道？

他记得当年是哥哥把他带到中统局那位上校面前的。把他带进去，哥哥就走了，委任状和 037 的代号，都是上校亲自授予的，的确没有第二个人在场。但身为特工科科长的哥哥应该知道这一切啊。他望着哥哥，看着哥哥的满头白发，凄然道：哥，你再好好想想，你真的不知道？

于守大认真地摇摇头。

那你在收音机里对我说的那些话，也是假的了？

于守大说：当时凡是大陆有亲人的，都被喊去录音了，说的内容是他们早就写好的，我就是给念一念。你怎么能把这事当真呢？

他傻了似的立在那里，真不知道是自己的脑子出了问题，还是哥哥的脑子出了问题。从那以后，他变得更加沉默了，抱着头，努力地想过去的事——一切都是那么的清晰，仿佛就发生在昨天，可没有一个人相信他。

后来，他就想到了政府，想到政府的台办，他要向政府说明自己的过去，让政府证明他是什么样的人。

他顺利地找到了台办，还是那位戴眼镜的韩同志热情地接待了他。见到韩同志，他似乎见到了亲人。当初哥哥寻访大陆的亲人，就是这个韩同志帮助联系上的，他希望通过韩同志，再一次和过去的自己也联系上。于是，他把自己的真实身份说了，说到了 1948 年，也说到了委任状和 037 的代号。

韩同志很忙，一会儿接电话，一会儿和人打招呼。终于听完他的叙述，韩同志仍是一脸可亲地说：于老师，咱们的政策是向前看，一切以经济发展为主。过去的事就过去了，你是不是特务我们不追究，这不是从前了。

他听了韩同志的回答有些张口结舌，半晌才说：可、可我是特务啊！

韩同志又说：你在“文革”时没受到迫害，也没受到打击，我们就没法给你平反。好了，回去好好休息吧。台湾那边若是还有什么亲属想回来投资，我们举双手欢迎。您老别特务特务的了，现在哪儿还有什么特务啊！

他找组织证明自己的身份，却是无功而返。他只能灰头土脸地回来了。

回到家里，他又坐在那棵老树下，这才发现，自己真的把自己给丢了，他再也找不回自己了。难道真的是自己的脑子有了毛病？这么多年，自己一直都生活在梦里？

他想不通，也想不透，越想越迷糊，目光就穿过那棵老树，费力地向天空望去。天很明，很干净，干净得什么都没有了。他费劲地去想，想着想着，就什么都记不起来了，一时不知身在何处。他惊恐地大喊：

桂芬，桂芬啊，你在哪里？

李大脚忙从屋里跑出来，冲他道：老于，你想干什么，我帮你啊。

他看到了桂芬，真实的桂芬，陪着他风风雨雨生活了多年的桂芬。这一点是明白无误的，于是他笑了，表情明媚，像个痴呆的老人。